KB038067

武當前生

무당전생

12

dream
books
드림북스

무당전생 12(완결)

초판 1쇄 인쇄 / 2016년 6월 22일
초판 1쇄 발행 / 2016년 6월 29일

지은이 / 정원

발행인 / 오영배
책임편집 / 편집부
펴낸 곳 / (주)삼양출판사 · 드림북스

주소 / 서울특별시 강북구 도봉로 173
대표 전화 / 02-980-2112 팩스 / 02-983-0660
편집부 전화 / 02-980-2116 팩스 / 02-983-8201
블로그 / blog.naver.com/dreambookss

등록번호 / 제9-00046호
등록일자 / 1999년 3월 11일

ISBN 979-11-313-0615-4 (04810) / 979-11-313-0195-1 (세트)

* 지은이와 협의하에 인지는 생략합니다.
* 잘못된 책은 구입한 곳에서 바꾸어 드립니다.

이 도서의 국립중앙도서관 출판시도서목록(CIP)은 서지정보유통지원시스템홈페이지
(http://seoji.nl.go.kr)와 국가자료공동목록시스템(http://www.nl.go.kr/kolisnet)에서
이용하실 수 있습니다. (CIP제어번호: 2016015183)

무당전생

12

정원 신무협 장편소설

ORIENTAL FANTASY STORY & ADVENTURE

dream
books
드림북스

武當前生

무당전생

목차

第一章

북해궁주(北海宮主)

펄럭.

사도련주가 도포 자락을 휘날리면서 위풍당당하게 걸었다.

발목이 깊게 파일 정도로 고급스런 붉은색 비단을 중심으로 사도련의 수뇌부가 양옆에 나열했다.

그들은 모조리 부복한 채로 사도련주의 등장을 반겼다.

"사도련 — 나아가, 사파라 칭하는 자들이여!"

사도련주가 바라보는 앞에는 수많은 사도련도들이 개미 떼처럼 우글거렸다.

"일찍이, 사파와 정파는 끊임없이 싸워왔다!"

정도와 사도. 시간을 거슬러 올라가 그 시초를 찾아보자면, 정말 별 대단한 게 있는 것이 아니었다.

정파는 엄격한 규율, 윤리 — 나아가 협의를 중요시한다. 이걸 조금이라도 어기면 다들 나쁘게 본다.

하지만 사파는 그렇지 않다. 상황에 따라서는 다소 윤리나 규율을 여겨도 된다고 생각해왔다.

이 사고방식은 무공에서도 보인다.

정파의 무공은 대부분 성취속도가 느린 대신, 뛰어난 안정성을 보이는 것이 특징이다. 중년의 나이를 넘으면 대부분 그래도 그럭저럭 경지는 이룬다.

사파의 무공은 정파의 무공보다 성취속도가 빠르다. 다만 반대로 안정성이 좋지 않다.

경지의 벽이 커지기도 하고, 안정성이 없다보니 주화입마에 빠지기도 쉽다.

심지어 어떤 무공은 특징상 마교만큼은 아니지만 윤리에서 조금 벗어난 악행을 저질러야하는 경우가 있다.

예를 들어서 남의 내공을 훔치거나, 혹은 정기를 흡수하는 등의 방법이 있다.

이러한 견해의 차이로 인해서 정파와 사파는 약속이라도 된 것처럼 나뉘어졌고, 싸우게 됐다.

"미리 말하지만, 본좌는 정파의 무림맹처럼 가증스럽고

위선적인 말을 할 생각은 없다. 또한, 마교처럼 교리가 아닌 광기를 내세우며 합리화할 생각도 없다."

사파인들의 시선이 사도련주 한 사람에게 몰렸다.

그 시선은 셀 수 없을 만큼 많았으나, 사도련주는 눈 하나 깜짝 하지 않았다.

익숙한 듯, 또는 당연한 듯이 허리를 꼿꼿이 세우고 턱을 위로 올려 오연한 표정을 지었다.

"세간에선 우리를 보며 살아가는 방식이 잘못되었다하여, 사파라 칭한다. 이에 관해선 굳이 부정할 생각은 없다. 툭 까놓고 말하마. 우리는 잘못됐다."

사도련주의 발언에 사파인들이 동요하면서 수군거렸다. 이에 그가 손을 들어 제지한 뒤, 말을 이었다.

"무인 중에서 강자와 약자가 있고, 생사를 건 싸움을 하게 됐다. 강자는 대문파에서 태어나 어릴 적부터 온갖 지원을 받아왔으나, 그에 비해 약자에게 있는 건 어쩌다보니 운 좋게 얻은 무공뿐이다."

정파에는 구파일방 — 아니, 팔파일방이나 오대세가 등 명문지파들이 많다. 그 세월은 상당히 오래됐다.

그러나 사파에는 이러한 명문지파가 존재하지 않는다. 있던 적이 있었으나, 역사 속에 사라졌다.

애초에 사도련이란 건 과거, 무림맹에 대항하기 위해서

사파인들이 모여 만든 연합체다.

"그렇다면 이 상황에서 약자는 어떻게 해야 할까. 그 선택지는 그다지 많지 않다. 정면승부를 했다간 목이 날아갈 테니, 그 외의 방법을 찾아야겠지."

흙을 뿌린다거나, 미리 독을 준비한다거나, 혹은 숨겨두었던 암기를 비장의 수로 사용한다.

"이 자리에 있는 사도련도, 아니. 사파인들이여. 그 행동이 잘못되어 있다는 건 우리 역시 알고 있다."

사파인들은 여전히 입을 다문 채 침묵했다. 몇몇 이들은 자존심 없는 기색으로 고개를 아래로 떨궜다.

"하지만!"

사도련주가 눈을 가늘게 떴다. 그 목소리에는 위엄이 흘러 넘쳤다.

"그렇다면 약자는 모든 것에 승복하고 패배해야 하는가? 그 자리에서 얌전히 목을 내놓아야 하는가!"

사도련주가 언성을 높였다. 그러자 암울한 표정을 짓고 있던 사파인들이 머리를 들었다.

"아니다!"

사도련주는 몇 걸음 앞에 나서서 팔을 앞으로 쭉 뻗었다.

"어쩔 수 없지 않은가!"

사도련주가 주먹을 쥔 손을 쫙 펼쳤다. 그 말에 사파인들이 긍정하듯이 머리를 위아래로 흔들었다.

"우리가 그 미친 마교도들처럼 대량학살이라도 벌였는가? 힘이라는 마성과 광기 아래, 모든 걸 합리화하면서 정의라고 외쳤는가? 결코 아니다!"

사파는 정파처럼 규율에 갇혀 살지 않는다. 상황에 따라서 좀 더 유연한 사고를 지닌다.

다만 이게 좀 악질적으로 변하고, 하류잡배들도 많다보니 이런저런 소란이 많이 일어난다.

그래도 마교만큼 정신 나가지는 않았다. 최후의 선 정도는 남겨서 지킨다.

물론 그렇지 않은 이들도 있긴 하지만, 그런 자들은 사도련에서도 배척하는 편이었다.

"정정당당하지 않는다면, 아무것도 하지 말라는 뜻인가? 얌전히 목을 내놓으라는 뜻인가? 헛소리!"

확실히 사파의 방식은 잘못됐다. 그건 순순히 인정한다. 괜히 사도라고 불리는 것이 아니다.

허나 그렇다고 목숨을 내놓을 생각은 없다.

사파처럼 중소문파 위주, 또는 문파조차 없는 신분에서 얻는 힘은 정말로 최소한이다.

그러다보니 정파와 격차가 날 수밖에 없고, 혹여나 강자와 만난다면 살기 위해 다른 수단을 쓸 수밖에 없다.

"사소한 도덕과 규율을 무시하고, 보다 실리적인 걸 추구하는 것이 그리 잘못됐나?"

그건 정사를 나누게 된 결정적인 연유.

안전하지만 느린 정파.

빠르지만 안전하지 못한 사파.

"강호 무림이라는 험난한 세상 속에서 살아남기 위해 비겁해지는 것이 그리 잘못됐나?"

무엇이 더 옳다, 라면서 시작된 기나긴 전쟁.

"그렇다면, 차라리 잘못된 채로 살겠다!"

짝짝.

짝짝짝.

침묵으로 가득했던 주변에서도 드디어 변화가 벌어졌다.

"고작 그 알량한 자존심이 신경 쓰여 목숨을 내놓아야 한다면, 차라리 잘못된 길을 걸어 주마!"

와아아아아!

사파인 중 누군가 박수를 치자, 이윽고 연달아 이어지면서 우레와 같은 함성소리가 터져 나왔다.

'대단하다.'

야율종은 그 광경을 보면서 전율에 잠겼다.

'설마하니 이리 이끌 줄은……!'

사도가 잘못된 것은 사파인도 안다.

그런데 사도련주는 그 잘못됨, 어긋남을 잘 포장하여 명연설을 펼쳤다.

그저 말로만 주변을 압도시킨 것이 아니다. 타고난 지도자의 풍격을 보여주면서 모두를 휘어잡았다.

고금을 찾아봐도 이만큼 유능한 자를 찾을 수는 없을 것이다.

애초에 전쟁의 주범자이고 정사대전에 패배했는데도 사도련주를 계속해서 맡고 있다는 것이 그 증거였다.

'이긴다.'

야율종은 확신했다.

'이길 수 있다……!'

역사를 찾아봐도 사파가 승리한 적은 별로 없었으며, 언제나 정파의 위세가 무림 하늘을 가득 메웠다.

'사도련주가 있다면, 사파는 반드시 이긴다!'

관군은 마교의 잔당들을 소탕하고 모두 북경으로 회군. 동시에 황제가 개입한 평화의 시대에 막이 내린다.

사도련주는 이때만을 기다려왔다는 듯이 곧바로 병력을 일으켜 정사대전을 알린다.

운남, 귀주, 호남, 강서, 절강, 복건, 광서, 광동. 이 여덟 개의 지역을 중심으로 사도련이 위쪽으로 진군한다.

무림맹 역시 나름대로 준비하고 있었던 건 마찬가지라 당황하지 않고 곧장 대응에 시작했다.

그리고 며칠 뒤, 강호 무림은 전혀 생각지도 못했던 소식에 충격에 빠지게 된다.

"모용세가가 배신을 해?"

산동, 제남에서 벌어진 일은 금세 소문이 되어 무림 전역에 일파만파 퍼지게 된다.

처음에는 모두가 헛소문으로 생각했다. 심지어 사도련에서조차 믿지 않았을 정도다.

정사대전이 일어났으니, 정파의 사기를 어떻게 해보려는 사도련주의 계획이라고 생각했다.

심지어 정파 무림맹의 두뇌인 그 제갈문조차도 전혀 믿지 않았으며, 다른 이들도 마찬가지였다.

그만큼 모용세가는 정파 무림맹의 무한한 신뢰를 받고 있었다. 그 누구도 믿지 않았다.

차라리 다른 팔파일방이 배신했다고 하면 의심을 했겠지만, 모용세가는 아니었다.

그러나.

"잠깐, 저거 모용세가의 소가주잖아."

"모용의 검룡, 모용중광!"

"허어 — 두 눈으로 보고도 믿겨지지 않는군."

모용중광이 사도련 수뇌부와 함께 하는 걸 보고 차츰 그 소문에 진실성이 붙는다.

사파인들조차 믿지 않았다가, 속속히 목격되는 걸 보고 경악을 금치 못했다가 곧 환호하게 된다.

"하하하, 설마하니 모용세가가 정파를 배신할 줄이야."

모용중광 한 사람만 발견됐으면 모를까, 모용세가의 무인들 역시 눈에 들어오면서 확신을 갖게 된다.

오대세가의 필두, 모용세가가 무림맹을 떠나서 사도련에 붙었다.

"그만큼 정파가 썩어있다는 증거가 아닌가?"

"그 말대로다."

사도련주가 굳이 손을 댈 필요도 없었다. 가만히 내두니 무림맹에 관한 악 소문이 무림 전 지역에 퍼졌다.

그만큼 모용세가가 배신한 것은 어마어마한 영향력과 파괴력을 가지게 됐다.

모용세가는 오십여 년 전의 정사대전에서 정파를 승리로 이끈 주역으로 알려져 있다.

그 외에도 진정한 협의를 실천한 명문지파라고 알려져 수많은 정파인들의 환호를 받았다.

단순한 오대세가가 아니라, 정파 무림맹의 기둥이기도 했는데 정사대전에서 배신하니 당황할 만했다.

"하."

제갈문은 어이없다는 듯 헛웃음을 흘렸다.

"정파의 영웅이 정파를 배신했다고……?"

아무것도 모르고 극독을 퍼마신 꼴과 다름없었다.

모용중광이 화경에 오른 이후, 정파의 사기증진을 위해서 무당신룡과 나란히 영웅으로 내세웠다.

그런데 이게 웬일. 중요한 전쟁이 터지자마자 그 영웅을 필두로 모용세가 전체가 무림맹을 배신했다.

정말로 생각지도 못했던 결과다. 그 낌새 하나 느끼지 못했다.

"도대체 언제부터……!"

모용세가의 배신은 제갈문을 큰 혼란에 빠뜨렸다.

정사대전이 일어나고 얼마 지나지 않아 사도련 진영에서 발견됐다는 건, 예정된 일이란 거다.

다만 여기서 큰 문제는 '언제냐' 라는 것이었다.

모용세가는 그 신뢰만큼 작전이나 비밀임무에 대해서도 열람이 허가되어 있고, 다양한 정보도 전해진다.

첩자로서 그 역할은 필요 이상으로 했다. 도대체 어디서부터 작전을 수정해야 할지 감도 잡히지 못했다.

어쨌든, 이 소식으로 인해 정파는 전쟁이 시작하자마자 얼마 되지도 않은 채 사기가 크게 떨어졌다.

사파는 환호했고, 정파를 조롱했다.

그러나.

그 조롱도 얼마 지나지 않아서 쏙 들어가게 된다.

정파의 사기가 나락까지 곤두박질 쳤을 때, 소식이 무림 전역을 강타한다.

"나, 낭왕이 패했다고?"

"그게 무슨 소리야?"

                    *   *   *

시간을 되돌려, 아직 모용세가의 배신이 알려지기 전의 일이다.

제남에서 임무에 실패한 모용중광은 사도련과 모용세가의 무사들을 데리고 후퇴. 서신으로 보고를 올린다.

"뭐라고?"

사도련주가 귀를 의심하며 재차 물었다. 그의 앞에는 전령이 공포에 몸을 파르르 떨고 있었다.

"그, 그게…… 모용중광의 서신에 의하면…… 임무는 실패했…….

"으아아악!"

사도련주가 괴성을 지르면서 자리에서 벌떡 일어났다.

결국 화를 참지 못하고 장풍을 날렸다.

바로 눈앞에 있던 전령의 머리가 수박처럼 깨지면서 지면을 허연 뇌수와 피로 적셨다.

"그 잘난 척하던 유령곡주는 어떻게 됐느냐!"

사도련주가 고개를 획 돌려 벌겋게 충혈된 눈으로 물었다. 그 시선 끝에는 바들바들 떠는 야율종이 있었다.

"그, 그게……시, 십화령을 비롯해서……."

야율종은 차마 뒷말을 잇지 못했다.

"무당신룡, 이 개새끼!"

사도련주는 화를 참지 못하고 이미 머리통이 사라진 시체를 힘껏 짓밟았다.

쿵, 쿵 하고 발바닥이 닿자 시체가 형체 하나 남기지 못하고 고깃덩어리가 됐다.

마음 같아선 눈앞에 있는 야율종에게 화를 풀고 싶었지만, 그래도 끝까지 이성은 지켰다.

야율종은 사도련에 얼마 없는 귀중한 인재다. 무공도 강하고 머리도 비상한 자는 사파에서도 특히 드물다.

특히 사파에는 절제하지 못하고 머저리 같은 자들이 많아서 자신 대신에 야율종이 도와줘야 했다.

그래서 애꿎은 전령의 시체만 짓밟으며 몇 번이나 욕설과 화를 내뱉었다.

약 일각 정도 지났을까, 겨우 진정한 사도련주는 씩씩거리면서 야율종에게 물었다.

"자세히 말해봐라."

"예, 그게……."

야율종은 사도련주를 곁에서 오랫동안 보좌했다. 그 덕에 화를 참지 못하고 전령을 죽일 것을 대충 예상하고 미리 들여보내기 전에 어떠한 소식인지 전해 들었다.

사도련주는 야율종에게서 제남에서 있었던 일에 대해서 듣고 얼굴을 딱딱하게 굳혔다.

"도저히 믿기지 않는군."

"그렇습니다."

야율종이 동의하듯 고개를 끄덕였다.

무림육존, 낭왕 오견이 패했다.

그것만으로도 충격적인데, 그 패한 대상이 진양이라는 점에 의심부터 가지게 됐다.

진양이 약한 건 아니다. 반대로 무림육존을 제외하면 적수가 없다고 할 정도로 강하다.

허나 그렇다고 절대고수를 이길 정도는 아니다.

그 사이에 얼마만큼의 차이가 있는지는 사도련주가 누구보다 잘 알고 있다.

'낭왕이라면 ─ 봐주지 않고 싸웠을 것이다.'

낭왕은 오십여 년 전 정사대전 때 참전했지만, 그렇다고 검존처럼 최전선에 나와 공적을 쌓지는 않았다.

그러다보니 사도련주도 낭왕을 직접 본 적은 없었다. 하지만 소문이라거나, 정보로 어떤 인간인지는 안다.

낭왕 오견은 의뢰주가 특별히 부탁하지 않는 이상, 적으로 둔 자들은 살려두지 않는다. 후환을 두려워하느니 차라리 싹 자체를 자르겠다는 의미였다.

'그런데 정면승부를 해서 이겼다고?'

증명에 성공할지도 모른다는 가정을 안 한 건 아니다. 그래서 모용중광에게 미리 언질을 해두었다.

하지만 설마 정면승부로 이길 줄은 꿈에도 몰랐다.

무당신룡이 정파인처럼 꽉 막히지 않은 놈이란 걸 알고 있어서 다른 방법으로 증명에 성공할 줄 알았다.

진양이 유령곡주에게 말했던 대로 절대고수의 경지에 올랐던 건 감히 상상조차 하지 못했던 일이었다.

"분명히 허풍일 겁니다."

야율종이 어이없다는 듯이 고개를 좌우로 흔들었다.

이립도 되지 않아 화경에 오른 것만 해도 말이 되지 않는다.

그런데 절대고수에 올랐다니, 허무맹랑한 소리다.

"분명 모용세가에서 작전을 실패한 죄를 줄여보려고 아

무렇게나 지어낸 소리일 겁니다."

이십 대에 절대고수에 오른다니, 이보다 더한 개소리는 없다.

차라리 이무기가 수십 마리 나타났다는 것이 더 현실성이 있다. 그 정도의 이야기였다.

"……."

사도련주는 턱을 괸 채로 앉아 생각에 잠겼다.

확실히 야율종의 말에는 틀림이 없다. 그 괴물이자 천재인 천마조차도 중년에 돼서야 절대고수에 올랐다.

하지만.

'만약에 보고가 사실이라면 계획에 대대적인 수정이 필요하다.'

사도련주만큼은 달랐다.

그 누가 믿지 않는다 해도, 이 천재의 사고방식과 관점은 달라도 너무 달랐다.

누구도 생각하지도 못하는, 전혀 믿지 못하는 가정을 세워두고 그에 따른 대처방안도 생각한다.

설사 터무니없이 허무맹랑하다고 하여도, '어쩌면'이라는 생각이 머릿속에서 떠나가지 않는다.

너무 겁먹은 거 아니냐고 비난해도 상관없었다. 전혀 신경 쓰지 않는다.

반대로 욕먹는 걸로 변수를 막아낼 수 있다면 그건 싼 편이다.

"……일단, 정보처나 바람꾼을 움직여 모용세가의 배신을 부풀려라. 들통난 것, 더 이상 숨길 필요는 없지."

원래라면 모용세가라는 수는 쭉 비밀로 하고 싶었다.

무림맹, 나아가 정파에게 무한한 신뢰를 받는 이상 첩자의 역할로선 최적이었다.

아무리 전력 차이가 난다고 하는 무림맹이라 하여도, 우습게 볼 수는 없는 노릇이다.

특히 제갈문의 두뇌는 사도련주조차도 인정하는 바여서 무척 신경 쓰였다.

모용세가를 숨겨두고 있으면 특급에 준하는 정보들을 모조리 빼올 수 있으니, 완승을 거둘 수 있다.

그래서 모용중광을 진양에게 붙인 걸 조금 마음에 걸려 하긴 했다.

빠드득!

그걸 생각하니 이가 절로 갈렸다. 예전부터 모든 예상을 뛰어넘어 계획을 망치는 천하의 개자식이었다.

실제로 사도련주의 계획에는 어떠한 문제도 없었다. 소름끼치도록 완벽했다.

괜히 모용중광이 몇 수를 내다봤냐고 경악한 게 아니었

다.

금의상단주의 행동부터 시작해 증명에 성공할 만약의
경우까지 점쳤다.

더 대단한 건 둘의 만남을 관군이 후퇴할 날까지 맞추기
위해서 미리 상인 등 방문객을 금의상단주에게 임의로 보
냈다는 점이었다. 시간까지 조율한 사도련주였다.

그런데 그게 모조리 실패했다. 결코 실패할 수 없는 일
이었다.

애초에 증명에 성공한다는 미약한 확률까지 잡아내서
대안을 냈다. 그런데 그게 무참하게 실패했다.

그 유령곡주조차도, 자만하거나 오만하지 않는 모용중
광조차도 과한 걱정이라며 말했다.

그런데 진양은 그걸 우습다는 듯이 박살내버렸다.

그 만약의 확률조차도 무참히 부수고, 있어선 안 될 일
을 만들었다.

천하제일을 말할 수 있는 자객, 유령곡주를 비롯해 십화
령을 무너뜨리고 친우의 배신도 회피했다.

'용봉비무대회 때는 그렇다 쳐도, 벽력귀수 때 일찍이
용이 되기 전 미리 싹부터 잘라야했다.'

태극권협 때는 눈에 들어오지도 않았다. 사파의 고수인
벽력귀수를 죽였을 땐 약간 잘난 후기지수정도였다.

그리고 북사호법을 만나면서 화경이 되었을 때. 아무리 늦더라도 그때 직접 나서서 죽여야만 했다.

사도련주는 그 점을 뼈저리게 후회했다.

*   *   *

하북.

"낭왕이 패했다고? 으하하하!"

파후달은 제남에서 일어난 소식을 듣자마자 입꼬리를 귀 밑까지 찢으면서 크게 웃었다.

그는 무척 만족한 듯 불뚝 튀어나온 배를 매만지면서 마구 웃어댔다.

"이래서 줄을 잘 서야 한다니까!"

파후달은 진양을 떠올리면서 흡족해했다.

그동안 괜히 손바닥을 비벼댄 게 아니었다. 이게 다 미래를 위한 투자였다.

"이제 무림육존이 아니라 무림칠존이군! 대협께서 절대고수에 오르셨으니 축배라도 들어야지!"

"오라버니, 이런 말하기 뭐하지만 자중하셔야 하지 않을까요?"

냉미려가 쓰게 웃으면서 파후달을 말렸다.

정사대전에 일어났는데 축배를 들다니, 하북지부장 자리를 위험 받는 걸로 끝나지 않는다.

"그런데, 정말로 그 아이가 절대고수에 오르셨다고 생각하시는 건가요?"

파후달은 의심 하나 없이 소문을 있는 그대로 받아들였으나, 냉미려는 전혀 믿는 눈치가 아니었다.

북해빙궁에 괜히 인공빙정이 있는 게 아니다. 아무리 재능이 있다고 한들 쉽게 오를 수 있는 경지가 아니기에 영약에 손을 빌리게 됐다.

아무리 고평가 받는 천재라고 하여도, 뼈를 깎는 노력과 천운이 따라줘도 오를 수 있을지 의문인 경지다.

또 의심하는 사람 또한 냉미려뿐만이 아니었다. 그러다 보니 아직 무림칠존이 아닌 무림육존으로 불리고 있다. 그만큼 쉽게 받아들일 수 없는 소문이었다.

원래 강호의 소문은 열 배 정도 과장된다는 말이 있어 사람들의 불신은 더더욱 컸다.

무엇보다 혹시라도 모용세가의 배신으로 흐트러진 정파의 사기가 원래대로 돌아올 것을 우려한 사도련주가 미리 손을 써둔 덕분에 믿지 않는 사람들이 더 많았다.

"어허, 당연하지. 두말할 것도 없다."

허나 파후달만큼은 달랐다. 그가 진양에게 지닌 믿음은

광신이라 평할 정도로 깊었다.

"어째서 그 아이를 그리 믿으시는지 여쭤 봐도 괜찮을까요?"

냉미려는 살짝 질투가 난 듯, 새초롬한 얼굴로 넌지시 물었다.

여자도 아닌 남자에게 질투를 느끼는 건 꽤 우습지만, 그만큼 파후달에 대한 사랑은 결코 옅지 않았다.

"어찌 그리 믿냐고?"

파후달이 푸근한 뱃살을 매만지면서 음흉하게 웃었다.

남들이 본다면 조금 질색할 표정이었겠지만, 냉미려의 눈에는 그 모습조차 귀엽고 사랑스러워보였다.

"내가 줄 선 사람이니까."

파후달은 표정 하나 변하지 않은 채 당당하게 말했다. 누가 들어도 어이없어할 연유였다.

"멋있어……."

냉미려가 얼굴을 살짝 붉히며 황홀해했다.

이쯤 되면 병이다.

북해, 만년설산.

휘이잉.

바람이 불었다. 뼛속까지 얼어붙게 만드는 북해의 차디

찬 바람이다.

특히나 만년빙동 근처는 북해인이라 할지라도 웬만한 실력자가 아니라면 버티는 것조차 힘들었다.

"흐응."

한추설은 팔짱을 낀 채로 정면을 주시했다. 그 표정에는 묘한 기대감이 묻어났다.

얼마 전, 이 장소에서 북해의 운명을 건 내전이 있었고 ― 노력과 투쟁 끝에 승리를 쥐었다.

이후 북해궁주에 확정된 냉약빙은 내전 이후의 상황을 대충 정리한 뒤, 나머지는 한추설에게 맡겼다.

한추설이 생각 없고 싸움에만 환장한 사람 같지만, 의외로 일을 잘하는 편이었다.

"보검주님?"

풍정국이 떠난 이후, 남자들을 이끌게 된 옥주결이 의아해하며 한추설의 뒷모습을 바라보았다.

참고로 내전이 끝난 뒤, 남자들은 여자들에게 인정을 받게 됐다.

아직도 성차별이 남아있으나, 그래도 예전보다는 나았다.

옥주결이 한추설을 보좌하면서 빙궁 내부 회의에서도 참석할 수 있는 게 그 증거였다.

"그동안 날 보좌해 주느라 고생했소. 이젠 나 같은 가짜가 아닌, 진정한 북해의 주인을 맞이하게나."

한추설은 고개만을 살짝 돌려서 옅게 웃었다.

"그게 무슨…… 헉!"

옥주결은 말을 이으려다 갑작스런 기온 변화를 느끼고 재빨리 내기를 끌어올려서 막았다.

하마터면 만년빙동에서 흘러나온 빙한기에 뒤섞여 기맥 곳곳까지 얼어붙을 뻔했다.

"이런, 죄송합니다. 빙정을 흡수한 지는 얼마 되지 않아 아직 힘 조절이 미숙하군요."

거세게 불던 눈바람이 그치고, 동굴에서 나오는 사람의 그림자가 보였다.

옥주결은 그게 누구인지 깨닫고 얼른 부복했다.

"허, 본궁의 보물은 여러모로 불공평한 것 같소."

한추설이 허탈한 웃음을 흘리며 입맛을 다셨다.

일시적으로 화경 위의 경지에 닿게 해주는 보검도 대단하지만, 역시 인공빙정에 비할 것은 되지 않는다.

특별한 깨우침이 없어도 — 아니, 깨우침 자체가 녹아든 북해빙궁의 신물. 인공빙정.

그걸 흡수하고 나타난 냉약빙에게선 감히 범접을 수 없는 위압감이 느껴졌다.

"자, 그럼 보고를 듣도록 할까요."

여태껏 무림육존 중 일석은 '북해궁주' 였으나, 거기에 이름은 붙어있지 않았다.

전대의 북해궁주가 사망한 뒤, 냉약빙과 냉미려가 내전을 시작한 탓으로 인공빙정을 흡수하지 못해서다.

하지만 오늘부로 북해궁주라는 지위 옆에 이름 석 자가 붙을 것이다. '냉약빙' 이라고 말이다.

第二章

합비귀환(合肥歸還)

냉약빙은 내전이 끝난 직후 곧바로 만년빙동으로 돌아가서 인공빙정을 흡수하는 데 집중했다.

그다지 어려울 것은 없었다. 북해궁주에게 대대로 내려오는 비법을 쓴 결과 수월하게 흡수할 수 있었다.

방해꾼도 없어서 약간의 시간과 노력을 투자하여 절대고수 경지에 오르는 데 성공했다.

이보다 더 쉽게 절대의 경지에 오를 수 있는 자는 전 무림을 찾아봐도 존재하지 않는다.

어쨌거나, 냉약빙은 인공빙정 흡수 이후 회의를 열어서 그동안 듣지 못했던 보고를 받았다.

참고로 축하라거나 그런 건 없었다.

애초에 냉약빙이 그런 시끌벅적한 걸 좋아하지 않는 편이기도 하고, 상황이 상황이다 보니 그럴 수 없었다.

"흐응."

북해빙궁으로 복귀하자마자 제일 먼저 듣게 된 보고는 역시나 정사대전이 일어난 중원에 대해서였다.

무림맹에서 꽤나 급한지 신속하고 자세하고 자신들의 상황에 대해서 설명해주었다.

진양이 임무에 성공한 뒤로부터 무림맹과 북해는 동맹 상태가 되어 그 교류가 활발해졌다.

참고로 그 사이에는 하북지부장인 파후달이 있었다.

"금의상단이 사도련이 아니라 무림맹과 거래를 지속하기로 한 것은 참으로 다행이로군요."

금의상단은 중원의 상권을 독차지하고 있지만, 새외에선 그 영향력이나 명성이 높지는 않다.

인상대가 중원의 사업을 감시하고 관리하는 것만 해도 바쁘다며 새외에는 관심을 껐다.

다만 냉약빙은 소궁주 시절부터 중원에 대해서 공부한 덕에 금의상단에 대해서도 비교적 잘 알고 있었다.

금의상단의 자금이 무림맹에서 끊기고 사도련에 간다면 정사대전에 지원 병력을 보내도 이기진 못한다.

그만큼 자금이란 건 전쟁에서 중요한 역할을 한다.

"유령곡에게는 원한이 있는데, 그걸 직접 풀지 못한 것이 아쉽네요."

유령곡의 중축이 진양에 의해서 무너졌다는 보고를 듣게 된 냉약빙은 무척이나 안타까워했다.

비록 직접적으로 무언가 당한 것은 아니지만, 빙궁에 침입을 허용하고 귀빈을 습격하게 만든 사건은 도저히 잊을 수 없는 치욕을 남겨버렸다.

인공빙정의 흡수가 끝나고, 정사대전에 참전하게 되면 유령곡을 찾아가 꼭 그 치욕을 되갚아 주고 싶었다.

그것도 신세를 진 그 귀빈에 의해서.

"남편을 건드린 걸 후회하게 만들려고 했거늘……나 또한 무척이나 아쉬워하고 있소."

"……."

냉약빙은 뭐라 하고 싶었지만 괜히 귀찮아질 것 같기도 하고, 무언가 변할 것 같지도 않아 입을 다물었다.

"정사대전의 준비는 어떻게 됐죠?"

만년빙동에 들어가기 전, 한추설 및 장로들에게 전쟁의 준비를 대신 부탁했다.

인공빙정을 무사하게 흡수하고 나올 때 즈음이면, 정사대전이 일어날 것이라 예상했고 그 예상은 적중했다.

"궁주님만 나오기를 기다렸소. 남(男)무사 천 명, 여(女)무사 구천 명. 만 명이 명령을 기다리고 있소."

"남성분들까지요?"

냉약빙이 미간을 찌푸리면서 눈동자를 돌렸다. 그 시선의 끝에는 옥주결이 부복한 채로 있었다.

"존경하는 지도자시여. 무얼 걱정하시는지는 저희도 잘 알고 있습니다."

수백 년 동안 이어져온 북해의 고질적인 문제다. 굳이 말을 하지 않아도 누구나 잘 알고 있었다.

"그렇지만 저희 역시 북해인입니다. 또한, 위험에 빠진 은공을 등한시하는 쓰레기로 있고 싶지 않습니다."

머리를 숙이고 있어 옥주결의 얼굴은 보이지 않았으나, 왠지 모르게 비장할 것 같은 느낌이 들었다.

"……신룡께서는 정말로 사람을 다양하게 귀찮고 힘들게 하는 재주가 있네요."

냉약빙은 마음에 안 드는 듯, 불쾌한 표정을 짓곤 앞으로 걸어 한추설과 옥주결을 지나쳤다.

옥주결은 큭, 하고 침음을 흘리면서 그 자리에서 움직이지 않았다.

냉약빙은 그걸 무시한 채 걷다가, 도중에 발걸음을 멈추고 평소처럼 무심한 어조로 말했다.

"여기서 쓸데없이 내력을 소비했다간 중원에 가기도 전에 지치실 겁니다. 얼른 일어나도록 하세요."

"그 말씀은……!"

옥주결이 환한 표정을 지으면서 자리에서 벌떡 일어났다.

"반대로 남자라면서 몸을 웅크렸다면 용서하지 않았을 겁니다. 여자건 남자건, 빚을 지고 약속을 했는데 어이 그걸 어길 수 있겠습니까?"

휘이잉.

흐리기만 했던 하늘에 변화가 일어났다. 먹구름이 흩어지고, 햇빛이 내리쬐며 북해궁주를 맞이한다.

기분 좋은 바람이 불어 냉약빙의 등허리까지 오는 머리카락을 스치고 지나간다.

"북해의 힘을 보여줍시다."

북해궁주, 만 명을 이끌고 중원으로 떠나다.

*   *   *

산동, 금의상단 제남지부.

모용세가의 배신과 유령곡의 습격을 받아 제남지부 일부분이 크게 손상되고, 사용인들도 상당히 죽었다.

불행 중 다행인 점은 그래도 유령곡 — 아니, 사도련의 습격이 실패하여 어찌어찌 멸망은 피했다는 점이다.

제남지부는 인상대의 주 지역이기도 하고, 금의검문 역시 있어서 피해를 최소화할 수 있었다.

모든 지부의 중심이자 기둥인 금의상단주 역시 평소 호위를 여럿 둔 덕분에 피해 하나 입지 않았다.

유일하게 위험이 될 만했던 모용중광 역시 비록 상처를 입었으나 무림육존인 오견 덕에 접근을 하지 못했다.

이후, 모용중광이 사도련의 무사들과 후퇴하자마자 제남은 발칵 뒤집혔다.

대대적인 습격에다가 정사대전을 알리는 싸움이 벌어졌으니 놀라는 것은 당연하다.

그 와중에 몇몇 상인들은 엉망이 된 틈을 타서 금의상단 제남지부의 상권을 가로채려는 시도를 보였다.

허나 인상대가 누구인가. 설사 친지가 죽는다 해도 업무를 멈추지 않는다는 지독한 돈 귀신이다.

비록 제남지부가 잠시 동안 마비되었으나, 그렇다고 타인이 자신의 사업을 탐내는 건 용서할 수 없었다.

애초에 이러한 경우조차 미리 대비해 두어서 다른 근처 지방에 명령을 내리거나 돈을 써서 그걸 제지했다.

"그럼, 사저를 잘 부탁드리겠습니다."

진양은 인상대와 오견에게 허리를 숙여 공손히 인사했다.

　정사대전이 일어나자마자 개방의 제남지부장이 헐레벌떡 뛰어나와서 급보를 전달했다.

　두말할 것도 없는 이야기지만, 정사대전이 일어났으니 당장 복귀하라는 내용이었다. 덧붙여서 사안이 급한 만큼 혼자라도 괜찮다는 말도 있었다.

　이러한 연유로 진연을 데려갈 수는 없었다.

　아니, 애초에 정사대전이 터졌으니 무림맹이 아닌 무당산으로 보내야만 했다.

　자신이 데려가고 싶은 마음은 굴뚝같았으나, 상황상 그럴 수가 없어서 대신 인상대에게 부탁했다.

　"공짜로 할 수는 없소."

　인상대는 심드렁한 얼굴로 지나가듯이 말했다.

　부탁을 거절하지는 않았지만, 대신 공짜로 할 수 없다며 대가를 요구했다.

　"세상일에 공짜란 없는 것은 저 역시 잘 알고 있습니다. 그리고 저 그렇게 양심 없는 놈 아닙니다."

　진양이 쓰게 웃으면서 답했다.

　그러자 인상대는 엄지와 검지를 둥글게 말아 지불할 돈은 어디 있냐는 표정을 지었다.

그걸 본 풍정국과 송유한의 얼굴은 벌레 씹은 듯이 일그러졌다.

상대가 금의상단주가 아니었다면 진작 모욕이라면서 검을 뽑았을지도 모른다.

"그건 누구나 말할 수 있소. 나에게 도움을 받고 싶다면 대가를 내놓으시오."

"설마하니 금의상단주님을 지켜드린 몫이 대가로서 부족하다는 건 아니겠지요."

유령곡은 원래 목표가 진양 한 명이었으니 그렇다 쳐도, 사도련과 모용세가는 인상대의 목숨도 노렸다.

당시 오견은 모용중광을 맡는 것만으로도 상당히 벅차했다. 진양이 아니었더라면 아무리 호위를 여럿 붙였다고 해도 인상대는 목숨을 부지하지 못했다.

"이런, 그건 날 생각해서 나온 선의가 아니었나? 난 또 그런 줄 알고 생각도 못 하고 있었소."

인상대가 얼굴에 철판을 깐 뻔뻔함을 보이면서 부드럽게 웃었다.

"공짜로 할 수는 없는 노릇이지요."

진양은 인상대의 말을 그대로 인용하여 답했다.

"원래 상인이란 게 항상 흥정이란 걸 하는 법 아니겠소? 그렇게 나쁘게 생각하지 마시구려."

"그렇다고 너무 날로 먹으려 하지 마십시오. 배탈 납니다."

"배탈이 난 적은 없고, 이 자리에 오른 걸 보니 굳이 그럴 필요는 없을 것 같소."

참으로 지독한 양반이었다. 있는 놈이 더한다더니, 그 말에 이렇게까지 알맞은 사람도 없다.

인상대는 생명을 빚진 대가로 그 부탁을 받아들였다.

또한 목숨을 빚진 만큼 그 보답은 화끈했다.

비록 한혈보마는 아니었지만, 그만큼 귀하고 빠른 말이 여섯 마리나 이끄는 마차를 준비해줬다.

그 외에도 무려 절정 고수를 호위로 붙여줬고, 그 외에도 무공이 가능한 기녀도 편의를 위해 붙였다.

여비 또한 두둑하다 못해 넘쳤으니, 진연이 무당산으로 가는 건 그다지 크게 걱정하지 않아도 된다.

참고로 풍정국이나 송유한 등 무림맹에서부터 따라온 이들은 복귀하되 진양과 함께하지는 않기로 했다.

진양이 경신술을 전력으로 다해 펼칠 예정이었는지라 그걸 따라갈 수 없으니 어쩔 수가 없었다.

"만난 지 얼마 되지도 않았는데 이렇게 헤어지다니."

진양이 제남을 떠나기 전, 진연은 평소처럼 뺨에 손바닥을 대고 무거운 한숨을 푹 내쉬었다.

그동안 함께했던 시간은 한여름 밤의 꿈처럼 너무나 짧았다.

"어렸을 적엔 항상 내 품 안에 있었는데."

진연은 사제의 품 안에 안겨 아쉬워했다.

'으음.'

사저의 큰 가슴이 물컹하고, 가슴에 닿는 감각이 느껴졌으나 진양은 입술을 깨물면서 인내했다.

이렇게 중요한 순간에 발정하려 하다니!

"일이 끝나고 다시 안기면 되는걸요."

진양이 옅게 웃으면서 어쩔 수 없다는 듯, 사저의 머리를 쓰다듬었다.

"어머나."

진연은 사제의 뜻밖의 손길을 받자 놀란 듯 눈을 동그랗게 떴다.

그리고 이내 놀란 감정을 추스르고 그 대신 행복하다는 듯이 미소 지었다.

"양아."

"네."

"이 사저는 그다지 많은 걸 바라고 있지 않단다. 그저, 네가 무당산으로 다시 돌아와 함께해줬으면 좋겠어."

"네, 약속할게요."

화경이나 절대고수의 경지에 올라도 만족할 수 없는 행복이 있다. 그 어떤 일이라도 비교할 수 없었다.

고향. 호북으로 돌아가 무당산을 오르고 그동안 맺었던 소중한 인연이 된 사람들과 웃고 떠들고 싶었다.

가끔씩 싸워도 괜찮다. 골치 아픈 일이 터져도 괜찮다.

그러니까.

'지킨다.'

아무도 죽지 않는다는 결과는 존재하지 않는다. 누구도 상처 입지 않는다는 결과는 없다.

하지만, 적어도 자신의 주변은 지킨다. 상처 입지 않도록, 죽지 않도록 어떻게든 힘을 낸다.

"다녀와, 양아."

그게 자신이 길(道)이며, 존재 의의다.

"다녀올게요, 사저."

*　　　*　　　*

정마대전 당시, 정파무림맹의 병력은 삼만이었다.

다행히 천마가 터무니없는 전략 — 아니, 생각 없이 진군한 덕에 무림맹의 피해는 그다지 크지 않았다.

그래서 전력의 이 할 정도가 줄어서 이만 사천 정도가

됐다.

이후 수혜사태가 무림맹주로 임명된 뒤, 여러모로 그녀의 수완 덕에 많은 정파인들을 끌어 모을 수 있었다.

그중에서는 은거고수도 있어 전력에 상당한 보탬이 되었고, 그렇게 모인 숫자가 육천이었다.

북해빙궁의 지원병력 만 명까지 합하면 사만이다.

비록 완벽하지는 않지만, 원래의 병력을 모으는 데 성공하기는 했다.

"일만인가⋯⋯."

사도련은 그보다 만 명 더 많은 오만이었다.

정마대전 이전에도 원래 사도련이 수적으로는 좀 더 우세했다. 다만 어중이떠중이가 많은 편이었다.

그래도 아직 북해빙궁의 무사들이 다 도착하지 않아서 실질적으로 오만을 삼만으로 겨우 막고 있었다.

정파와 사파 세력권이 맞물린 땅, 귀주.

"으하하! 괄창수! 설마 하니 다시 또 이렇게 볼 줄은 몰랐구나!"

사파의 고수, 적조괴인은 피에 적신 수염을 휘날리면서 웃음을 크게 터뜨렸다.

"네 이놈⋯⋯."

귀주 정파 세력의 으뜸, 호검문의 문주 괄창수는 이를

뿌드득 갈았다.

참고로 호검문 — 아니, 귀주 지역의 정파는 정마대전 때도 전쟁에 참여하지 않은 세력 중 하나다.

이는 겁을 먹었기 때문이 아니라, 귀주가 예로부터 사파와의 세력 다툼으로 끊임없이 싸워 온 곳이어서 그렇다.

그건 정마대전이 일어났을 때도 마찬가지다. 혹시 사도련이 틈을 타서 세력권을 확대할지 몰라 귀주의 정파세력은 참전이 아닌 경계 임무를 받았다.

"솔직히 말해서 정마대전 때 호검문처럼 약해 빠진 중소문파는 사라질 줄 알았는데, 의외로구나!"

적조괴인이 비웃음을 흘리며 괄창수를 도발했다.

호검문은 결코 약하지 않다. 반대로 대문파 정도는 아니지만 상당히 강한 편에 속하는 문파였다.

귀주에 남아 오랫동안 사도련의 세력과 싸우다 보니 나름대로 그 명성이 드높았다.

"자, 이제 그만 이 질긴 악연도 슬슬 끝을 내자!"

적조괴인이 괄창수에게 접근해 조법을 펼쳤다. 그 별호에 알맞게 붉은색을 머금은 손톱이 날아갔다.

괄창수는 흡, 하고 숨을 들이쉬면서 급히 검을 들어 적조괴인의 조격(爪擊)을 막아냈다.

"하아앗!"

괄창수는 전력을 다해서 무시무시한 기세로 검을 휘둘렀다. 검격이 빗발치면서 적조괴인을 덮친다.

적조괴인은 쿵, 하고 미간을 찌푸린 채 괄창수의 검격을 막아내면서 눈동자를 빠르게 굴려 주변을 훑었다.

"어딜 한눈팔고 있느냐!"

괄창수가 이때다, 하고 절초를 펼쳤다. 그 검에는 시퍼런 검기가 실려 있었다.

그러자 적조괴인이 기다렸다는 듯이 웃으면서 발을 휘둘러 지면의 돌멩이를 쳐내 괄창수에게 날렸다.

돌멩이에는 기가 실려 있어, 무시하고 맞는다면 멍으로 끝낼 수 있는 것이 아니었다.

"큭!"

괄창수가 얼굴을 일그러뜨리면서 얼른 검을 회수해 날아온 돌멩이를 튕겨냈다.

"이런 비겁한⋯⋯!"

"비겁, 비겁⋯⋯. 그 틀에 박힌 말 좀 어떻게 하지 못하겠나. 질리지도 않고 잘도 지껄이는군!"

적조괴인이 입가를 혀로 적시면서 비릿하게 웃었다.

"목숨 앞에선 그 어떠한 체면도 없다는 걸 네놈 또한 알지 않느냐. 위선자 놈아!"

적조괴인이 몸을 날려 팔, 아니 손톱을 연달아 휘둘렀

다. 적색으로 물든 빛줄기가 허공을 갈랐다.

채채채채쟁!

기가 실린 손톱과 검이 서로 몇 번이나 충돌하면서 금속끼리 부딪치는 마찰음을 토해냈다.

"그 잘난 영웅 나으리께서도 그러는 것이 증거 아니겠느냐? 하하하하!"

"적조괴인! 네 이노옴! 감히 누구를 모욕하느냐!"

괄창수의 얼굴이 시뻘겋게 달아올랐다. 상당히 화가 났는지 눈에 핏줄이 섰다.

다른 건 몰라도 진양을 욕하는 건 참을 수 없었다. 최근그는 낭왕을 쓰러뜨리면서 거의 신성시되고 있었다.

그만큼 진양의 업적이나 무공을 존경하는 사람이 상당히 많았고, 괄창수는 그중 한 사람이었다.

비록 나이 차이는 아들뻘이지만, 강호란 자고로 지닌 무위로 존경받는 법. 그건 큰 문제가 아니었다.

"그 무당신룡도 결국 우리와 다를 것 없다는 거지."

적조괴인의 눈이 차갑게 가라앉았다.

"너희 같은 놈들과 그분을 동일시하지 말……."

"동일시하지 말라고? 헛소리!"

적조괴인의 노성을 띤 목소리가 울려 퍼졌다.

"무당신룡이 어떤 방식으로 싸우는지는 이미 두말할 것

도 없겠지."

진양은 강호출두 때부터 비겁이라는 등의 말은 상관없
어 했다. 전혀 신경 쓰지 않았다.

물론 정파인으로서 기본적인 것은 지키려고 했으나, 목
숨이 위험하거나 힘이 부족하면 언제든지 다른 방법을 시
도하곤 했다. 그걸 본 목격자도 상당하다.

솔직히 말해서 진양에 대한 인식이 워낙 좋아서 다행이
었지, 그러지 않았다면 진작에 정파에서 매장됐다.

"그러니까, 위선이라는 거다!"

적조괴인은 두 눈을 부릅뜨면서 분노에 가득 찬 목소리
로 외쳤다.

"무당신룡뿐만이 아니다, 괄창수. 그렇게 비겁하다, 비
겁하다 지껄이면서 정파 네놈들 역시 힘이 부족하면 다수
로 고수를 제압하려하지 않느냐?"

정파 대부분에는 합격진이 존재한다. 보통 이 진법은 다
수 대 다수와의 싸움을 위해서 존재하지만, 문파마다 한
명을 상대하기 위한 진법도 있었다.

사파에선 힘이 부족하면 다수가 고수를 공격하는 건 당
연한 일로 친다.

또한 사도련에는 고수가 워낙 없다 보니 이런 일이 비
일비재하다. 그리고 대부분 보통 그런 일이 있으면 정파의

고수가 부끄럽지도 않냐고 버럭 화를 낸다.

어이가 없어 헛웃음밖에 나오지 않는다.

누군가가 '나는 그러지 않는다!' 라고 말해도, 대문파에 있는 한 사람을 상대하기 위한 합격진 체제는 무엇인가.

그게 고스란히 남아있으며, 또 제자들에게 그걸 가르치는 것 자체가 사파의 방식과 별다를 것 없었다.

그런데 항상 자신들을 보고 비겁하다고 말한다. 그걸 참을 수가 없었다.

"사파인이 적이라면 괜찮다는 역겹기 그지없는 생각은 하지 않기를 빈다, 괄창수."

적조괴인이 혐오 어린 눈으로 아무런 변론도 하지 못하는 괄창수를 노려봤다.

"오십여 년 전, 사도련이 정사대전에 패배했음에도 그 의지를 잃지 않고 절망하지 않은 이유가 뭔지 아나?"

다른 싸움도 아니고 정사대전처럼 대규모 전쟁에서 패배했다. 정상이라면 정파를 두려워하기 마련이다.

그리고 더 이상 싸우고 싶어 하지 않아, 도망치거나 숨는 것이 정상일 것이다. 그게 사파의 본질이다.

"그저."

하지만 다들 그러지 않았다. 시간이 제법 흘렀으나, 그때의 생존자들 대부분이 이번에도 참전하게 됐다.

"정파의 위선과, 사파의 정의를 증명하기 위해서다."

귀주와 운남 부근은 청해에서 온 도가장과 곤륜파와 아미파, 청성파, 점창파, 사천당가가 집결하여 맡게 됐다.

다만 청성파의 경우 정마대전 때의 공도 있고 또 피해가 워낙 심했기에 내놓은 병력은 그다지 많지 않았다.

광서, 광동, 복건에서부터 올라온 사도련 전력은 주로 호남, 강서, 절강에 골고루 분포됐다.

이 주요 지역에는 무당파, 화산파, 종남파, 소림사, 금의검문, 제갈세가, 남궁세가, 하북팽가, 황보세가 — 그리고 무림맹의 무사까지 합해 총집결하게 됐다.

개방의 경우, 주로 보법과 정보력을 자랑하여 전령 등의 역할로서 다양한 지역에 뿌려졌다.

참고로 모용세가가 위치한 요녕의 경우, 정말 최소한의 수비 외에는 맡지 않기로 했다.

요녕은 북경 바로 위쪽에 위치해 있고, 아무리 황제의 개입이 풀렸다 해도 얼마 되지 않았으니 함부로 날뛸 수 있을 리가 없었다.

모용세가 역시 그걸 생각했는지 주요 전력 대부분이나 식솔들은 이미 사도련 영역권으로 이주한 상태였다.

참고로 모용세가가 배신한 오대세가는 아직 그 이름이

남아있었는데, 이는 황보세가가 합류해서 그렇다.

사도련으로 배신한 모용세가야 이미 일찍이 퇴출당한 지 오래고 그 자리는 권왕의 위세를 받은 황보세가가 이어 받았다.

한편 — 안휘, 합비.

얼마 전까지만 해도 무림맹 본부가 위치하여 '제일 안전한 땅'으로 불렸던 곳은 전쟁터가 됐다.

강서나 절강에 사도련의 병력이 집결하여 북진하다보니 별수 없는 일이었다. 백성들은 문을 닫고 혹시라도 무림에 휘말릴까봐 덜덜 떨어댔다.

"……."

수혜사태는 염주알을 매만지며 정면을 살폈다.

그렇게 일각 정도를 생각에 잠겨있었을까, 뒤에서 느껴지는 기척에 수혜사태가 반응했다.

"오셨나요, 신룡."

"임무를 무사히 끝내고 왔습니다."

진양은 수혜사태의 뒤에서 포권으로 인사했다.

"신룡께서 합비를 떠나기 전에도 더 이상 부담을 주지 않겠다고 말했는데, 또 이렇게 되는군요."

수혜사태는 침울한 얼굴로 한숨을 내쉬었다.

금의상단주를 찾아가 임무를 성공적으로 끝냈거늘, 별

로 쉬지도 못하고 또 이렇게 불림을 받게 됐다.

분명 모든 일을 맡기지 않고, 부담도 주지 않겠다고 몇 번이나 말했는데 어째 지킬 수가 없어진다.

"힘이 없는 맹주라 미안합니다. 장로진분들에게 말을 했으나 대부분이 반대하시더군요."

진양은 영웅이이지만, 신이나 부처가 아니다. 사람인 이상 쉬어야 한다.

수혜사태는 그걸 알기에 비록 전쟁이 터졌지만 그래도 며칠간은 쉬어야 하지 않겠냐는 의견을 꺼냈다.

"큰일 날 소리 하지 마십시오."

진양은 무표정으로 그런 수혜사태를 타박했다.

"다른 때라면 몰라도 정사대전이 일어났습니다. 어쩔 수 없는 상황이지 않습니까."

"어쩔 수 없다, 인가요."

수혜사태가 입술을 질끈 깨물었다.

"전쟁이 일어났는데도 여전하시군요."

진양은 그런 수혜사태를 보고 몇 마디 건넸다.

"맹주님이 절 생각해 주시는 것은 감사할 따름입니다. 하지만, 그렇다고 너무 신경 쓰지 말아주십시오."

"그러나……."

"저 역시 정말로 힘이 들었다면, 무리였다면 넌지시 말해 설득했을 겁니다. 그 정도 실적은 있습니다."

정말 바보 같은 사람이지만, 미워할 수는 없었다.

그 말에 수혜사태는 입을 닫고 잠시 침묵에 잠겼다. 그리고 염주알을 다시 굴리며, 질문을 던졌다.

"……한 가지, 여쭤도 되겠습니까?"

"몇 가지여도 상관없습니다."

이에 수혜사태는 입술을 달싹여 말하려다가 몇 번이나 주저하면서 힘겹게 목소리를 끌어올렸다.

"모용세가의 소가주 ― 모용검룡께서 배신한 건 혹여나 그들에게 많은 부담을 줘서 그런 겁니까?"

'허.'

그 질문을 듣자 정신이 멍해졌다. 정말 생각지도 못한 질문이 들려와서 속으로 헛웃음이 터져 나왔다.

전의 정사대전 이후, 모용세가는 거짓된 활약 덕에 정파의 수많은 기대를 받았다.

모용중광 역시 어릴 적부터 기대주로 커왔고 진양을 이어 영웅이 된 이후로는 더더욱 그랬다.

다만 이러한 활약은 최근 배신한 탓에 예전부터 배신한 것은 아니냐는 말이 나와 의심받고 있었다.

그런데 수혜사태는 혹여나 자신들이 부담을 줘서 그런 건 아닐지 걱정하고 있었다. 이쯤 되면 병이다.

'아니, 그렇기에 아미신녀인가.'

아미신녀, 수혜사태.

수화사태가 괜히 수혜사태를 무림맹주로 내세운 게 아니다. 그런 그녀가 있기에 천마의 의지를 무너뜨렸다.

"아니오."

진양은 고민하지 않고 바로 답했다.

수혜사태는 그 잠깐의 침묵이 신경 쓰여서 그랬던 걸까, 질문을 반복하려 했다.

"그런 착각을 하고 계시다면 그 생각을 버리십시오."

진양이 그 낌새를 눈치채고 말을 가로챘다.

"……그런가요."

수혜사태는 뒤도 돌아보지 않은 채, 먼 산을 바라보다가 — 몸을 돌려 그 표정을 보여주었다.

"그럼, 됐습니다."

그 얼굴은 어딘가 모르게 무언가를 떨쳐낸 듯했다.

第三章

절대고수(絕對高手)

　무림맹 장로 회의가 열렸다. 어쩌면 이 인원으로 회의를 하는 것도 마지막일지도 모른다.

　오늘 이후로 장로들 역시 임무를 위해서 최전선으로 나갈지 모른다.

　"수고했네."

　진양이 회의에 참석하자 황개가 제일 먼저 다가와서 어깨를 두들겨줬다. 진양도 머리를 주억거려 인사했다.

　이제 막 무림맹에 도착한 진양은 무림맹 수뇌부에게 제남에서 있었던 일에 대해서 자세히 보고했다.

　특히 모용세가에 대해서 자세히 알렸다.

"……맙소사."

장로진들은 이야기를 듣고 그 얼굴이 창백하게 질렸다. 특히나 황개와 제갈문의 표정이 좋지 않았다.

참모인 제갈문과 정보통인 황개는 모용세가를 깊게 신뢰하여 그동안 여러 정보를 넘겨주었다.

그중에선 전쟁에 관여된 기밀도 대거 껴있었다.

그게 모조리 그 천재 사도련주에게 들어갔다는 생각이 들자 머리가 새하얗게 질렸다.

"하, 그야말로 알몸인 채로 덤빈 꼴이 아닌가?"

창허자가 기가 막히듯이 말했다.

"아미타불……."

원종대사가 침통한 목소리로 염불을 외웠다. 그 외 장로들의 반응도 대부분이 처참했다.

관군의 개입 이후, 일 년 동안 서로 머리를 굴리면서 전쟁을 준비했는데 그걸 모조리 알고 있다니!

그 충격은 말로 헤아릴 수 없을 정도다.

"사도련주의 손 위에서 놀아난 꼴이로군요. 뭐가 됐건 간에 일단 대대적인 수정이 필요하겠군요."

수화사태가 염주를 굴리면서 냉철한 판단을 내렸다.

수정할 건 많다. 연락책, 암구호, 작전, 기밀 등 하나부터 열까지 전부 다 바꿔야 할지도 모른다.

수뇌부에 적의 첩자가 숨어있다는 것은 이처럼 무시무시하다.

일단 모용세가가 알고 있었던 건 다 바꿔야 하니 거의 전부를 바꿔야 하는 것과 마찬가지였다.

제갈문은 가솔들이 비명을 지를 것을 머릿속으로 떠올리면서 한숨을 푹 내쉬었다.

"저 역시 그런 마음은 굴뚝같으나 안타깝게도 시간이 없습니다."

"그 말대로요. 그 많은 것들을 바꾸려면 최소 몇 년은 필요하오. 그것도 전쟁을 하지 않을 경우고."

황개가 그 의견에 동의했다.

"상황은 최악이지만, 그래도 다행인 점은 금의상단주를 설득했고 낭왕의 협력까지 받을 수 있다는 거요."

분위기가 안 좋게 흐르자 당거종이 희망적인 이야기를 꺼냈다.

"커흐음!"

창허자가 헛기침을 흘렸고, 좌중의 시선이 쏠렸다.

"금의상단이나 낭왕에 대해 말이 나와서 그런데…… 다들 지금 궁금해하는 것이 있지 않소?"

창허자가 진양을 힐끗 쳐다봤다.

"흐응."

그 물음에 장로진 모두 동의하듯 고개를 미미하게 끄덕였다. 그들의 얼굴은 호기심으로 가득했다.

창허자는 진양에게 시선을 고정한 채로 재촉하듯이 물었다.

"이보게, 무당신룡. 도대체 어찌하여 낭왕을 이겼나?"

지금 무림에선 주로 정사대전과 모용세가로 시끌벅적하지만, 또 하나의 소란이 하나 있다.

역시 제남에서 일어난 모용세가 배신 사건에서 일어났던 비무. 낭왕 오견과 무당신룡 진양과의 싸움이다.

승패의 결과는 무당신룡의 승리.

그것도 설사 어린아이가 상대라고 해도 봐주지 않는 오견이다. 궁금하지 않아하면 그게 더 이상했다.

또한 최소 절정 정도의 백 명 이상 되는 고수들의 합격진이 펼치지 않은 이상 절대고수는 이길 수 없다.

그걸 아무런 도움도 없이 혼자서, 그것도 정면승부로 이겨냈다는 건 아무래도 믿기 힘들었다.

'역시 믿지 않나.'

어떤 특별한 수단과 방법을 사용해서 낭왕을 이긴 게 아니다.

절대고수는 같은 경지가 아니라면 승리할 수 없다. 그 법칙은 변하지 않는다. 불변이다.

진양 역시 그걸 싸울 때 느꼈고, 포기했다가 — 음양을 깨우치면서 절대고수에 올라서 이길 수 있었다.

그 장면을 직접 본 사람들도 여럿이었지만, 세간은 그 말을 믿지 않았다.

원래 소문이라는 건 과장되는 법이고, 설사 두 눈으로 본다고 해도 그 현실을 받아들이지 못하기도 한다.

피곤해서 잘못 봤다거나, 혹은 무언가 속임수를 썼다거나. 원래 사람이란 건 의심의 동물인 법이다.

"소문대로입니다."

진양은 거짓말하지 않고 진실을 고했다.

"헛소리!"

창허자가 얼굴을 일그러뜨렸다.

"확실히 서른도 되지 않아 화경에 오른 건 대단해. 하지만 그렇다고 우리를 능멸할 생각은 하지 말아라!"

창허자가 핏대를 세우며 소리를 버럭 질렀다.

"저번에도 말했다시피, 주변에서 영웅이라고 치켜세우니 코가 아주 하늘 높은 줄 모르고……."

"전 말만 번지르르하게 하는 성격은 아닙니다. 시간도 없으니 빠르게 증명하겠습니다."

진양은 창허자의 말을 칼같이 자르면서 양손을 보였다. 왼손은 주먹을 쥐었고, 오른손은 손바닥을 보였다.

"감히, 지금 이 자리가 어디 자리라고……!"

창허자가 무시당했다고 생각했는지 분노했다. 그러나 수혜사태가 손을 뻗어 그를 얼른 제지했다.

진양은 주변의 시선에도 아랑곳하지 않고 주먹을 쥔 손에 강기를 실었다. 시퍼런 아지랑이가 피어오른다.

강기를 보면 누구나가 다 '아, 저건 강기구나.'라고 알아챈다.

강기에서 느껴지는 기세라든가 그 위압감 덕이기도 하지만, 눈에 명확하게 보여서 그렇다.

예를 들어 검기가 물 흐르는 것처럼 조금 두루뭉술하다면, 강기는 얼음. 순도를 더 높이고 중첩한 탓에 시각적으로도 더 잘 보일 수밖에 없다.

"자, 그럼 여기를 잘 봐주십시오."

진양은 포권을 하듯이 팔을 들어 대칭을 만들었다.

여전히 왼손은 주먹이었고, 오른손은 손바닥이었다.

"강기를 막아낼 수 있는 건 여러분도 알다시피 셋으로 나뉩니다. 하나는 강기에 가까울 정도로 상당한 내공을 중첩한 기의 형태, 하나는 강기. 또 하나는……."

팟!

주먹이 그대로 수평선을 그려냈다. 그 주먹이 향한 곳은 아무것도 없는 손바닥이었다.

"뭔……!"

그걸 보고 있던 장로진들이 깜짝 놀랐다.

권강에 실린 위력은 이 자리에 있는 그 누구나 안다. 저걸 진심으로 맨손에 내질렀다니, 미친 짓이다.

아무리 자신이 만들어낸 강기라고 해도 저러면 큰 상처를 입는다.

그러나.

"뭣이……?"

창허자가 믿을 수 없다는 듯이 두 눈을 부릅떴다. 그 외의 장로들도 경악과 불신 어린 표정을 지었다.

분명 치명상을 입고도 남을 공력을 담은 권강이었으나, 손바닥에 간단히 막혀버렸다.

아니, 정확히는 손바닥이 닿기도 전에 멈췄다. 문제는 주먹에 실린 강기가 일렁이면서 소멸하고 있었다.

"진짜였어!"

쾅!

황개가 의자를 밀어내면서 환호성을 내뱉었다.

"하하하! 솔직히 보고를 받고도 믿을 수 없었는데, 그게 정말이었구나. 무형강기를 펼치다니, 진짜 절대고수였다!"

황개가 함박웃음을 터뜨리면서 두 팔을 번쩍 들었다.

형태가 없는 강기. 그건 화경의 증거인 것처럼 절대고수의 증거다. 즉, 정말로 절대고수라는 뜻이었다.

"보고도 믿겨지지 않는군요……."

수혜사태가 눈을 껌뻑이면서 입을 헤 하고 벌렸다. 그 외의 장로진들도 놀란 건 마찬가지였다.

심지어 어느 때도 냉정을 유지하는 편인 제갈문조차 할 말을 잃은 듯 멍하니 서 있었다.

"이, 이건 말도 안 돼!"

창허자가 현실을 부정하듯 혼란에 잠긴 목소리로 소리쳤다.

"애초에 저 나이에 절대고수라니…… 이건……."

전생의 표현을 빌리자면 21세기 도시 한복판에서 마법사 복장을 한 사람이 공중에 날아다는 것과 같았다.

정말로 있을 수 없는 일이기 때문에, 그만큼 경악하고 불신을 갖게 된다.

"전쟁에 앞서 미리 제 전력에 대해 자세히 알아야 할 것 같아 보여드렸으나, 제가 이뤄낸 경지에 대해서는 비밀로 하는 편이 낫지 않습니까?"

진양이 제갈문을 쳐다보면서 물었다.

"확실히 이건 숨겨두는 편이 낫습니다. 완전히 알리기 전까진 비장의 수로 쓸 수 있을 겁니다."

반농담 삼아 말하는 게 아니라 절대고수가 몇 명 있느냐에 따라 전쟁이 판가름 나기도 한다.

개개인의 무력 또한 중요하지만 역시나 사기에 영향을 받는다.

무당신룡이 낭왕에게서 승리한 것은 이미 만천하에 퍼졌지만 딱히 사기가 올라가거나 하지는 않았다.

다들 하나같이 전쟁이 시작됐으니 무림맹이 사기증진을 위한 소문을 퍼뜨린 것이라고 생각했다.

그렇게 된 거, 차라리 꼭꼭 숨겨서 생각지도 못한 곳에 절대고수의 힘을 보여주는 편이 훨씬 낫다.

"클클클, 어차피 숨기지 않아도 믿지 않을 거요."

황개가 걱정 말라는 듯이 웃었다.

하기야, 이렇게 눈으로 봐도 믿기 어려우니 말이다.

"큭……!"

창허자는 뭐라 더 말하고 싶은 눈치였으나, 아무 말도 하지 못했다.

"자, 그럼 다시 본론으로 돌아가겠습니다. 일단 연락책, 정보, 작전 등은 일급에 준하는 것들부터 바꾸도록 하겠습니다."

"아이고, 개방과 제갈세가만 죽어나가겠구먼."

황개가 골치 아프다는 듯이 한숨을 내쉬었다.

정보나 작전, 암구호 등을 관할하는 곳은 이 둘이었다. 주로 수정하고 생각을 짜내는 건 제갈세가고, 그걸 정확하고 은밀하게 전달하는 게 개방이다.

"나중에 꼭 보답하도록 하겠습니다. 조금만 더 고생해 주세요."

수혜사태가 미안한 듯 쓴웃음을 지었다.

"그건 나중에 전달하도록 하고, 일단 전선에 대해서입니다. 사도련의 병력은 아까 말했듯이 오만. 이중 각각 일 만이 운남, 귀주, 호남, 강서, 절강에 위치해 있으며 순서 대로 일군(一軍)부터 오군(五軍)이라 칭하겠습니다."

운남과 귀주는 사천을 공격해 오고, 호남과 강서, 절강 지역은 상황에 따라 갈라져 호북과 안휘를 공격했다.

"본 맹은 사천, 호북, 안휘에 각각 일만 ─ 마찬가지로 순서대로 일군부터 삼군까지 있소."

황개가 설명을 덧붙여 제갈문을 보조해줬다.

"사도련주와 천면독주는 어디에 있습니까?"

진양이 물었다.

"사도련주는 호남에 목격된 이후로 움직이고 있지 않습니다. 아무래도 총지휘를 위해서 중간 지점이 되는 지역에 남아있을 모양이더군요."

수혜사태가 대신 답해줬다.

이에 제갈문이 수혜사태와 황개에게 눈으로 인사한 다음, 천면독주의 소재에 대해서 친절히 설명했다.

"천면독주는 운남과 귀주를 중점으로 사천을 압박하고 있습니다. 지금 그쪽의 상황이 많이 안 좋습니다."

괜히 독의 주인이라는 별호가 붙은 게 아니다. 사천당가조차도 천면독주의 독을 해독하려면 힘이 든다.

그것도 그냥 제조한 독을 상대할 경우지, 정면승부로 독공에 당하면 답도 없다. 그 자리에서 죽는다.

그 탓에 사천 쪽은 독에 의한 피해가 상당하다고 한다.

"절 그리로 보내주시면 될 듯합니다."

"특별한 이유라도 있습니까?"

제갈문이 진양에게 물었다.

"무림칠존 중에서 해독 능력이 제일 뛰어난 것은 아마 저일 겁니다."

극양의 화기를 이용한다면 독기를 태워 없앨 수 있다.

"신룡을 무시하는 것은 아니나, 천면독주의 독을 우습게 보지 않는 편이 좋을 걸세."

독에 일가견 있는 당거종이 경고했다.

"당가에서조차 함부로 다룰 수 없는 독을 다루는 자가 바로 천면독주일세. 특히나 그 독공에 당하면 해독할 틈도 없이 중독되어 염라대왕과 마주하게 되지. 삼매진화로 어떻게 해보려도 독을 태우는 건 불가능할걸세."

당거종이 진양이 생각하는 바를 비스무리하게 맞췄다. 과연 사천당가에서 파견된 장로였다.

"저 역시 천면독주를 우습게 볼 생각은 전혀 없습니다. 다만, 제가 좀 더 상성적으로 낫다는 겁니다."

천면독주를 본 적 없는 것은 물론이고 그의 독 또한 간접적으로도 체험한 적 없었다.

아무것도 모르는 상황에서 독으로 절대고수에 오른 자를 우습게 볼 생각은 결코 없었다.

다만 말했다시피 어디까지나 자신이 상대하는 것이 좀 더 낫다고 말한 것뿐이다.

제갈문도 그걸 이해하고 고개를 끄덕였다.

"알겠습니다. 그럼 신룡은 당거종 장로님, 수화사태 장로님과 함께 배치하는 걸로 정하겠습니다."

천면독주가 사천을 공격하고 있으니, 안내인으로 이 둘이 붙는 게 낫다. 허나 수화사태가 나서서 거부했다.

"이의 있습니다. 전 무림맹주님을 보좌해야 하는 일이 있어 함께 따라갈 수 없습니다."

이런 말하기 정말 뭐하지만 수혜사태는 흔히들 말하는 '호구'다. 그만큼 선한 인간이라서 곤란하다.

그녀를 그대로 둔다면 아무런 이득 없이 남을 돕는 꼴이

빈번하게 일어날 것이다.

아미파의 영향력을 높이고 이익을 챙기려는 수화사태 입장에선 호구 사매 곁에서 떠날 수 없었다.

"알겠습니다."

제갈문이 그 사정을 모를 리가 없다. 그래도 혹시 몰라서 그냥 던져본 것에 불과하다.

물론 그렇다고 제갈문이 수혜사태를 꼭두각시처럼 어떻게 해보겠다는 건 아니다. 반대로 수혜사태가 사저인 수화사태에 의해 움직일 것을 걱정해서 그렇다.

'흥. 그 속셈을 모를 줄 아느냐.'

수화사태는 어림없다는 듯이 제갈문을 슬쩍 매섭게 째려봤다. 제갈문은 시선을 돌려 모른 체했다.

전쟁 도중에도 이렇게 복잡한 정치 관계가 수도 없이 교환되니, 한숨이 절로 튀어나오게 된다.

"참모님. 그렇게까지 신경 써 주실 필요는 없습니다. 사천에 초행길로 가는 것도 아니고, 당거종 장로님께 실례되는 말이오나 저 혼자 가는 게 더 빨리 도착할 겁니다."

지금같이 상황이 급할 때는 조금이라도 시간을 단축하는 게 최고다. 당거종에게는 미안한 말이었지만, 솔직히 말해서 방해였다.

경공을 전력으로 펼치면 며칠 만에 갈지도 모른다.

창허자는 그 태도가 또 건방지다고 생각했는지, 자리에서 벌떡 일어나 한 소리 하려 했다. 허나 당거종이 그 전에 손을 들어 제지했다.

"나도 그리 생각하네."

당거종이 전혀 기분 나빠하지 않는 표정으로 고개를 끄덕였다.

당사자가 이렇게 나오니 창허자도 뭐라 하기가 좀 그랬는지 끙, 하고 자리에 다시 앉았다.

"그럼 사천에 있는 천면독주는 신룡이 맡기로 하고, 호북의 사도련주는 무당일장과 이후 도착할 북해궁주가 ─ 그리고 이곳 안휘의 방비는 권왕과 낭왕이 하게 될 겁니다. 반대하시는 분 있습니까? 시간이 없으니 부디 짧게 끝내 주기시기를 바랍니다."

웬만하면 이의를 꺼내지 말라는 뜻이었다.

아직 창허자가 여전히 납득하지 못하는 얼굴이었으나, 어쩔 수 없다는 표정으로 입을 꾹 다물었다.

"일급에서부터 특급 기밀의 경우, 변경되자마자 바로 연락을 드리도록 하겠습니다. 각 지역에는 팔파일방이나 오대세가의 대표들께서 지휘를 맡고 있을 테니 웬만하면 명령에 따라 주시기 바랍니다. 이상입니다."

    *   *   *

진양은 목적지를 사천으로 잡고 경공을 최대로 펼쳤다. 그 움직임에는 거침없었다.

끼니는 벽곡단으로 때우는 것이 가능했고, 소변이나 대변도 조절해서 참을 수 있으니 문제가 없었다.

수면 역시 하루에 한두 시간으로도 충분했다. 괜히 화경이나 절대고수가 대단한 게 아니다.

인간으로서 필요로 하는 욕구를 충족하지 않아도 충분히 살아갈 수 있기 때문이었다.

한편, 그가 떠나있는 동안 전쟁은 활발하게 진행됐다.

모용세가가 배신한 게 알려진다면 기밀 대부분이 바뀔 것을 예상한 사도련주는 알고 있는 정보가 쓸모없어지기 전까지 사용하기 위해서 사도련을 진군시켰다.

"악! 사도련, 네놈들이 어떻게……!"

"하하하, 이게 다 모용세가 덕분이 아니겠나!"

"그동안 당하는 줄도 모르고 있었다니, 멍청하도다!"

무림맹은 일급 미만 정보는 수정하지 않았다. 마음 같아선 바꾸고 싶었으나 현실적으로 불가능해서 그렇다.

이러한 정보를 이용하는 것만으로도 정파는 큰 타격을 입었다.

상부에서 조심하라고 알려주긴 했지만, 알고도 당할 수밖에 없었다.

불행 중 다행인 건 몰라서 당하는 것보다는 상황이 좀 더 나은 편이었다는 거다.

정파인들은 목숨이 달린 일이란 걸 깨닫고 서로 조심하면서 기밀을 바꿔 사용하기도 했다.

그러나 사도련이 이 정보를 이용해서도 이길 수 없는 경우가 있었는데 — 바로 황보세가와 마주할 때였다.

"권왕이다!"

"으아아악!"

무림칠존, 권왕 황보욱.

그가 전장에 나서 주먹을 휘두르면 전략이건 전술이건 무소용이었다. 그 힘은 그야말로 압도적이었다.

"천마 그놈 생각이 나서 영 좋지 않구만."

황보욱은 입맛을 다시면서 주먹을 내질렀다.

주먹을 내지를 때마다 사도련도가 비명을 지르면서 나가떨어져 목숨을 잃었다.

공동산 정상에서 벌어졌던 천마와의 싸움은 권왕에게도 상당한 영향력을 끼쳤다.

다만 어떠한 깨달음으로 인해 절대고수에 오른 자만큼 천마의 사상으로 마음이 복잡하거나 하진 않았다.

그저 절대고수라는 힘 앞에 적들이 굴복하는 걸 보면 괜히 천마가 생각나서 짜증이 났다.

내심 비슷한 경지라고 생각했던 남자가 절대고수를 셋이나 상대했으니 신경이 쓰일 수밖에 없었다.

"그리고 금의검문 이 더러운 놈들이랑 함께하는 것도 마음에 들지 않는군."

황보욱이 팔짱을 낀 채 탐탁지 않은 표정을 지었다.

안휘가 위치한 삼군의 대표적인 세력을 꼽자면 역시 무림맹의 무사들, 남궁세가, 그리고 황보세가와 금의검문이다.

무림맹과 황보세가는 대부분 정예인 대신 수가 적었고, 금의검문은 정예가 적은 대신 숫자가 많았다.

돈이 썩어 넘치는 금의상단의 지원을 받은 덕분에 숫자가 많은 건 당연했다.

황보욱은 무림칠존 중에서도 무학에 대한 명예나 긍지가 보수적이고 그걸 중요시하는 사람으로도 유명하다.

항상 정정당당이라는 말을 좋아하고, 또 무인들 중에서도 유독 돈으로 무학을 사는 행위 자체를 혐오한다.

그러다 보니 같은 산동을 주거지로 활동하는 정파인데도 금의검문을 그다지 크게 좋아하지 않는다.

반대로 금의상단주 인상대나 금의검문주는 이익을 위해서 권왕이 있는 황보세가와 교류하고 싶은 눈치였으나, 황보욱은 이런저런 핑계를 대며 피하는 편이었다.

하지만 전쟁이란 상황에서 개인적인 감정으로 싫다고 하여 명령을 무작정 거부할 수는 없는 노릇이다. 그건 무림칠존이라는 권좌에 앉은 황보욱 역시 마찬가지다.

물론 권왕인 만큼 그 권위를 이용해서 거절할 수도 있지만, 그렇게 되면 그만큼 많은 피해가 날지도 모른다.

황보욱은 그렇게까지 머리가 비지 않았다. 하북팽가와 같은 취급을 받는 건 사양이다.

"쯧. 사파 놈들을 대상으로 기분이나 풀어야겠군."

황보욱은 마음에 안 드는 듯, 주먹을 휘둘렀다. 그가 주먹을 휘두를 때마다 폭풍이 몰아쳤다.

일반적인 권압과 전혀 다른 압력이 쏟아지면서 전방에 있는 사도련의 무사들이 비명을 지르며 날아갔다.

"황보세가는 금의검문과 함께하되, 명령을 받지 않는다. 따로 행동해도 좋다. 긍지 하나 없는 놈들에게 등을 맞댈 수는 없다."

결국 황보욱은 금의검문을 신뢰하지 못하고, 가솔들을 모아 공식적으로 이런 선언까지 했다.

어차피 삼군의 지휘는 무림맹이 하니 상관없는 일이라고 생각했다.

"쯧. 언제 봐도 저 쓸데없는 고집은 여전하군."

황보세가가 전선에서 따로 싸우고 있다는 걸 전해 듣게 된 오견이 소감을 냈다.

현재 오견은 인상대에게 고용된 이후로 거의 처음으로 그에게서 떨어져 전선에 나섰다.

오견이 곁에 있다면 최고의 호위이지만, 정사대전에 협력하기로 약속한 이상 내어줄 수밖에 없었다.

오견의 경우 돈만 받으면 그만이었기에 흔쾌히 승낙했고, 인상대를 떠나 전력 중 하나로 합류하게 됐다.

"하나부터 열까지 마음에 안 드는군!"

금의검문주, 호재걸(號在傑)이 중얼거렸다.

낭왕이 최전선까지 나오긴 했으나 황보욱처럼 지휘자가 되지는 않았다.

원래 오견에게 지도력이란 건 존재하지 않는다. 낭인 시절 때부터 혼자서 살아남는 것만 특기로 해왔다.

설사 지휘관 자리를 내주어도 적절한 판단을 내릴 수 없다. 그래서 제갈문은 그 대신 금의검문주에게 맡겼다.

금의검문주인 호재걸은 사고뭉치이자 안하무인인 호영창의 아비인 동시에 금의상단주의 외조카다.

"흥, 이쪽이야말로 환영하는 바요. 하북팽가와 쌍벽을 이루는 돌대가리들과 함께하고 싶은 마음은 없소."

호재걸도 바라는 바라면서 황보세가가 위험에 빠져도

돕지 말라는 명령을 내렸다.

참고로, 호재걸은 혈연의 힘만으로 금의검문주에 오른 건 아니다.

인상대는 그렇게 녹록한 인물이 아니다. 이익과 손해에 신경 쓰는 만큼, 만약 무능력한 자가 금의검문주에 올랐다가 실수라도 해서 손해를 보면 참지 않는다.

세간에서 보는 금의검문주, 호재걸의 평은 혈육이란 사실에 가려 축소된 감이 있다. 내부에선 상당한 지지를 받는다.

심지어 오견도 호재걸의 능력만큼은 인정하는 바였다.

"황보세가가 아무 말 하지 못하도록, 모든 공을 가로채라!"

금의검문은 황보세가와 경쟁하듯이 사도련도들과 싸웠다.

'어찌해야 할꼬.'

이러한 복잡환 관계 덕분에 골치만 아픈 건 삼군의 참모이자 두뇌로 배정된 제갈복진(諸葛福珍)이었다.

전술을 펼치려고 해도 황보세가와 금의검문이 사이가 좋지 않아 손발이 맞지 않아 문제가 된다.

괜한 불똥만 튀어서 고생하게 됐다.

第四章

수전의문(誰戰疑問)

　삼군이 금의검문으로 인해 서로 협조하지 않는 상태로 싸워 고생일 무렵, 이군은 상당히 안정적이었다.

　개파조사인 장삼봉 이후 최고의 황금기라 불리는 무당파의 힘 덕분이었다.

　그 위세가 워낙 높은 덕에 호북의 다른 정파들도 군말 없이 따라주었다.

　애초에 안휘와 달리 호북 정파 진영에는 절대고수가 무당일장밖에 없으니 당연히 그를 따를 수밖에 없었다.

　단, 사도련주가 있어 본대에 속하는 삼군이 정면에 있다 보니 승세를 가질 수는 없었다.

밀리지 않는 것만으로 다행이었다.

호북에 모인 정파의 수는 일만. 각각 이천 명을 보내왔으며 무당파, 소림사, 화산파, 종남파, 하북팽가에서 보낸 고수들이었다.

당연히 전선에 나선 만 명은 각 문파에서 정예로 불리는 자들뿐이었다.

사도련의 경우, 호북과 맞댄 호남에서 북진하는 병력 자체는 만이었으나 옆 지역인 강서에서 이천오백 명 정도 증원이 와서 일만 이천오백이라 할 수 있었다.

아니, 추가 증원 가능성도 얼마든지 지니고 있어서 문제였다. 강서에 배치된 사군은 상황에 맞춰서 호북과 안휘로 증원을 나갔다. 이게 꽤 성가셨다.

호북, 형주(荊州).

어떤 시대건 간에 전략적 중요 지점이던 지역이다. 삼국지에서도 중요시했던 곳이다.

이곳 형주는 사도련의 거센 침략에 지금도 잇따라 격렬한 싸움이 벌어지고 있었다.

"두려워하지 말라! 숫자만 많을 뿐, 하나같이 오합지졸뿐이다!"

형주의 최전선. 소매에 태극이 그려진 남자가 검을 쥔 채로 열심히 뛰어다녔다.

과거, 사대제자들의 교관이었으며 무당파에서 정예로 알려진 진무칠검대(眞武七劍隊)의 대주 — 청중이었다.

그 외에도 소림의 백팔나한, 화산의 이십사수 등 이름만 들어도 알 수 있는 정예부대가 다양한 활약을 했다.

종남이나 하북팽가도 이렇다 할 부대가 있는 건 아니었지만 그래도 각 세력에서 꼽은 정예답게 강했다.

전장을 넓게 보면, 처음에는 정파가 우세해 보였다. 그러나 시간이 갈수록 상황은 반대가 됐다.

숫자의 차이 때문에 그러려니 했지만, 전혀 아니었다.

무림맹 이군의 구성원 역시 대단했지만 그건 사도련도 마찬가지다.

사도련주가 있는 만큼 본대로서 상당한 전력이 숨어있었고, 또 천재답게 전략전술에도 능해서 문제였다.

"하, 어디 오합지졸에게 당해보시지!"

사도련의 싸움 방식은 그야말로 '치졸' 그 자체였다.

정파의 시체를 고기 방패로 쓴다거나, 도중에 암기나 독을 쓰는 것은 약과였다.

급할 때면 누군가를 인질로 삼아 허를 찌르기 했고, 땅을 구른다는 등 자존심을 굽히는 일은 차고 넘쳤다.

그 외에도 사도련은 함정을 기가 막히게 잘 썼다.

실로 우습게도 형주는 정파의 영역임에도 사도련이 설

치한 함정이나 기관진 등이 넘쳤다.

사도련주가 준비한 시간은 무려 오십여 년. 전대의 정사대전 도중부터였다.

그때부터 열심히 정파 영역에 대해서 조사하고 들키지 않는 곳을 골라 수많은 함정을 설치해 숨겨왔다.

사도련은 이를 이용해서 무림맹을 도발하는 등의 방법으로 유도해 함정에 빠뜨렸다.

"으아아악!"

"사도련 이 비겁한 개새끼들아!"

참고로 이 함정에 걸려든 자들은 대부분 하북팽가 출신이었다. 성질이 급하다 보니 정말 쉽게 잘 걸렸다.

제갈세가는 미리 눈치채고 하북팽가 출신 무사들에게 경고했지만, 그들 대부분이 무시했다.

하북팽가들이 원체 자존심이 높은 자들이기도 하고, 정마대전에서 아무런 실적이 없어서 이번 정사대전을 통해서 공을 세우려고 혈안이 되어있는 탓이었다.

그 탓에 고생만 하는 건 제갈세가를 필두로 한 다른 세력들이었다.

"씨발, 저 돌대가리 새끼들 때문에 이게 뭐야."

"똥 싸는 것만으로도 열 받는데 이걸 우리가 치워줘야 해?"

싫어도 하북팽가는 전력이다. 일단 함정에 빠지면 구해야 한다.

그래서 울며 겨자 먹기로 어쩔 수 없이 하북팽가가 위험에 빠지면 도우러 가야 했고, 불만이 쌓였다.

그래도 불행 중 다행으로 팽가를 통솔하는 남자, 오호도주 팽산명은 그렇게까지 머리가 비지는 않았다.

제갈세가에서 붙여준 참모나 선극에게 경고를 받고 그들의 혈기를 누르려고 노력은 했다.

또한, 하북팽가가 이렇게 함정에 걸리긴 해도 다른 문파에서 보내온 전력 또한 만만치 않아서 쉽게 무너지지는 않았다. 천만다행이었다.

*   *   *

사천, 덕창(德昌).

운남에서 북쪽으로 쭉 전진하면 덕창이 나온다. 비교적 가까운 장소였다.

그 위로 서창, 미고, 감락, 아미산 순으로 길을 따라서 성도까지 이어져있기에 주요 전략 지역이다.

그래서 정사대전이 일어나기 전부터 덕창에는 무림맹 병력이 일찍이 배치되어 있었다.

무림맹 일군 역시 이군이나 삼군과 마찬가지로 일만.

주로 사천당가, 아미파, 곤륜파, 도가장, 점창파였다.

청성파의 경우 정마대전 때 손실이 너무 커서 보호에만 집중, 전선에 나서지 않기로 했다. 정마대전 때의 활약이 워낙 큰 덕분에 그 누구도 뭐라 하지 않았다.

"무당신룡이 사천으로 오고 있다고?"

점창파 장문인, 낙상산(洛上山)이 지휘막사에서 서신을 들고 눈살을 찌푸렸다.

"예, 그렇습니다."

무림맹 소속 전령이 부복한 채로 고개를 끄덕였다.

"그딴 애송이를 보낸다고 뭐가 변한다고 생각하나? 아미의 무능한 여승을 맹주에 올리더니만 이제는 완전히 별별 지랄을 다 하는군그래!"

낙상산은 코웃음을 치면서 서신을 구겼다.

"그렇습니다, 장문인."

낙상산 옆에 선 점창파 장로, 공손곤(公孫坤)이 동의했다. 그 얼굴에는 멸시감이 실려 있었다.

그걸 본 전령이 이도저도 못 하고 불안한 표정을 지었다.

'점창파가 현 무림맹주와 무당신룡을 무척이나 싫어한다고는 들었으나, 설마 이 정도일 줄은 몰랐다.'

점창파는 정마대전에 참전하지는 않았으나, 그렇다고 하북팽가와는 상황이 좀 달랐다.

비록 마교도의 마 자도 보지는 못했으나 점창파는 무림 맹 내에서도 위세가 상당히 높은 편에 속했다.

점창파 자체가 운남에 있고, 사도련 영역과 바로 옆에 있다 보니 오랫동안 그들과 수없이 싸워왔다.

정마대전 때도 어금니를 드러내는 사도련을 견제했기에 그 공적을 누구도 부정하지 않았다.

게다가 무공 자체가 실전에 맞춰 있다 보니 점창파는 예로부터 정파 중에서도 호전적인 편에 속했다.

성질 급해서 어딜 가나 싸움 걸고 다니는 하북팽가도 접어줄 정도다.

애초에 점창파는 다른 대문파에 비해서 강호출두의 나이가 빠르다.

성년이 되기도 전에 위 항렬 제자와 함께 사도련 무사들을 상대로 실전을 겪게 되면서 무공을 수련한다.

이렇다 보니 무에 대한 숭배도 상당한 편이고, 또 누구보다 중요시하는 문파였다.

이런 점창파가 역대 최약의 무림맹주로 평가되는 수혜사태를 안 좋게 보는 건 당연한 일이었다.

지무악이 수혜사태를 다음 대 무림맹주로 지목했을 때

부터 극렬하게 반대했으며, 또 지금도 마찬가지였다. 아예 수혜사태 이야기만 나오면 얼굴부터 찌푸렸다.

이 관점에서만 보면 점창파는 어린 나이에 높은 경지를 이룩한 진양을 싫어하기는커녕 존경해야 한다.

그러나 점창파는 자존심이나 자부심이 정말 쓸데없이 많은 편이라서 진양을 보고 그럴 리 없다며 부정했다.

특히 그들은 보수적인 자들로 유명해 나이가 많지 않으면 '무공만 센 애송이다.' 라고 욕하기 바빴다.

"내 예언컨대, 분명 이곳에 오자마자 건방진 표정을 지으면서 명령만 내리려고 할 게 분명하다. 어쩌다 운이 좋아서 화경에 오른 것 가지고 어깨를 으쓱이겠지. 그딴 놈과 손을 잡을 생각은 없다."

낙상산은 인성이나 무위, 지도력만 보자면 훌륭한 장문인이다. 경험도 많아서 지휘관이로서 딱이었다.

무림에서도 상당한 고수로 평가받는 자이며, 그 실적도 예로부터 주변에서 박수를 받았다.

다만 흠이 있다면 남을 잘 믿지 않고 질투심이 많다는 점이었다. 문제는 그걸로 멋대로 형편없다고 하거나, 쓰레기일 것이라고 남을 멋대로 평가한다는 점이었다.

"애초에 얼마 전에 북해에 다녀와서 중원 땅도 잘 기억하지 못할 놈이 뭔 사천에 와서 그리 잘났다는 듯이 싸우겠다는 것이냐? 됐다. 놈은 그냥 무시하고 우리끼리 알아서 하겠다."

서신에는 무당신룡인 진양이 천면독주를 맡을 테니 그와 협력해서 사도련을 무너뜨리라는 명이 있었다.

당연하지만 장문인인 낙상산은 물론이고 장로인 공손곤을 비롯한 점창파의 모두는 그걸 듣고 코웃음을 쳤다.

"나이 어리고 얼굴은 그럭저럭. 무공도 높고 무당파의 제자이니 사기증진으론 써먹기 좋은 꼭두각시지. 주변에서 영웅이라 받들어주니 정말 자기가 뭐가 된 줄 알고 착각하고 있는 모양이야."

"맞습니다, 장문인. 아무래도 무림맹 장로진들이 미친 것이 분명합니다."

일반인도 안 믿는 걸 낙상산이 믿을 리가 없다.

서신에는 진양이 절대고수의 경지에 올랐다는 걸 확인했다는 내용이 있었으나 역시 믿기지 않았다.

게다가 애초에 점창파는 무림맹을 불신하고 있었다.

지무악 때야 전의 정사대전에 그 힘을 똑똑히 보였으니 나름 존경하여 따랐으나, 수혜사태는 아니다.

명령을 듣기는커녕 서신 하나 제대로 보지 않았다.

"아무래도 무림맹이나 다른 구파…… 아니, 팔파일방이나 오대세가가 우리의 공적을 시기하는 모양이군. 그래서 견제를 위해 영웅이라는 놈을 보낸 모양이다."

점창파도 점창파지만, 역시 현 정파 무림에서 명성만 따져보면 당연히 무당신룡 진양이라 할 수 있다.

낙상산은 무림맹이 점창파의 높아지는 실적을 견제하기 위해 그에 알맞게 진양을 보냈다고 생각했다.

당연히 터무니없는 오해였으나, 낙상산은 그리 생각했다.

"그 건방진 애송이가 오기 전에 승세를 따내야 한다."

낙상산은 그동안 쌓아왔던 공이 영웅이란 이름으로 엉뚱한 녀석에게 돌아갈 것을 걱정했다.

그건 다른 점창파의 제자들도 마찬가지였다. 다들 '맞아, 맞아.' 하고 동의했다.

이렇게 되어 결국 그 의심은 어쩌다 보니 낙상산을 초조하게 만들게 됐고, 싸움에 불을 붙였다.

한편, 이 소식을 듣게 된 다른 일군의 수뇌부는.

"미친 새끼."

청해에서부터 도가장의 무사들을 이끌고 내려온 도기철이 어이없다는 듯이 헛웃음을 흘렸다.

들어보니 이런 개소리가 또 없었다.

하나부터 열까지 너무 어이없어서 뭐라 해야 할지 할 말을 잃을 정도였다.

천면독주같은 괴물이 있어서 서로 협력하는 것만으로도 부족한데 아예 배척부터 하고 있다. 그것도 다른 이유가 있는 게 아니라 공을 빼앗을 것 같다는 근거 없는 질시 때문이다.

점창파가 예로부터 이런 것은 알고 있었지만 설마 이렇게까지 심각할 줄은 몰랐다.

이미 점창파는 과거의 아미파 등에 비해 영향력을 덜 끼치는 것도 아니었는데, 왜 이리 욕심 부리는지 이해하지 못했다.

"별 대단한 게 있어서 그런 게 아니오."

공동대전 때 천마와의 결전에서 활약해 이름을 더더욱 드높인 삼공절기 하운보도 한숨을 흘렸다.

"그저, 마음에 안 들어서 그런 거요."

"마음에 안 들다니, 그게 뭔 소리요?"

"자신들은 이렇게 고생해서 공을 세웠는데도 무림맹주로 추대받지 못했는데, 무공도 약하고 아무런 공적도 없는 자가 무림맹주로 추대받은 것 자체가 마음에 안 든다는 뜻이오."

툭 까놓고 말하면, 하운보의 말이 맞다.

점창파는 항상 최전선에 나와 있다. 휴전 때도 사파와의 접점으로 골치가 아프다.

그래서 가끔 문파 내에서 '이 정도면 우리가 무림맹의
대표가 아니겠느냐?' 라고 말하곤 한다.

　하지만 점창파 역사에서 맹주로 추대받은 적은 별로 없
다. 그렇다 보니 내부에서 상당한 불만이 쌓였다.

　대신 점창파 역시 검존 같은 절대고수를 배출한 적이 없
으니 불만은 있어도 뭐라 하지는 않았다.

　하지만 수혜사태가 맹주로 추대받고, 또 그 지위에 오르
면서 불만이 폭발. 결국 이 사태까지 와버렸다.

　협조해도 부족한 정사대전에서 말을 듣기는커녕 무시하
거나 고깝게 보고 잘 따라주지 않았다.

　"환장하겠군."

　일군, 이군, 삼군. 죄다 엉망진창이다. 과연 이 상태로
전쟁에 승리할 수 있을지 의문을 품게 된다.

                    *   *   *

　제갈문을 비롯한 무림맹 참모진은 일단 공격이 아닌 수
비에 중점을 두라고 전군에 명령을 내렸다.

　아직 수적으로 이만이나 차이가 난다. 전면전을 하면 필
패일 수밖에 없었다.

　북해빙궁의 지원이 도착하기 전까진 아직 모든 걸 꺼내

기에는 이르다. 병력을 좀 더 충당하고 싸워야만 했다.

그러나 오늘, 무림맹 일군이 수세를 포기하고 공세로 바꾸면서 진군하기 시작했다. 점창파 탓이었다.

"다 된 밥에 숟가락만 얹히는 꼴을 볼 수는 없지."

점창파의 장문인, 낙상산의 영향력은 생각 이상으로 크다. 평시에도 워낙 많은 공을 세워서 그렇다.

이렇다 보니 일군의 지휘는 대부분 낙상산 — 점창파에게 있었고, 별수 없이 따라야했다.

물론 반대가 안 나온 것은 아니었다. 곤륜파와 도가장이 안휘로 급히 이의를 제기하는 의견을 보냈다.

그러나 아무리 전서응을 쓴다고 해도 그 소식이 금방 전해질 리는 없었다. 애초에 안휘에서 가장 먼 사천이다.

서신이 전해지기도 전, 낙상산은 강행하여 남측으로 계속해서 내려가 폭풍과도 같은 기세를 보였다.

"공을 빼앗기지 마라!"

일군에서 점창파만큼 공에 혈안이 된 문파가 하나 더 있었는데, 바로 현 무림맹주를 배출한 아미파다.

아미파의 여승들은 자비라는 말이 무색할 정도로 전장을 돌아다니면서 사도련의 무사들과 싸웠다.

어찌나 그 싸움이 격렬했는지 아미파와 함께한 일군의 다른 무사들이 질겁할 정도였다.

"무림맹주님이 신녀라 불리셔서 다들 비슷한 줄 알았는데, 그건 큰 착각이었어."

"아까 사도련 무사들을 끝까지 쫓아서 목을 베는 걸 보고 살이 절로 떨려왔네."

그동안 아미파는 별다른 고수를 배출한 적도 없을뿐더러 공도 적어 구파일방 중에서 말석을 차지했다.

이에 수화사태는 더 이상 무시받고 싶지 않으면 어떻게든 공(公)을 세우는 데 힘쓰라고 몇 번이나 강조했다.

당연한 이야기지만 처음 아미파는 수화사태의 의견을 듣고 부정적인 반응을 보였다.

전형적인 불교 계열 문파인 아미파에게 욕심을 버리라고 말하기는커녕, 욕심을 부려 공을 세우라니.

아미파의 근간 자체를 무너뜨리는 말이었다.

"그렇다면 아미파에게 미래란 없습니다."

아미파가 무시당하지 않으려면 그 누구보다 많은 공을 세워야만 했다. 그렇지 않으면 발전하지 않는다.

실제로 수화사태가 수혜사태를 무림맹주에 올리지 않았다면 아미파는 여전히 철저하게 무시받았을 것이다.

힘이 약해 정마대전 때도 제대로 된 공적을 세우지 못했으니 더더욱 그랬을 것이다. 그 설움을 잊지 못한다.

아미파는 너무 오랫동안 무시받았다. 아미파의 여승들

이 전부 부처가 아닌 이상 그걸 참기는 힘들었다.

그렇지 않아도 시간이 지날수록 아미의 문을 두들기는 제자들이 적어져 곤란했다.

허나 수화사태가 무림맹으로 파견되어 이런저런 노력한 끝에 전보다 상황이 나아졌다.

결국 아미파 여론 — 특히 젊은 제자들의 여론이 수화사태를 지지하게 되면서 이런 결과가 났다.

아마 얼마 지나지 않아 아미파의 장문인은 수화사태에게로 돌아갈 것이다.

"허어."

하운보는 아미파를 보고 깊게 탄식했다.

"어이하여 도대체 이렇게 됐을꼬……."

자비를 중시하던 아미파가 나찰이 되다니. 과연 정파의 명문지파가 맞는지 의구심이 들었다.

"마치……."

하운보는 다음 말을 차마 잇지 못했다.

"마치, 정마대전 때의 청성파를 보는 것 같소."

사천당가의 가주, 당평(唐平)이 대신 그 말을 이었다.

"끄응."

하운보는 차마 못 보겠다는 듯이 고개를 돌렸다. 그 얼굴은 불쾌하다는 듯이 일그러졌다.

당평은 하운보의 반응에도 아랑곳하지 않은 채 담담하게 말을 이었다.

"이보시오, 삼공절기. 내 묻고 싶은 게 있소."

당평은 팔짱을 끼곤 슬픈 시선으로 전장을 쳐다봤다.

"우리들은 지금 무엇과 싸우고 있는 거요?"

청성파는 복수에 미쳤다.

"사도련이오?"

점창파는 질시에 미쳤다.

"사도요?"

아미파는 공적에 미쳤다.

"아니면 — 나 자신이오?"

하운보는 답하지 못했다.

진양은 합비에서부터 명마를 타고 쉬도 없이 달렸다.

말이 힘을 다해 쓰러질 때가 되면 곧바로 내려 경공을 최대로 펼쳐 바람이 되어 달렸다.

내공이 쭉쭉 소비되는 것이 느껴졌지만 솔직히 말해서 그다지 큰 해가 되지는 않았다.

워낙 자신의 내력이 넓고 깊다 보니 하루 종일 사용해도 별 부담은 없었다.

수면도 끼니도 거르다 보니 그 속도는 월등했고, 호북까지 가는 데 채 삼 일도 걸리지 않았다.

무당산 근처를 지나갔을 때 잠시 들르고 싶은 욕구가 솟구쳤지만 필사적으로 사적인 감정은 접어두었다.

일단 천면독주의 처리가 더 급하다는 걸 듣고 호북을 그대로 지나쳐 중경에 도착했다.

중경을 지날 때 즈음, 점창파와 아미파가 사도련 측으로 공세를 펼치며 진군을 한다는 소문을 듣게 됐다.

'미치겠군!'

전쟁은 결코 한 사람만으로 끝낼 수 있는 게 아니다. 손짓 한 번으로 산을 무너뜨리고 바다를 가를 수 있지 않은 이상 사천에 도착한다고 무작정 해결되지 않는다.

솔직히 말해서 천면독주와의 싸움에서도 승리할 수 있냐고 묻는다면 확답은 할 수 없다.

절대고수가 모두 비슷한 것도 아니고, 다들 각자 무언가의 깨달음을 가지고 있어서 그렇다.

만약 천면독주와 싸우게 된다면 주변을 신경 쓸 수 없게 된다.

그사이에 무림맹 전력이 밀리고 있다면 최악이다. 천면독주에게 이겨도 전쟁에선 패배할 수 있었다.

그래서 협력 요청을 하려고 제갈문에게 부탁했는데, 함께하기는커녕 죄다 망하게 생겼다.

"어이! 거기!"

중경은 동서남북으로 각각 호북, 사천, 귀주, 섬서 등을 맞대고 있다. 지역적 요소만 보자면 주요 지역이다.

하지만 그럼에도 불구하고 중경은 정파도 사파도 대단한 영향을 끼치지 못하는 곳이었다.

이는 중경에 위치하여 주변의 세력권을 모조리 독차지한 자들 때문이었다.

'녹림십팔채(綠林十八寨)!'

산 부근에서 잠시 휴식을 취하던 진양은 주변에서 느껴지는 기척에 혀를 찼다.

녹림십팔채. 산적들이 모이면서 이룬 대표적인 세력 열여덟 곳을 부르는 총칭이다.

최근, 정마대전이나 정사대전을 통해 제일 이득을 본 자들이 있다면 바로 이 녹림십팔채들이다.

원래 십여 년 전만 해도 근처에 정파 영역이 있어서 중경의 녹림십팔채는 제대로 된 힘 하나 부리지 못했다.

심지어 가끔씩 산적들을 소탕하겠다며 정파가 찾아와서 숨기 바빴다.

그러나 정파가 마교나 사파와의 전쟁으로 인해 괜한 전력을 소비하고 싶지 않아지면서 이야기가 좀 달라졌다.

주기적으로 이뤄지던 소탕도 없어지고, 관군도 마교 소

탕으로 바쁘다 보니 산적들이 점점 날뛰기 시작했다.

"좋은 말 할 때 물러나는 게 좋을 거다."

중경에 도착하기 전까지 전력을 다해 달려오다가 오늘에 와서야 제대로 된 휴식을 취했다.

그 전까진 벽곡단을 씹으면서 새우잠만 잤다. 채 한 시진 동안 한 자리에 있어본 적이 없었다.

이제 곧 사천에 도착할 것 같아서 약간의 휴식을 갖기로 했는데 그 소중한 시간을 낭비하고 싶지 않았다.

"물러나?"

"크하하하하!"

산적들이 서로의 얼굴을 마주보며 웃음을 터뜨렸다.

"원래 미친놈은 용서하지 않지만, 가진 걸 다 내놓으면 내 넓은 아량을 베풀어주마!"

산적이 큼지막한 박도를 꺼내 들며 소리질렀다.

"후우."

진양은 말하는 것도 귀찮다는 듯이 검지와 중지를 구부린 뒤에 기의 탄환을 튕겨냈다.

파바바밧!

기환이 손가락에서 떨어져 나가며 슈슈슉 하고 바람소리를 냈다. 허공에 몇 개의 빛줄기가 그려졌다.

퍼엉!

박도를 쥐고 있던 산적의 머리가 수박통처럼 깨졌다. 주변에 있던 산적들이 헉, 하고 외마디 비명을 질렀다.

심상치 않은 걸 느낀 산적 중 하나가 그의 등을 노리고 화살을 날렸으나 애꿎은 허공만을 갈랐다.

진양은 유령보법을 운용해 소리 소문 없이 산적들에게 조용히 다가간 뒤, 자객처럼 목숨을 앗아갔다.

그리고 제운종을 대성으로 펼쳐서 부드러운 발걸음으로 산적들 사이를 오가면서 치명상을 입혔다.

"퍽!"

산적들이 뭐라 말을 잇지도 못하고 모조리 절명했다. 삼십이라는 숫자를 죽이는 데 오래 걸리지 않았다.

'허, 절대고수가 확실히 대단하긴 대단하구나.'

무림칠존에 올랐으나 마지막으로 싸워본 자가 같은 절대고수인 낭왕 오견이었다. 이렇게 피라미들과 싸워보니 새삼 그 강함에 대해 스스로 감탄하게 됐다.

"음, 그러고 보니 산적을 상대하게 된 건 처음인가?"

현대 지구에서 무협지를 보면 심심찮게 나오는 게 바로 산적이다.

그런데 어째 자신은 그 흔한 산적 하나 제대로 본 적이 없다.

강호출두를 해도 대부분이 혼자가 아니었고, 항상 고수

의 면모를 보이다 보니 다들 알아서 피해갔다.

소매의 태극무늬만 살짝 보여도 산적들은 질겁하면서 도망치기 바빴다.

"참, 이럴 때가 아니지. 얼른 사천으로 가자."

*　　　*　　　*

폭풍처럼 몰아치는 아미파와 점창파에 비해 조금 부족할 뿐이지, 타 세력도 활약을 안 하는 건 아니었다.

청해에서 온 곤륜파와 도가장, 당가도 무시하지 못했다.

"도연홍이다!"

사도련의 무사 중 누군가가 외쳤다.

평시였다면 청해제일미라는 별호를 떠올리면서 침을 꼴깍 삼켰을지도 모른다. 하지만 지금은 아니다.

도연홍은 원래 미색도 미색이지만 무공이 뛰어나기로 소문난 여걸이다. 일반적인 여성과는 차원이 다르다.

정마대전 때만 해도 눈 하나 까딱하지 않고 마교 무사의 목을 베면서 다음 목표를 찾았다. 몸을 덜덜 떨어대며 누군가의 도움을 기다리는 여성이 아니었다.

"흥, 그래봤자 계집이다!"

사도련의 절정 고수가 코웃음을 치며 도연홍의 앞을 막

았다.

"잘 들어라, 계집. 얼른 그 칼을 내려놓고 가랑이나 벌리거라. 애초에 칼이란 건 남자들만 쓰는……."

"뭐래, 병신."

도연홍이 눈썹 하나 까딱 하지 않고 패음십이세를 펼쳤다. 그 이름에 걸맞게 패도적인 도법이었다.

절정 고수는 헉, 하고 숨을 멈추며 급히 도를 막았으나 역부족이었다. 도연홍의 공력이 장난이 아니었다.

'이런 미친…….'

욕이 절로 튀어나오는 근력과 내공이었다. 무엇보다 도연홍의 살벌한 표정을 보니 등골이 오싹했다.

도연홍은 사랑하는 사람, 진양 앞에선 그래도 비교적 얌전하게 지내는 편이다.

하지만 진양이 보고 있지 않다면 이야기가 달라진다.

원래 산머슴 혹은 멧돼지라 불리던 도연홍이다. 그 성질머리는 강호출두 전부터 유명하다.

"이 건방진 계집이 죽고 싶지 않으면 당……."

절정 고수가 눈을 부릅뜨며 뭐라 했지만, 그 말은 이어지지 못했다.

서걱!

결국 힘 대결에서 패배해 도연홍의 칼이 사도련 소속 절정 고수의 목을 뎅겅 잘랐다.

　"패음도봉(覇陰刀鳳)……."

　누군가가 도연홍의 별호를 중얼거렸다.

第五章

천면독주(千面毒主)

"으음, 저거 저래도 되나."

도기철이 전장을 누비는 딸을 보고 침음을 흘렸다.

아들들이 딸을 호위하는 듯했으나, 이렇게 보니 누가 누굴 호위하냐는 말이 절로 나왔다.

얼마 전 — 그러니까 진양이 금의상단주를 설득하러 갈 때의 일이다. 그렇게 말 안 듣던 딸이 집에 돌아왔다.

거의 협박까지 해가면서 청해로 돌아오라고 해도 말을 듣지 않던 딸이 귀환하자 도기철은 어리둥절했다.

나중에 들어보니 낭군의 사저, 최근 호북제일미라 불리는 진연이 잔소리를 한 탓이란 걸 알게 됐다.

도기철은 나중에 진연에게 기필코 감사 인사를 하겠다고 생각하며 안도의 한숨을 내쉬었다.

사랑하는 이를 기리는 마음을 이해 못 하는 건 아니지만, 그래도 아비로서 딸을 가까이 두고 싶었다.

그리고 얼마 지나지 않아 모용세가의 배신 소식이 전 무림에 알려지며 정사대전이 일어났다.

도가장은 무림맹의 명령에 따라 청해의 곤륜파와 함께 남진, 사천의 일군과 합류하여 싸웠다.

"백리 그 여우계집 때문에 안 그래도 짜증났는데, 아주 잘됐다!"

그러곤 딸이 기다렸다는 듯이 도를 뽑아들면서 전선에 나섰다. 그걸 보니 혀 차는 소리가 절로 나왔다.

하나밖에 없는 딸이 기분을 풀 듯이 사도련 무사들의 목을 베고 피에 젖은 채 흙바닥을 구른다.

여자로서 여러모로 해선 안 될 짓 같았지만, 이미 익숙해져서 별다른 생각이 들지 않았다.

그래도 걱정이 돼서 아들놈들을 모두 도연홍에게 붙여서 지켜달라고 언질을 넣어뒀다.

하여튼, 도연홍은 남동생들을 비롯해 도가장 무사들과 함께 전장을 누비면서 그 명성을 크게 알렸다.

정신 차리고 보니 도가장의 여성만이 연공한다는 패음

십이세를 따서 패음도봉이라는 별호가 붙었다.

"쩝, 원래 꽃에는 가시가 있기 마련이라고 듣긴 했지만…… 아무리 봐도 저건 가시 수준이 아니지."

"어허, 그래도 뭐 어떤가. 가시에 찔려도 좋으니 내 기회만 있다면 도 소저와 함께하고 싶소."

"피를 머금은 그 미소조차 아름다워서 내 아까 넋을 잃다가 사도련에게 당할 뻔했네."

남자들은 그런 도연홍이 좋다고 헤벌쭉 웃었다.

그중에선 질색하는 자도 있었지만, 역시 미색이 장난이 아니었는지라 눈길을 끌었다. 애초에 별호에 봉, 이라는 것이 붙게 되는 건 무림정파 후기지수인 동시에 미색까지 겸비하고 있다는 의미다.

"쯔쯔, 저러다가 큰코다치지……."

당가의 소가주인 동시 후기지수로 꼽히기도 하는 당헌기(唐憲奇)가 혀를 차며 남자들을 한심하게 여겼다.

당헌기는 사천에서도 소문난 바람둥이였는데, 항상 옆에 끼고 있는 여자가 볼 때마다 바뀌었다.

그런 당헌기가 일찍이 청해제일미라 불리는 도연홍을 안 건드릴 리가 없었다.

몇 년도 더 된 일이긴 하지만, 예전에 꼬시려다가 먼지가 날 정도로 맞은 적이 있다. 그 이후로 도연홍의 도 자만

들어도 몸을 부들부들 떨면서 기겁했다.

또한 당헌기가 여자를 밝히는 편이긴 해도 인성이 나쁘거나 그릇이 작은 소인배는 아니었다.

"저런 멧돼지는 영 내 취향이 아니고⋯⋯오, 저쪽의 처자가 내 마음에 쏙 드는군. 청순한 게 마음에 들어."

당헌기는 헤벌쭉 웃으면서 자리를 옮겼다. 그 시선 끝에는 청순가련해 보이는 미인이 옅게 웃으며 서있었다.

"어휴."

"도련님께서 또 병이 도지셨군."

"전쟁 중인데도 저러니⋯⋯."

당가의 무사들은 작은 주인이 보이지 않는 꼬리를 살랑거리는 걸 뒤에서 지켜보며 한숨을 흘렸다.

소가주 당헌기는 사람으로서도 무인으로서도 나쁘지 않다. 후기지수로 거론될 만큼 무공도 높으며, 오대세가라는 배경도 있고 또한 머리도 예로부터 비상했다.

그러나 역시 이 여자 밝히는 병이 시도 때도 없이 나타나 평가 절하됐다.

가주인 당평을 포함해 당가의 어른들도 이런 당헌기를 안타깝게 보고 몇 번이나 잔소리했지만 소용없었다.

"⋯⋯."

그러나 — 이변이 일어났다.

"어라, 도련님?"

미인이라 하면 설사 나이가 스물에서 서른 차이가 난다고 해도 가리지 않는 게 당헌기다.

그리고 한번 목표물을 잡으면 방해물이 뭐건 상관 않고 다가간다.

그런데 그 천하의 당헌기가 도중에 걸음을 멈췄다. 당가의 무사 중 한 명이 의아해하면서 다가가 뭔 일이냐고 물어보려 했으나, 당헌기의 급한 언조의 외침이 막았다.

"멈춰!"

"도련님……?"

"명령이다! 멈춰!"

당헌기가 다시 한 번 다급히 외쳤다.

"그게 대체 뭔……커헉!"

앞으로 나섰던 당가의 무사가 갑작스레 시커먼 피를 울컥 토해냈다. 그의 눈동자가 의문으로 떨렸다.

"독……?"

다른 곳도 아니고 사천당가 소속의 무사다. 독에 대한 내성이 남들보다 뛰어날 수밖에 없다.

아니, 애초에 그들이 연공한 무공 자체가 독공이다. 당가의 혈족만큼 대단하진 않지만 그럭저럭 괜찮은 수준인데다가 하물며 이들은 당가 내에서도 정예다.

헌데 그런 당가의 무사가 아무것도 느끼지 못하고 중독되어 독이 섞인 피를 토했다. 뭔가가 이상하다.

머리를 천천히 들어 의문이 깃든 눈으로 앞을 쳐다봤으나, 아무런 생각도 들지 않았다.

정신을 차렸을 때 이미 자신의 몸은 힘없이 바닥으로 떨어져 지면과 입맞춤하고 있었다.

"과연, 여자만 밝히는 놈은 아니로구나."

당헌기와 마주보고 있는 청순가련한 미녀가 사악하게 웃으면서 손바닥으로 얼굴을 주물렀다.

그러자 그 얼굴이 방금 전에 쓰러진 무사의 얼굴로 변했다.

"악!"

그 광경을 멀찍이 지켜보고 있던 당가의 무사들은 하나같이 창백하게 질린 얼굴로 비명을 질렀다.

"천면독주!"

천 가지 얼굴을 지닌 독의 주인. 체격이 남자와 여자 사이에 있어서 그 성별은 누구도 모른다 한다.

쇠를 긁는 것처럼 듣기 싫은 목소리는 사람의 것이 아닌지라 이 역시 성별을 파악하기 힘들게 하였다.

"여태껏 본좌의 무형무취인 용독술을 눈치챈 자는 손에 꼽을 정도로 적거늘, 과연 당가의 소가주로다."

천면독주의 눈이 초승달처럼 휘었다. 허나 그 눈동자가 칙칙한 녹색으로 빛나고 있어 무척이나 섬뜩했다.

당헌기는 그 눈을 차마 보지 못하고 시선을 피했다.

"끌끌, 고추 달린 놈이 뭘 그리 무서워하느냐. 이 늙은 이가 심심하니 말상대나 하거라."

천면독주가 얼굴을 매만지더니 이번에는 주름과 검버섯 이 가득한 노인으로 변했다.

'말할 수가 없다.'

한편, 당헌기는 끊어질 것 같이 아파오는 창자의 고통에 속으로 신음을 삼키며 꾹 참았다.

방금 전에 쓰러진 당가의 무사처럼 당헌기 역시 이미 중 독되어 있는 상태였다.

그래서 지금 열심히 내공심법을 운용하면서 몸에 침투 한 독기를 황급히 해독하는 도중이었다.

"천면독주다 — !"

다행히도 이 소란을 누가 목격한 듯, 당가 무리 너머에 서 천면독주의 등장을 알리는 외침이 들려왔다.

'적당히 해독하고 난 다음 이 자리에서 도망친다.'

독인(毒人)으로서의 자존심이니 뭐니 챙길 상황이 아니 었다. 지금 가만히 서 있는 것만으로도 버겁다.

당헌기는 고수긴 하지만 그래봤자 절정 정도의 수준이

다. 천면독주에 비하면 태양 앞에 반딧불이었다.

지금 이 자리에서 천면독주와 싸우는 건 미친 짓이었다. 당장 일군의 최고수들을 불러와서 상대해야만 한다.

'잠깐.'

어떻게든 살아남을 궁리를 열심히 하고 있던 당헌기는 무언가가 이상하다는 걸 느꼈다.

'왜 아직도 우리를 살려두는 거지?'

이미 용독술 영역에 들어왔다면 차라리 죽이는 게 낫다. 특히나 그 대상들은 위험이 되는 당가의 무리다.

천면독주의 독은 절대고수에 올랐지만 아예 해독할 수 없는 건 아니다.

정파에서 유일하게 천면독주의 독에 조금이나마 대항할 수 있는 게 바로 사천당가였다.

천면독주 입장에선 상당히 성가시고 짜증나는 놈들이었다.

특히나 당헌기처럼 독공의 고수들이 모인다면 힘들고 희생도 필요하지만 극독을 어찌어찌 해독할 수 있다.

천면독주에게 위협이 될 정도는 아니지만, 만약 다른 절대고수와 싸울 때 해독 경로를 알려주면 거슬린다.

즉, 목숨을 빼앗을 정도는 아니지만 발등을 이쑤시개 같은 걸로 콕콕 찌를 정도의 거슬림은 된다.

독공을 연공하는 동지애 같은 건 이미 옛적에 없었던 천면독주가 왜 지원군이 올 때까지 기다리는지 이해가 안 갔다.

'설마!'

"눈이 바쁘게 헤엄치는 걸 보니 머리가 돌아가는 소리도 들리는 것 같군. 신룡이나 검룡에 묻히긴 했으나 참으로 인재로다. 전란에는 인재가 많다더니만 그게 진짜로군."

천면독주는 가벼운 발걸음으로 당헌기를 지나쳐 당가의 무리 사이에 들어갔다.

문제는 방금 전까지만 해도 영역 밖에 있다고 생각했던 사천당가의 무사들이 손끝 하나 움직이지 못했다.

죄다 마비독에 걸려 꼼작도 하지 못했다. 심지어 입을 열어 목소리도 내지 못했다.

천면독주는 무사 중 아무의 얼굴을 빌리고 당가 무사의 암기 하나를 빼앗고 그 사이에 녹아들었다.

'함정이다!'

당헌기가 절망하면서 소리 질렀지만, 입 바깥으로 목소리가 나오지 않았다.

최대로 저항하고 있다는 듯 목젖 부근이 파르르 떨려왔지만 그 이상 그 이하도 아니었다.

"여기다!"

"당가를 도와라!"

당가를 제외한 일군의 무사들이 몰려들어 사천당가의 무사들을 중심으로 삥 둘러싸 호위했다.

사파는 독과 암기를 자주 쓰는 편이지만 정파는 그렇지 않다. 사천당가가 유일하다시피 하다.

그러다보니 자연스레 전시에 사천당가를 호위하려 한다. 독에 대한 지식이 있는 게 사천당가뿐이라서 그렇다.

전술적으로 보자면 그건 올바른 판단이었으나 — 애석하게도 그 판단으로 인해 큰 피해를 만들게 됐다.

"천면독주는 어디에 있…… 제기랄."

지원 요청에 급히 도우러 온 점창파의 고수도 당가 무사들의 상태를 살펴보고 잘못됐다는 걸 깨달았다.

그는 재빨리 후퇴하라고 말하려 했으나, 그러기도 전에 천면독주의 광기 어린 웃음소리가 울려퍼졌다.

"카하하하하!"

천면독주가 눈을 뜨자 칙칙한 녹안이 빛났다.

'녹안만독공(綠眼萬毒功)…….'

당헌기가 패색이 짙은 안색으로 중얼거렸다.

천면독주가 연공한 녹안만독공은 대성하게 되면 만독불침이 되는 동시, 눈이 녹색으로 변하게 된다.

당연한 이야기지만 신체적 특징만 바꾸게 만드는 게 아

니라 거의 모든 독을 사용할 수 있게 된다.

사천당가조차 한 수 접고 들어가는 악명 높은 독공이 바로 이 녹안만독공이었다.

"끄아아아악!"

"아아악!"

여기저기서 극독에 괴로워하는 비명이 난무했다. 점창, 아미, 도가장, 곤륜 등 할 것 없이 죄다 중독됐다.

피부는 화상을 입은 것처럼 벗겨지고 부풀어 올랐다. 무언가 이상한 기포까지 끓어오르고, 색도 변했다.

천면독주의 독은 독 중에서도 끝자락에 있다는 무형무색무취의 독. 정신을 차리고 보면 이미 중독됐다.

무엇보다 그 독은 이렇게 광범위하게 펼칠 수 있다는 것이 문제였다.

'빌어먹을…….'

*   *   *

"제기랄!"

쾅!

당평이 탁자 위로 주먹을 힘껏 내리쳤다. 다행히 내공이 담겨져 있지 않아서 박살나지는 않았다.

다만, 그 대신 당평이나 다른 일군의 수뇌부의 정신이 약간이나마 박살났다.

불과 반 시진 전, 천면독주가 나타나 최전선을 뒤흔들고 갔다.

사망자만 꼽아도 오백여 명. 그중에서 당가 소속 무사만 이백이다. 크나큰 손해였다.

문제는 이게 사망자만이란 것. 아직 독에 중독되어 침상에 누워있는 자만 또 삼백이었다.

천면독주 한 사람 등장에 무려 팔백이 희생됐다.

당평 입장에선 불행 중 다행인 건 다음 대 가주이자 장남인 당헌기가 목숨만은 붙어있다는 것이었다.

"교활하기 그지없는 놈······!"

당평이 이를 뿌드득 갈았다.

천면독주는 마음만 먹으면 팔백 명 모두를 죽일 수 있으나, 그러지 않았다.

이는 부상자나 생존자를 만들어 의원을 바쁘게 하고 또 두려움을 증폭시키고 사기를 낮추기 위해서였다.

"으음, 과연 사도련주요."

하운보가 나지막이 감탄했다.

천면독주가 교활한 건 맞지만, 그래도 누구를 이렇게 살려두는 성격이 아니었다.

낭왕과 나란히 무자비한 자로 워낙 유명한 자다. 그런 그가 이런 전술을 펼쳤다곤 생각할 수 없었다.

아마 지금 사도련을 손에 두고 굴리고 있는 사도련주의 머릿속에서 나왔을 터.

"제기랄, 놈의 역용술 탓에 어디에 있는지도 잘 모르겠소. 누가 어떻게 좀 해보시오."

낙상산이 짜증을 부렸다.

과거, 유령곡주가 천면독주를 보고 독인이 아니라 자객이 되었다면 좋았을 것이라고 말한 적이 있었다.

천면독주는 남자와 여자 사이에 있는 육체를 지니고 있어 역용술에 딱 알맞았다.

성별에 상관없이 변할 수 있으니, 자객으로서의 자질로선 딱 알맞다.

또한 얼굴을 바꾸는 솜씨도 제법이니 유령곡주가 이런 말을 하는 것도 무리가 아니었다.

물론 독공으로 절대고수에 오른 천면독주는 이걸 듣자마자 코웃음을 치면서 한껏 비웃었지만 말이다.

"방법이 없는 건 아니다만……."

당평이 턱을 괸 채 한숨을 푹 쉬었다.

"그런 게 있으면 빨리빨리 말하시오!"

낙상산이 화를 내면서 소리를 버럭 질렀다.

당평은 그의 태도가 마음에 안 드는 듯 눈살을 찌푸렸지만, 직접적인 불만을 내보이지 않았다.

비록 점창파가 공적에 욕심이 많아 최전선에 나온다곤 하지만, 그 덕에 다른 문파는 피해가 적었다.

그래서 당평 외에도 다른 수뇌부 역시 낙상산의 이 지랄 맞은 성격에 약간은 맞춰주고 있었다.

"천면독주는 독에 있어서 자존심이 깊은 자요. 그 관련으로 도발하면 어렵지 않게 앞으로 끌어올 수 있을 거외다."

세간에서 독공에 대한 인식은 안 좋다. 다들 비겁하다며 쉬쉬하는 편이다.

그게 어느 정도면 독공의 최상승 비급을 건네줘도 마다한다는 일화가 있을 정도였다.

한때 사천당가가 진지하게 정파에서 사파로 옮길까 생각을 했을 정도로 취급이 안 좋았다.

다행히 그런 난리를 피웠을 때, 그럼 사파나 마교의 독에 대항할 수 있는 자가 없다면서 사천당가를 설득했다. 그 일 이후로 인식이 나름 좋아지긴 했다.

어쨌거나 이렇다 보니 독은 약자들이 쓴다는 좋지 않은 인식이 상당했고, 그건 천면독주도 마찬가지였다.

심지어 무림팔존이었던 시절, 천마가 나서기 전 서로 싸우지도 않았는데 이런 소문도 있었다.

"무림팔존 중에서 누가 제일 강할까?"

"그건 안 싸워봤으니 모르겠지만, 약자는 역시 천면독주일 게 분명할 걸세."

"아아, 그렇지. 확실히 독공으로 절대고수에 오른 것은 당연하나 그래 봤자 독이 아닌가?"

그건 무림 역사상 뿌리 깊게 쌓인 차별. 인종도 성별 차별도 아닌, 무공에 의한 차별.

설사 절대고수라는 경지에 올라 증명한다고 해도 바뀌지 않았다.

당연한 이야기지만 천면독주가 이를 듣고 참았을 리가 없었다. 소문을 퍼뜨린 자를 찾아다니며 죽였다.

하지만 아무리 절대고수가 나선다고 해도, 발 없는 말이 천 리 간다고 현실적으로 막을 수는 없었다.

반대로 이 행위가 알려지자 도둑이 제 발 저리다고 찔려서 그러냐며 빈축을 사기도 했다.

이후 천면독주는 독을 무시하는 말이 있기만 하면 정파건 사파건 가리지 않고 찾아가 잔인하게 살해했다.

확실히 천면독주를 끌어내는 법 자체는 어렵지 않다.

하지만.

"도대체 그 누가 천면독주를 상대한다는 거요?"

당평이 말하는 것만으로도 지겹다는 듯이 물었다.

그 질문에 일군 수뇌진중에서 침음이 흘러나왔다.

"아니, 뭘 그리 겁내고 있소?"

아까부터 소리만 버럭버럭 지르던 낙상산이 호통쳤다.

"정파인으로서 사파인을 두려워하다니. 부끄럽지도 않은 거요!"

"말조심하시오, 낙 장문인."

도기철이 불쾌하듯이 낙상산을 노려봤다.

"그게 그리 쉽게 말할 수 있는 게 아니오. 확실히 병력을 이끌고 싸우면 이길 수는 있겠지. 하지만 도대체 얼마나 희생될 것이라고 생각하고 있소?"

그렇지 않아도 천면독주는 절대고수들 중에서도 다수와의 싸움에 특화된 자다.

물론 개개인과의 싸움에서도 강한 편이지만, 범위적으로 사용할 수 있는 용독술이 문제였다.

마음만 먹으면 독으로 수백 명을 중독시킨 뒤, 남의 얼굴을 빼앗아 돌아다니면서 혼란까지 줄 수 있다.

그걸 생각해 보면 도대체 얼마나 많은 피해가 일어날지 아찔했다.

아직 북해빙궁에서 지원도 오지 않았는데 그러면 피해가 너무 크다.

최악으로 전력 중 반이 날아가고 사도련이 그 틈을 노려 병력으로 지원을 보내 사천을 정복할 수도 있었다.

괜히 절대고수가 전략병기로 취급받는 게 아니다. 절대 고수를 어떻게 해도, 그 이후가 문제였다.

전쟁이란 건 결코 혼자서 하는 게 아니다.

"아니, 그러니까 아까부터 뭘 그리 겁내고 있는 거요? 답답해서 못 참겠군. 확실히 무림육존이나 되니 강하겠지만, 그래봤자 독인이오. 점창파만으로 처리해주지!"

낙상산은 더 이상 들을 것 없다는 듯이 자리에서 일어나 몸을 돌렸다.

"미친 거요, 장문인!"

도기철이 낙상산을 애타게 불렀으나, 그는 들을 생각조차 없이 밖으로 나갔다.

'흥, 겁쟁이에 비겁한 놈들밖에 없구나.'

낙상산은 지휘 막사를 뒤로하면서 경멸과 혐오 어린 눈빛을 빛냈다.

'보아하니 천면독주에게 자기 소속 무사들이 대거로 죽어날까봐 두려워하고 있다. 당가는 그렇다 쳐도, 천마와 싸웠다는 삼공절기나 일도양단은 정말로 형편없도다!'

낙상산은 점창파 고수 이천여 명을 이끌고 진군했다.

"점창파다!"

사도련 무사들은 멀리서 낙상산이 점창파 고수들을 이끌고 오는 걸 보고 치를 떨었다.

사도련에게 있어 점창파는 이미 오래 전부터 자신들을 괴롭힌 악귀들이었다.

낙상산은 무림맹과 사도련과의 경계선에 도착해, 검을 뽑아들고 소리쳤다.

"천면독주, 숨지 말고 앞으로 나와라!"

낙상산이 눈을 부릅떴다. 사도련 측에서 웅성거림이 심해졌다.

"하, 역시 독인답구나. 정면으로 싸울 수 없으니 이렇게 숨을 수밖에 없지 않느냐? 겁쟁이 놈!"

낙상산의 말에 뒤를 급히 따라온 무림맹 소속 무사들이 눈살을 찌푸렸다.

그중에선 사천당가도 여럿 껴있었는데 이렇게 대놓고 독인들을 싸잡아 모욕하니 보기 안 좋았다.

"아무리 무림육존이라고 한들 그래봤자 독. 점창의 절기인 사일검법(射日劍法) 앞에선 별거 아니지!"

낙상산이 자신감 어린 목소리로 천면독주를 씹었다. 그러자 얼마 지나지 않아 사도련 무리에서 노성 어린 외침이 흘러나오면서 전장을 가득 메웠다.

"네 이노옴, 죽고 싶어서 아주 안달이 났구나 ─ !"

"으아아악!"

정면에 보이는 사도련 무리들이 갑자기 비명을 지르면서 몸을 마구 뒤틀었다.

확인해보니 분노에 가득 찬 천면독주가 무의식적으로 살기와 함께 독기를 뿜어내서 그렇다.

아군이 중독되건 말건 간에 상관하지 않는 천면독주는 핏발 선 녹안을 빛낸 채 앞으로 걸어나왔다.

'좋아. 끌어냈다.'

낙상산이 속으로 웃으면서 주변의 점창파 고수들에게 눈짓을 줬다.

천면독주를 면전에서 이렇게 무시하긴 했지만, 그래도 낙상산이 아주 병신이나 돌대가리는 아니다.

적어도 천면독주를 혼자서 상대할 수 없다는 건 안다. 점창파 고수들의 협력이 필요했다.

낙상산은 미리 준비된 고수들에게 눈짓을 보낸 채 천면독주가 가까이 오기만을 기다렸다.

천면독주는 씩씩거리고 독기를 내뿜으면서 걸어왔다. 그 발걸음에 주저함은 없었다.

원래 절대고수 정도 되면 감정 정도야 마음대로 조절하는 게 가능하다. 하지만 평정심을 유지하기 힘든 사파의 무공이기도 하고, 천면독주의 성격이 원채 그냥 괄괄한 게 아닌지라 이번 분노는 참을 수가 없었다.

작전이 계획대로 되어가자 낙상산은 속으로 회심의 미소를 흘리면서 명령을 내렸다.

"쳐라!"

"와아아!"

이천여 명의 점창파 무리 중에서 절정에 이르는 고수들 백여 명이 튀어나왔다.

第六章

무림칠존(武林七尊)

　전형적인 전개를 거론하자면, 도발에 걸려든 천면독주가 함정에 걸려 곤란에 빠졌을 거다.

　그러나 현실이란 건 잔혹한 법. 특히 그 도발을 건 지휘관이 자만으로 가득 찬 낙상산이었다.

　천면독주는 흥, 하고 코웃음을 흘리면서 녹색으로 물든 눈동자를 빛냈다.

　"어리석은 놈들!"

　천면독주가 신체 내부의 독기를 한껏 끌어 올리면서 손바닥을 내밀어 독안만독공을 펼쳤다.

　그러자 그 중심으로 반경 십 장(1丈:3.02미터) 안팎에 희뿌옇게 일그러진 안개가 피어오르며 주변을 가득 메웠다.

"커헉!"

고수들 중에서도 내공이 약한 자들이 제일 먼저 반응을 보였다.

대부분 당가에서 내준 내성독약을 복용했었으나, 천면독주 앞에선 그 효과가 미미했다.

다들 눈알이 튀어나올 정도로 눈을 크게 뜨고, 목을 부여잡거나 온몸을 긁으면서 제자리에서 멈췄다.

"만독무(萬毒霧)에서 빠져나가는 건 불가능할 게다."

만독무는 독안만독공의 절초로 자랑하는 것 중 하나다. 한 가지 독이 아니라, 수십 가지의 독을 안개에 넣어 무작위로 그 효과가 발현하는 효과를 지니고 있었다.

범위가 상당히 넓어서 천면독주가 자주 사용하는 것 중 하나이며, 내력 소모가 상당한 대신 그 효과는 무시무시하다. 그 증거로 백 명이 고초를 겪고 있었다.

"쏴라!"

낙상산이 나머지 천구백여 명의 점창파 무사들에게 명령을 내렸다.

파바바밧!

점창파 무리에서 비수나 화살들이 하늘 높이 솟아오르

며 천면독주를 목표로 쏟아져 내렸다.

"허!"

천면독주가 어이없다는 듯이 헛웃음을 흘렸다.

정파란 것들이 이천 명이서 고작 한 명을 노리고 상대하는 것도 웃긴데, 멀리서 화살과 비수를 던져댄다.

과연 이들이 자신들을 보고 비겁이다 뭐니 말할 수 있는 입장이 되는지 의문이 들었다.

천면독주는 위를 올려보지도 않고 호신강기를 펼쳤다. 채채챙 하고 화살과 비수들이 튕겨져 나갔다.

호신강기를 펼쳐서 그런지 자욱하게 피어오른 독무가 조금이나마 옅어졌다.

"이때다!"

낙상산이 눈을 번쩍 뜨며 몸을 날렸고, 그 뒤로 점창의 초절정 고수 열이 따랐다.

'정보에 의하면 만독무는 한번 펼치면 끝인 것이 아니라, 사라질 때까지 조율해야 한다고 하였다.'

점창의 무공은 대부분이 실전 무학. 그만큼 방식 또한 실전을 중요시하고 있다. 정파보단 사파에 가깝다.

이렇다보니 그만큼 싸움에도 이골이 난 상태였고, 또 누구보다 누굴 죽이거나 싸우는 데 전문이었다.

독을 상대하는 것 또한 사천당가 정도는 아니었지만 적

절하게 알고 있는 편에 속했다.

또한 점창의 장문인 역시 정말 근거 없는 자신감으로 천면독주와 싸우겠다는 것이 아니다. 그만큼 지식을 총동원해서 쓰러뜨릴 수 있는 방법을 생각해왔다.

일단 절정에 이르는 고수 백을 보낸다. 그러면 천면독주 입장에선 내력의 소비가 심해도 만독무를 쓸 수밖에 없다.

그 뒤에 화살이나 암기를 날리고, 만독무를 조율해야 하는 입장에선 호신강기만 펼쳐서 막는 게 나았다.

다른 방법으로 쳐내거나 피하면 만독무가 약해질 수도 있으니, 차라리 그 편이 낫다.

그리고 호신강기를 쓴다면 어쩔 수 없이 독무가 순간적으로 옅어질 수밖에 없을 것이고, 그 틈을 노려 빠르게 접근해서 일격에 무너뜨린다. 완벽한 작전이었다.

열두 번으로 하늘을 날 수 있다는 말이 붙은 점창파의 경신법, 비천십이표(飛天十二飄)라면 가능하다.

'용인가 지렁이인가 하는 애송이가 무림칠존이라 불리다니, 헛소리. 나야말로 이 시대의 절대고수다!'

낙상산의 눈은 무림육존을 향한 욕심으로 번들거렸다. 그 깊이는 무저갱처럼 아무것도 보이지 않았다.

"죽어라!"

사일검법 절초, 후예사일(后羿射日)이 펼쳐졌다. 그 검

끝에는 강기가 맺혀 있었다.

사일검법은 육안으로 쫓기도 힘들 정도의 빠른 찌르기를 중심으로 한 쾌검이다.

그 빠르기는 모용세가의 쾌검과 비슷하며, 다른 건 몰라도 찌르기만큼은 사일검법 쪽이 위다.

해를 떨어뜨릴 정도로의 극쾌검은 검강을 입에 문 채로 천면독주의 녹안을 노렸다.

그러나.

"뭣이……?"

낙상산의 입에서 경악 어린 목소리가 터졌다. 이래서는 아니 된다. 분명 이 초식에 모든 걸 걸었다. 지금쯤이라면 동공을 찔러 뒤통수 뒤까지 나왔어야 한다.

그런 쐐애애액 — 하고 화살처럼 쏘아진 검은 뚝 끊긴 것처럼 도중에 멈춰버렸다.

꼭 보이지 않는 벽에라도 막힌 것처럼, 천면독주의 눈앞에서 검극을 파들파들 떨어대면서 나아가지 못했다.

"으윽!"

"우, 움직이지를 못하겠……."

그건 다른 열 명의 초고수들도 마찬가지였다. 그들 역시 당혹스러운 감정을 내보이며 몸을 떨어댔다.

하나같이 그 검은 천면독주의 치명상을 입힐 사혈 앞까

지만 가고 멈춘 채 전진하지 못했다.

"이익! 다들 뭘 하고 있느냐!"

낙상산이 상황을 받아들이지 못하고 소리쳤다.

"네놈이야 말로 뭘 하고 있느냐, 점창의 장문인."

천면독주가 손을 올려 낙상산의 검을 쥐었다. 강기가 실려 있건 말건 상관없었다.

그의 손에는 보이지 않는 강기, 독강(毒罡)이 실려 있어 낙상산의 검강을 와해해버렸다.

"크흐흐, 날 도발하기에 뭐라도 있는 줄 알았거늘 ― 본좌를 이리도 실망시키다니, 병신 같은 놈."

천면독주가 음침하게 웃으면서 독기를 주입했다. 몸이 마비된 낙상산의 안색이 거무튀튀하게 변했다.

"도대체 화경 너머를 뭘로 본 게냐?"

몇 번이나 말하지만 절대고수가 괜히 절대고수가 아니다. 인간의 영역을 넘어선 무언가의 영역이다.

여기에서 좀 더 넘는다면 속세에 손을 댈 수 없는 신선의 경지뿐. 반선에 가깝다 할 수 있는 경지다.

"어, 어떻게……."

낙상산은 도저히 이 상황을 믿지 못하고 악몽 취급했다.

완벽한 작전이었다. 심지어 이 방법은 예전에 사천당가의 당평 등 독인들과 회의도 나눈 적 있었다.

그만큼 승률이 높았거늘 털끝 하나 건드리지 못하고 제압당했다. 머리와 감정 모두 상황을 따라가지 못했다.

천면독주는 아연실색한 낙상산을 바라보다가 이윽고 실로 우습다는 듯이 너털웃음을 흘렸다.

"흘흘흘, 과연. 네놈들의 전술은 나쁘지 않았다."

그렇다, 결국 나쁘지 않았다. 반대로 이보다 우수한 정공법을 찾기 힘들 정도였다.

"그 상대가 본좌가 아니었다면 말이다."

호신강기까지 쓰게 해서 독무를 약하게 만든 건 좋았다. 그러나 — 일격을 가하는 자가 약했다.

아무리 독공만 연공했다고 한들 절대고수다. 화경 십수 명이 덤비지 않는 이상 당하지 않는다.

천면독주의 독이라면 일격을 다하기도 전에 초절정 열과 화경 하나 쯤은 손쉽게 막아낼 수 있었다.

"차라리 천구백으로 본좌의 힘을 빼게 한 다음 나머지 고수들 백을 이끌고 덮치는 게 더 나았을 게다."

물론 그렇다고 한들 뒤에 있는 사도련의 무사들이 가만히 있을 리도 없었지만 말이다.

"네놈이 저지른 짓이 얼마나 멍청한지 거기서 보고 있어라."

천면독주가 낙상산을 지나쳐서 점창파 무리로 갔다.

"하하하하!"

"저 꼴을 봐라!"

"잘난 척하더니만, 아주 꼴사납군!"

사도련 무사들은 마비된 채 움직이지 못하는 점창파의 고수들을 마음껏 비웃으며 앞으로 전진했다.

다들 천면독주가 무서워서 눈앞에 공이 보이는데도 입맛을 다시며 지나칠 수밖에 없었다.

"으으으……."

"장문인께서 당하셨다……!"

나머지 천구백여 명의 점창파 무사들을 뒷걸음질 쳤다. 정면에서 다가오는 천면독주는 무시무시했다.

절대고수는 굳이 싸우지 않아도 그 존재감만큼으로 압도적인 위압과 힘을 발휘한다.

그야말로 하늘이 내린 무림의 절대적인 무인.

"제기랄, 내 저럴 줄 알았다!"

후위에서 지켜보고 있던 도기철이 이를 뿌드득 갈면서 출진 준비에 나섰다.

"당가는 후위에서 대기. 전선에 나서지 않고 지원과 치료에 임해라!"

당평도 비장 어린 표정으로 명령을 내렸다.

"공을 놓치지 마라!"

아미파 쪽에서도 바쁘게 움직였다. 그러나 지금까지와는 다른 기색이었다. 겁먹은 표정으로 역력했다.

나머지 팔천 가량의 일군 병력이 움직인다. 전면전이 드디어 시작되려 했다.

문제는 무림맹 측의 사기는 최악으로 떨어졌고, 사도련은 하늘을 찌를 정도로 높아져있는 상태였다.

"저걸 어떻게 이기라는 거야!"

패음도봉, 도연홍도 여태까지 그 잘난 기세는 전부 사라지고 긴장과 초조함으로 가득 찬 표정으로 중얼거렸다.

그래도 여기에서 도망칠 수는 없어 남동생들, 그리고 도가장 무리를 이끌고 아비와 함께 나섰다.

"와아아아! 가자 — !"

"정파의 위선자 새끼들아, 오늘이야말로 끝을 내마!"

사도련 무사들이 함성을 터뜨리며 전진했다.

"크흐흐흐, 당가에 독물이나 독약들이 제법 있다 했는데 벌써부터 기대가 되는구나!"

천면독주가 입술을 혀로 적시며 히죽 웃었다.

"하하하, 처음의 공은 나의 것이다!"

사도련의 절정 무사가 지면을 박차고 하늘 높이 도약했다. 그의 손에 쥔 도에서 적색의 기가 뿜어져 나왔다.

낙상산은 자신의 행동을 후회하면서 눈을 질끈 감았다.

그 시선에는 공포에 질린 점창파 무사들이 보였다.

절정 무사의 도가 위에서부터 아래로 내리그으며 적의 머리를 그대로 둘로 쪼개려는 순간.

파앗 — !

어디에선가부터 번쩍, 하고 빛줄기가 화살처럼 쏘아져 사도련 절정 무사의 가슴을 관통했다.

"어……?"

정신을 차렸을 때, 그 몸은 천천히 붕괴되면서 힘을 잃고 바닥에 떨어졌다. 눈을 뜨니 가슴에는 커다란 구멍이 뚫려있었다.

"제기랄, 후위에서 대기하고 있던 고수인가!"

사도련 측의 지휘관 중 누군가가 욕설을 내뱉었다.

"방금 보아하니 화경 정도 되는 고수!"

"알게 뭐냐! 그 목은 내가 취하마! 하하하!"

사도련의 사기는 이미 오를 때로 올랐다. 설사 상대가 화경이건 말건 전혀 상관하지 않았다.

다들 함성을 내지르며, 탐욕에 점철된 채 갑자기 나타난 고수를 목표로 해서 어금니를 드러냈다.

"도복……?"

점창파의 무사는 눈을 껌뻑이며 정면을 쳐다봤다.

결코 넓지 않은 등. 무인치곤 좁은 편이다. 하지만, 그

등이 방금 전의 장문인보다 커보였다.

"일초."

청년이 위로 올려 묶은 머리카락을 휘날리면서 움직였다. 그다지 큰 동작도 아니었다. 손바닥을 뻗었다.

쿠와아앙 — !

"끄아아악!"

그러나 그 손바닥, 일장은 폭풍이 되어 휘몰아쳤다. 그 장법 하나에 달려들던 사도련 무사 스물이 날아갔다.

비유 같은 게 아니다. 풍압이 폭풍이 되었고, 그 힘에 의해 무사들이 날아가 버렸다.

"이초."

청년이 손바닥을 회수하고 주먹을 쭉 뻗었다. 그러자 족히 몇 장이나 반경으로 권압이 날아갔다.

"아아악!"

여기저기서 비명이 터졌다. 멧돼지처럼 돌격하던 사도련 무사들이 피를 토해내며 쓰러졌다.

"후읍!"

청년이 숨을 들이쉬면서 땅을 박차고 도약했다. 그리고 오른손에 꽉 힘을 줘서 주먹을 쥐었다.

"삼초!"

청년이 그대로 지면을 향해 수직으로 내리꽂혔다. 그가

내지른 주먹이 바닥에 박힌 순간, 굉음이 터지면서 폭발이
일어났다.

"끄아아악!"

주먹이 땅에 박히는 순간, 반경 십 장이 움푹하게 가라
앉았다. 돌조각이 위로 튀고, 먼지 폭풍이 났다.

쩌적 하고 거북이 등껍질마냥 금이 갔으며 그 외에도 지
반이 무너지면서 그 위에 있던 자들이 빨려 들어갔다.

"뭐, 뭔……."

삼초였다. 고작 삼초 만에 사도련 무사 이백 명이 모조
리 당했다.

양측 다 어안이 벙벙한 채 아무 말도 못 했다.

"난 싸우려고 온 게 아니다."

먼지구름이 걷히면서 청년이 모습을 보였다. 그 얼굴은
잘 보이지 않았다.

"이기러 왔다."

다만, 그 몸에서 품어져오는 기도가 전장을 휘감는다.
무림맹도 사도련도 몸을 파들파들 떨었다.

"누구냐."

천면독주가 독기를 끌어올리며 물었다.

"무림칠존(武林七尊)."

이윽고 그 얼굴이 드러난다.

"신룡(神龍)."

정사대전, 그 첫 번째 전면전.

"진양."

정파 영웅의 등장에 전장이 숨죽였다.

"양아!"

점창파를 막 도우려고 후방에서 진군하던 도연홍은 멀리서 보이는 익숙한 등을 보고 환히 웃었다.

"누님!"

도연홍의 남동생, 차남 도기우가 뛰쳐나가려던 도연홍을 급히 붙잡았다.

"놔, 죽고 싶어?"

도연홍이 낮게 으르릉거리면서 도기우를 노려봤다.

"크, 크흠!"

어릴 적부터 뭐만 하면 도연홍에게 맞고 자란 도기우가 시선을 슬그머니 피했다. 그러자 옆에 있던 삼남 도기목이 도연홍의 앞을 가로막으며 차남을 도와줬다.

"저기에 가는 건 자살 행위입니다. 점창의 장문인이 순식간에 당하신 걸 보시지 않았습니까."

"야, 너넨 매형 될 사람을 그냥 두겠다는 거야?"

도연홍이 너무나도 자연스럽게 매형이라 말했다. 진연이 있었다면 눈이 뒤집힐 일이다.

"네 남동생들 말이 맞다."

형제자매 중 장남이자 도가장의 차후 장주가 될 도기남도 도연홍의 어깨를 툭 치곤 고개를 좌우로 흔들었다.

"윽……."

도연홍이 도가장 내에서 이길 수 없는 사람이 둘 있는데, 바로 도기철과 도기남이다.

아무리 성격이 괄괄하다고 해도 예의가 아주 없는 건 아니다. 아비와 오라비의 눈치는 보는 편이다.

"매제도 분명 무언가 생각이 있지 않겠느냐. 어쩌면 괜히 방해가 될지도 모르니 지켜 보거라."

도가장 내에서 진양은 이미 사위였다.

"끙."

도연홍은 미련이 남은 눈길이었으나 어쩔 수 없다는 듯이 머리를 위아래로 흔들었다.

"허허……."

천면독주가 너털웃음을 흘렸다.

"점창의 장문인이 날 도발하더니만, 이젠 무림맹의 얼굴 마담께서 무림육존의 이름을 더럽히는구나."

천면독주는 어이없다는 듯이 코웃음을 쳤다. 녹색으로 물든 눈동자에는 당황 반, 혐오 반이 섞여있었다.

"스스로 그 이름을 칭하다니 실로 오만하기 짝이 없는 자로구나."

무림에서 존(尊)이라고 칭해지는 건 아무나 될 수 있는 게 아니다. 그건 팔파일방의 장문인도 마찬가지다.

대문파의 장문인은 무공이 좀 약해도 지도력 등이 있다면 오를 수 있는 자리다. 하지만 무림육존은 아니다.

오직 절대고수. 화경을 넘어선 영역에 닿아 신에 가까운 무공을 지닌 자만이 오를 수 있는 경지다.

당연히 아무나 오를 수 없는 경지인 만큼 진양은 낭왕 오견을 혼자서 이겼음에도 칠존으로 인정받지 못했다.

"저 뒤에 멀뚱히 서 있는 놈도 그렇고 네놈도 그렇고 도대체 무림육존을 얼마나 우습게 보고 있는 게냐."

천면독주는 절대고수에 오른 만큼 그 경지가 단순하지 않다는 걸 누구보다 잘 알고 있다.

서른도 되지 않은 나이에 화경에 오른 건 그렇다 치자. 하지만 절대고수는 아니다.

이 경지는 재능이나 영약, 천운이 따라준다고 해도 저 나이에 오를 수 있는 영역이 아니다.

북해궁주처럼 예외적인 경우를 제외한다면 다들 중년을 넘어서야 한다.

아니, 최근 북해궁주에 올랐다는 냉약빙조차도 나이가

그럭저럭 있다고 했다.

"정마대전 때를 제외하곤 우리가 나서지 않다 보니 얕보인 모양이로구나. 그 오만방자한 태도를……."

"천면독주."

진양이 그 말에 끼어들어 뚝 끊었다.

"알고 있을 텐데."

진양은 목에 손을 대고 빙그르르 돌렸다. 우드득하고 요란한 소리가 울렸다.

"다른 이들은 몰라도 너라면 눈치챘을 텐데."

여태껏 천면독주가 믿지 못한 건 이해할 수 있다. 그건 아직까지 자신을 대면하지 않아서 그렇다.

본 적이 없으니 들리는 소문만으로 믿지 않는 건 당연하다. 진양이라도 그렇다. 강호의 소문은 과장된다.

하지만 이렇게 두 눈으로 보고, 느끼게 된다면 이야기가 달라진다. 천면독주가 모를 리가 없다.

이건 무림과 무공 경지에 대한 법칙이자 기초 상식을 생각해보면 쉽게 알 수 있다.

고수는 하수의 경지를 알 수 있다. 그에 반면 하수는 고수의 경지를 알 수 없다.

"……."

천면독주가 웃음을 그치고 싸늘한 표정을 지었다. 그 얼굴은 어느 때보다 진지하게 굳어있었다.

"네 눈으로 아직도 내가 화경으로 보이나?"

다르게 말한다면 ─ 고수의 눈으로 아래로 보이지 않을 경우 그 대상은 최소 동수라는 의미다.

"장난치지 말고 제대로 싸워보자, 천면독주."

천면독주는 성격이 지랄 맞아도 바보가 아니다.

눈이 옹이구멍도 아니다. 현실을 회피할 정도로 머저리도 아닐 것이다. 절대고수는 그러한 자들이다.

정파건 사파건 마교건 간에 정신적 깨우침이 있기에 그만큼 생각도 깊다.

하북팽가 다음으로 무식하다는 황보세가의 가주 황보욱조차도 깨달음과 지혜, 지식만 보면 최상위다.

"사도련주가 아무리 대단해봤자 애송이 하나를 무림육존만큼 신경 써서 왜 그런가 했는데……."

천면독주의 소매가 크게 부풀어 올랐다. 그 안에서 녹색으로 물든 아지랑이가 스멀스멀 피어올랐다.

"과연, 도저히 살려둬선 안 될 놈이로구나."

'믿을 수 없다.'

머리로는 이해했다. 눈앞의 말코도사 애송이가 화경을 뛰어넘었다는 건 알 수 있었다.

하지만 마음이, 상식이 그걸 도저히 용납하지 못했다.

자존심이 그걸 인정하려 들지 않았다.

알긴 하지만 마음이 따라가지 못하는 느낌. 저 나이에 같은 경지란 것이 수긍할 수 없게 됐다.

"자존심이…… 상하는군."

그리고 그 믿지 못할 상대에게 진지하게 임하는 자신에게 화가 났다. 짜증과 함께 살의가 솟았다.

"그래도 강호의 후학이 아닌가. 선공을 양보하지."

천면독주가 입꼬리를 비틀어 올렸다.

진양은 그 말에 피식, 하고 바람 소리를 내곤 오른손은 뒷짐을 쥐고, 왼손을 뻗어 검지를 까딱였다.

"이보시오, 천면독주. 같은 칠존끼리 뭘 양보요. 무공 경지가 비슷하니 그럴 필요는 없소."

"오만방자한 놈!"

결국 천면독주가 폭발했다.

콰앙!

천면독주가 용천혈에 기를 주입해서 궁신탄영의 수법으로 등을 활처럼 휘었다가 튕겨져 나갔다. 그 빠르기는 화살이 날아간 것처럼 재빨랐다.

'과연, 천면독주.'

천면독주가 근접전을 하지 못한다는 건 희대의 개소리다. 만약 정말 그랬다면 일찍이 죽었을 것이다.

물론 독공이 주역인 이상 다른 무인에 비해 근접전이 약하긴 해도 그건 어디까지나 무림칠존에 한해서다.

기본적인 능력이 원체 뛰어나 화경과 싸워도 무리가 없다.

진양은 속으로 감탄을 금치 못하면서도 몸을 틀어서 천면독주가 날린 손바닥을 가볍게 피했다.

천면독주는 공격이 빗나갔지만 흔들리지 않고 물 흐르듯이 자연스런 연계를 이으며 독장(毒掌)을 날렸다.

손바닥에는 아무것도 실려 있지 않은 것 같으나, 저게 함정이다. 웬만한 극독보다 강한 무형독강이 있다.

진양은 맞대려 하지 않고 제운종을 펼쳐서 피하는 데 집중했다.

'꽤나 성가시다.'

반격을 가하려고 해도 천면독주의 몸 자체가 하나의 독이기도 하다. 저기에 닿는 것이 꺼림칙했다.

진양은 천면독주의 공세를 피하다가 일순간 거리를 벌리곤 주먹을 뻗어 권풍을 쏟아냈다.

독을 태울 수 있도록 양기를 담아서 그런지 일반적인 바람이 아니라 후끈 달아오르게 만드는 열풍이었다.

"허?"

천면독주가 열풍을 보고 어이없다는 표정을 지었다.

"무당의 제자라고 하더니만 이 해괴한 무공은 무엇이더냐."

삼매진화처럼 내공을 이용해 인위적으로 불을 만들어내는 건 일정 경지에 오르면 쓸 수 있으니 상관없다.

하지만 권풍에다가 열기를 섞는 건 이야기가 다르다. 그건 무공의 특성이다.

그리고 천면독주가 아는 한 무당파의 무공 중에서 열기가 있다는 건 들어본 적도 본 적도 없다.

"그야 칠존에 오르면서 — 음."

진양은 도중에 입을 다물고 미간을 찌푸렸다.

목에 뭐가 걸린 느낌. 몸 깊숙한 곳에 사이한 것이 침투한 것 같다는 생각이 들었다.

이윽고 진양은 입을 우물우물거리다가 시커먼 피가 섞인 침을 퉤, 하고 뱉어냈다.

"접근한 것만으로 중독되다니 참으로 대단한 용독술이오. 천면독주란 별호를 너무 우습게 본 것 같소."

천면독주와 공수를 교환한 것도 그리 오래되지 않았다. 하지만 근접해있는 것만으로 중독됐다.

아무래도 용독술을 두 번 펼친 듯했다. 한 번은 장법으로 구사했고, 한 번은 몸 바깥으로 배출시켰다.

독장은 피하는 데 성공했지만 바깥으로 배출되는 미약

한 독기를 눈치채지 못한 탓에 중독됐다.

그래도 정통으로 맞지 않은 덕에 단전에 잠들어있는 음양이기 중 양기가 독을 태워버리고 해독했다.

"네 이놈, 도대체 뭘 얻은 게냐."

천면독주가 으음, 하고 침음을 흘렸다. 녹색으로 물든 그 눈은 의문으로 활활 타오르고 있었다.

설사 동수를 이루는 무림칠존이라고 해도 이렇게 빨리 독을 해독할 수 없다.

경지가 높다면 그 깨달음이나 내력으로 독을 어느 정도 회복할 수 있지만, 그건 어디까지나 상대가 하수일 경우다. 동수거나 고수라면 이야기가 많이 달라진다.

사천당가나 천면독주처럼 독공을 익혔다거나 그에 견주는 지식이 없다면 해독하는 데 이리 빠르지 않다.

해독은 할 수 있을지라도 속도가 느릴 터인데, 진양에게선 그러한 모습이 하나도 발견되지 않았다.

그렇다면 답은 하나. 무림칠존에 속하는 절대고수의 경지에 오르면서 무언가를 얻어냈다는 것.

"내 미쳤다고 그걸 말하겠소?"

진양이 잔상을 남기면서 천면독주에게 접근했다.

그러자 천면독주가 귀신같이 눈치채고 반응했다. 만독무를 좁은 범위로 펼쳤다.

"중독을 피할 수는 없을 거다!"

천면독주가 의기양양한 목소리로 소리쳤다.

사방은 물론이고 머리 위와 발밑까지 영향이 가는 게 만독무다. 속도에 상관없이 가까이에 오면 중독된다.

"어차피 독을 피할 생각은 없었소."

진양이 어떠한 행동도 하지 않고 만독무의 범위 안으로 파고들었다.

"뭣이!"

천면독주가 예상치 못한 반응에 평정을 잃었다.

만독무는 겉보기에 화려한 동시에, 그 속은 무형독강만큼의 극독을 지니고 있다. 괜히 절기가 아니다.

그건 무림칠존인 진양도 마찬가지일 것이다. 시각적으로도 직감적으로도 보통이 아니란 걸 알 수 있다.

아무리 독을 빠르게 해독할 수 있는 힘을 지녔다고 한들 이 안으로 들어오는 것은 자살행위다.

만독무를 펼치면 천면독주 역시 제대로 된 공격을 할 수 없지만, 이건 애초에 대량살상 혹은 방어용이다.

전자의 경우는 하수들이 여럿 있을 경우고, 후자의 경우엔 동수라거나 혹은 화경 백 명 정도가 덮칠 경우다.

헌데 설마하니 진양이 이렇게 주저 하나 없이 파고들 줄은 전혀 상상도 하지 못했다.

'독 하나로 절대고수에 든 자다. 독에 대한 지식이 많지도 않은 내가 제대로 피할 수 있을 리 없다.'

재능은 물론이고 독에 평생을 바쳤다.

사천당가에게 물어봐서 피하는 법을 듣는다 해도, 그보다 몇 수 위인 천면독주의 독을 피하기는 어렵다.

그렇다면, 차라리 살을 주고 뼈를 깎는다. 중독되는 경우 자체를 받아들여서 허를 찌른다.

다행히 양의의 힘으로 남들보다 더 빠른 자연치유력을 얻었다. 양기로 독도 어느 정도 불태울 수 있다.

"십단금!"

第七章

전불승래(戰不勝來)

　오른손을 쭉 뻗으면서 한일자(一)를 그린다. 흔들림 하나 없는 깨끗한 직선이었다.

　분경의 묘리를 담은 손바닥은 그대로 독무를 지나쳐서 천면독주의 흉부를 노리고 날아갔다.

　무형강기로 팔 전체를 두르고 있지만 독을 막을 수 있는 건 아니었다. 팔 한쪽이라면 모를까 몸 전체를 던진 이상 중독을 피할 수는 없다.

　코로 흡입된 독기는 몸 곳곳으로 침투하여 곧바로 영향을 줬다.

　손등부터 시작해 피부가 순식간에 거무튀튀하게 변했다.

물집이 생겼다가 터지는 걸 반복한다.

독기를 머금어서 그런지 시커먼 액체 같은 것이 기포처럼 끓었다가 줄줄 샌다.

단전에서부터 흘러나온 양기가 독기를 태워버리고, 내보내면서 자동으로 싸워줬다.

그 외에도 양의 — 곧 생기에서부터 시작된 자연치유력이 있는 덕에 피부의 파괴와 재생이 수십 번 일어났다.

"육시랄!"

천면독주가 험한 욕설을 내뱉으면서 만독무의 조율을 멈추고 호신강기를 펼쳤다.

급하게 끌어 올리느라 무형의 영역까지는 아니었다. 그 눈동자처럼 녹색으로 물든 반투명한 막이었다.

일찍이 회피를 포기하고 방어에 집중한 천면독주의 호신강기와 공격에 치중된 십단금이 부딪쳤다.

콰앙 — !

십단금이 호신강기에 압도적인 파괴력을 선사했다.

절대고수에 오르면서 음양만 깨우친 게 아니다. 경지가 상승하면서 내공 외에 전체적인 능력이 상승했다.

화경 때의 십단금도 대단했지만 위력을 비교하자면 그때와는 비교조차 되지 않는다.

분경의 묘리에 맞게 십단금이 호신강기에 맞자마자 열

갈래로 나누어지면서 강기를 분산시켰다.

문제는 그게 일반적인 강기가 아니라 무형강기라는 점. 급하게 펼친 호신강기가 막을 수 있을 리 없었다.

"뭔……!"

천면독주가 눈을 부릅떴다.

아무리 급히 펼쳤다곤 했지만, 그래도 명색의 절대고수가 펼친 호신강기다. 평범할 리가 없다.

이 갑자를 가뿐히 넘는 내력을 다했거늘 그 호신강기가 열 갈래로 갈라지면서 간단하게 깨졌다.

진양은 천면독주가 경악하는 사이 자세를 바꿔서 그대로 좌권을 내질렀다. 역시 평범한 주먹은 아니었다.

'양의권(陽意拳)'

무당파의 양의권법은 아니다. 그렇지만 양의로 인한 열기와 생기를 담았기에 임의로 이런 이름을 지었다.

왼쪽 주먹이 허공을 둘로 가르면서 날아간다. 그 목표는 천면독주의 안면이었다.

"큭!"

천면독주가 침음을 흘리며 고개를 뒤로 꺾이듯이 젖혔다. 코 위로 주먹이 아슬아슬하게 스치고 지나간다.

진양은 좌권이 빗나갔으나 당황하지 않았다. 반대로 예상했다는 듯이 침착하게 다음 공격을 이어갔다.

주로 왼손은 권법을 — 오른손은 장법을 이용했다. 허나 단조롭게 보이지 않도록 가끔씩 서로 바꿔가면서 양의신공의 장점을 마음껏 보여줬다.

낭왕 정도 되는 다양성은 아니었으나 이것만으로도 천면독주를 애먹게 하기 충분했다.

천면독주가 아무리 근접전에도 일가견이 있다곤 하지만 그건 어디까지나 화경까지. 상대하는 자가 같은 경지의 무림칠존이라면 이야기는 달라진다.

"끄아악!"

결국 천면독주가 도중에 어깨를 허용하면서 고통스럽게 울부짖었다. 그 얼굴이 참혹하게 일그러져 있었다.

천면독주는 급히 뒤로 물러나면서 거리를 벌렸다. 어깨가 부러져 팔이 덜렁거린다.

뼈가 잠깐 엇나간 거라면 다시 스스로 맞출 수 있지만, 애석하게도 완전히 부서져버렸다.

"와아아아아!"

잠시 거리를 두자 함성소리가 터져 나왔다. 여태껏 암울하기 그지없었던 무림맹 측에서였다.

"무당신룡이 — 정말로 무림칠존에 올랐다!"

"하하하, 이 눈으로 보고도 믿기지 않는군!"

처음, 무당신룡의 극적인 등장에도 불구하고 무림맹은

안도할 수 없었다.

확실히 현 무림에서 영웅이라 불린 자의 등장은 나락까지 떨어진 사기를 올리기는 했다.

하지만 눈앞에 있는 상대가 점창파의 고수들도 어찌하지 못한 무림육존 천면독주다보니 안심할 수 없었다.

점창파의 장문인인 낙상산은 자존심이 쓸데없이 높긴 해도 그만큼 실력을 증명하는 초고수다.

그런 자가 점창파의 고수들을 이끌고 덮쳤는데도 맥을 추리지 못하다니, 무림맹 입장에선 충격적이었다.

또 막상막하면 모를까 너무 일방적으로 당해 무림육존의 이름이 얼마나 무시무시한지 깨우칠 수 있었다.

이런 상황이다 보니 정파 무림의 희망이라 불리는 영웅의 출현에도 다들 희망적이지 못했다.

헌데 이게 웬일. 놀랍게도 무당신룡이 천면독주를 막상막하로 상대하면서 밀어붙이더니 어깨를 아작냈다.

무림맹이 괜히 흥분에 가득 찬 채 함성을 내지른 게 아니었다.

"무림칠존이라고……?"

"웃기지 마!"

반면 사도련 측에선 그다지 달갑지 않아하는 눈치였다. 당연하다. 다 이긴 싸움이 뒤집혀졌다.

무엇보다 적에게는 가차 없다는 저 괴물이 무림칠존에 올랐다는 사실을 받아들이기가 싫었다.

사람이란 건 눈으로 봐도 상황을 받아들이기 싫어하면 기억까지 수정하는 법. 지금의 그들이 그랬다.

"내 남자 잘한다!"

후위에서 도연홍이 아까 전의 노심초사한 모습은 어디 가있고 환히 웃으면서 소리쳤다.

주변에 있던 사람들이 그 말에 경악하면서 놀랐고, 도기철이 못 말리겠다는 듯 머리를 좌우로 흔들었다.

"……."

한편, 희망과 기대로 가득 찬 무림맹의 밝은 분위기와 달리 진양의 상태는 그다지 좋은 것만은 아니었다.

'시간을 끌어서는 안 돼. 다음으로 끝을 내야 한다.'

과연 독의 주인이라는 별호답다. 중독을 감안한 건 자신의 선택이지만 그 후폭풍은 엄청났다.

솔직히 말해서 양의의 재생력이 아니었다면 이미 죽고 끝났다. 그 정도의 극독이었다.

독기가 몸 세포 하나하나 파괴하는 것이 느껴지고, 기맥과 혈맥을 송곳니로 긁어대는 게 느껴진다.

하복부는 아릿하게 아파오고 코에서 시커먼 피가 주르륵 흐르는 걸 소매로 대충 닦았다. 안압이 높아져 눈자위가 시뻘겋게 물들었고 핏줄이 툭 튀어나왔다.

해독하고 또 상처를 치유하는 데 내공이 극심하게 소모된다.

마르지 않은 우물과 같던 단전에도 남은 양이 느껴질 정도니, 그 위력은 속으로 절로 혀를 차게 만들었다.

여기서 시간을 좀 더 끌게 되면 정말 위험하다. 도중에 기력과 내력을 소모해 천면독주에게 진다.

당연히 남은 방법은 오직 하나. 다음 초식으로 승부를 내야만 했다.

"흐흐흐, 그럼 그렇지."

천면독주도 진양의 혈색을 보고 무언가를 눈치챈 듯 비릿하게 웃었다.

"좋아, 내 인정하마. 지금 이 순간부로 무림육존은 네놈을 포함하여 무림칠존이다."

천면독주의 목소리는 그렇게까지 크지 않았지만, 시선이 주목된 탓에 전장에 있는 모두에게 똑똑히 들렸다.

이에 무림맹과 사도련 양측에서 경악과 불신 어린 탄성이 흘러나왔다. 하나같이 놀란 눈치였다.

추측하는 것과 확신하는 건 엄연히 다르다.

특히 그게 현존하는 무림육존 중 일인이 인정한 거면 더더욱 그렇다.

아무리 천면독주와 막상막하로 싸운다고 해도 사람들은 그게 천면독주가 봐주는 것인지, 아니면 진양이 어떠한 사술을 써서 그런 건지 잘 모른다.

낭왕 오견에게 승리한 뒤로 무림칠존으로 인정받지 못한 것도 이와 같은 이유가 있어서다.

하지만 이번에는 다르다. 그 천면독주가 직접 인정하고 공인해줬다. 믿을 수 없지만 무당신룡은 절대고수다.

"아니 — ."

천면독주의 동공이 파충류처럼 세로로 갈라졌다. 그 눈에서 섬뜩한 살의가 흘러나왔다.

"무림칠존 '이었다' 라고 표현하는 게 올바르겠구나."

천면독주가 손가락을 구부렸다가 폈다. 손톱 밑에 독기가 모이면서 액체가 뚝뚝 떨어졌다.

거무튀튀한 색의 물방울이 바닥에 떨어지자 '치이익' 소리가 나면서 시커먼 연기가 피어올랐다.

'만독무에 그리 노출됐는데 멀쩡할 리가 없지.'

무림육존 그 누구도 천면독주를 우습게 보지 않는다.

사도련주 역시 천면독주와 손을 잡았지만 곁에 두려고 하지 않았다. 그 탓에 얼굴을 맞댄 적이 손에 꼽는다.

그 정도로 자신의 독은 경시할 수 없는 것이거늘, 그걸 정면으로 돌파했으니 몸 상태가 말이 아닐 터.

천면독주는 진양의 몸 상태가 어떤지 알아채곤 필살의 일격을 먹이기 위해 준비에 나섰다.

"오늘, 네놈이 본좌의 손에 의하여 목숨을 잃고!"

타앗!

천면독주가 지면을 박차고 먼저 몸을 날렸다. 그 속도가 바람과도 같았으며, 시위에서 떠난 화살 같았다.

"무림칠존은 다시 무림육존으로 돌아갈 게다!"

천면독주가 공력을 끌어올려 온몸에 담았다. 녹색으로 물든 아지랑이가 그의 몸을 뒤덮었다.

독안만독공의 육시독발(肉矢毒發)이라는 절초다.

일순간 독기를 전부 끌어 올려 몸에 두른 뒤, 용천혈에 힘을 가해 몸을 튕겨 화살처럼 쏘아낸다.

몸 자체가 독화살이 되어 적에게 충돌하는 초식으로 몸에 부담이 가지만 그만큼 파괴력이 굉장하다.

원래 천면독주는 거리를 벌린 다음에 싸우지만, 이 초식만큼은 다르다. 적에게 멧돼지처럼 돌격해 친다.

이 초식에 들어가는 독기의 양은 워낙 많은데, 만약 빗나갈 경우 극심한 소모만 하게 돼서 그렇다.

"독이 얼마나 대단한지 만천하에 알려 주마!"

천면독주가 눈을 번뜩 뜨며 자신 있게 미소 지었다. 그 눈에는 명예욕으로 가득했다.

그동안 독이 얼마나 무시를 당했는가!

아무리 노력해도, 높은 깨달음을 얻어도 인정받지 못했다. 그 설움을 천면독주는 잊지 못한다.

그건 절대고수에 올라서도 마찬가지였다.

독에 대한 열망만으로 모든 걸 얻었지만, 정작 그 독을 부정당했다. 그 원념은 생각보다 깊었다.

"과연, 그런가."

진양은 화살처럼 쏘아져오는 천면독주를 똑바로 마주봤다. 피하지도, 겁먹지도 않았다.

왼쪽 무릎을 살짝 굽히고, 하체에 무게를 줬다. 오른손에 무형의 강기를 만들어내곤 눈을 게슴츠레 떴다.

"십단금(十段錦)."

콰드드득!

단전에서 대해와 같은 공력이 튀어나온다. 허리가 회전력을 집어 삼키고 회전했다. 잘 단련된 근육이 비틀리면서 힘을 냈다. 튼실한 하체가 기둥이 되어 몸을 흔들리지 않도록 고정했다.

'어리석은 놈! 그 초식은 이미 간파했다!'

시간이 느릿하게 흘러갔다.

천면독주는 그 느려진 시간 속에서 회심의 미소를 흘렸다.

확실히 주변의 대기까지 흔들릴 정도로의 공력은 느껴지지만 그뿐이다. 아까 받아본 초식. 당연한 이야기지만 저걸 정면으로 마주칠 생각은 없었다.

십단금에 대한 건 이미 전에 사도련주에게 들어서 알고 있다. 무당파의 무공답지 않은 패도적인 무공. 저것과 정면 대결하면 당연히 독공이 진다.

그렇다면 굳이 정정당당하게 맞댈 필요는 없다. 정면으로 가는 척하면서, 초식을 회피해 일격을 가한다.

'이걸로 끝이…… 아니?'

천면독주의 녹안에 이채가 어렸다.

'아까와 다르다……?'

십단금이라면 패도적이긴 하지만 장법. 그 기본은 바뀌지 않는다. 그런데 눈앞에 이 초식은 아니었다.

손바닥을 내지르는 게 아니라 — 손바닥을 세운 채, 수도(手刀)를 보였다.

그 대신, 허리를 돌려서 그 회전력을 담아 수도를 쥔 팔을 수평으로 힘껏 휘둘렀다.

"진의(眞意)."

서 — 걱!

둘 중에서 검을 든 자는 없었다. 근처에 검을 든 자도 없었다. 다들 멀리 떨어져 이 광경을 지켜봤다.

그런데 이상하게도 무언가 잘려나간 소리가 들렸다.

"공검(空劍)."

진양은 손을 거두고 제자리에 똑바로 섰다.

"뭐지……?"

사람들이 의문을 품었다.

그들의 눈에서 보였던 건 천면독주가 전속력으로 화살처럼 쏘아진 것이고, 진양이 팔을 휘두른 것이었다.

정신을 차리고 보니 천면독주는 그 기세는 어디가고 진양을 지나쳐서 오 장 정도 밖에 멈춰서 있었다.

"하하하!"

천면독주가 비틀린 웃음을 흘리며 광소를 터뜨렸다.

"그저 독으로 인정받기를 원했던 것뿐인데, 어찌도 이리 힘들단 말인가!"

천면독주의 몸 전체를 감싸 안고 있던 녹색의 아지랑이가 흩어졌다. 다만 검에 베인 것처럼 양단됐다.

"천면독주. 확실히 독은 절대고수에 올라도 제대로 인정받지 못했소. 비겁하다고, 올바르지 못하다고 말이오."

진양은 돌아보지 않고 정면만을 바라본 채 말했다.

"허나, 난 다르오. 무림이 인정하지 않아도 상관없소. 나만큼은 독을 인정하겠소."

퉤, 하고 시커먼 피가 뒤섞인 침을 내뱉었다.

"흐, 그것참……."

천면독주의 입가에서 비웃음이 흘러나왔다.

그와 동시, 그 몸에 혈선이 그려졌다. 수평과 수직, 그리고 대각선으로 이루어진 열 개의 선이었다.

"눈물 나게 고맙구만……."

어딘가 모르게 쓸쓸함이 느껴지는 목소리와 함께 천면독주의 몸이 열 조각으로 나뉘며 무너져 내렸다.

"아까의 말을 정정하마!"

진양은 사도련 측을 노려보면서 소리쳤다.

"무림육존 — 무당신룡이 여기에 있다!"

그 몸에서 전장을 압도하는 기백이 튀어나왔다.

"나는 싸우러 온 게 아니다!"

와아아아아 — !

후방에서 무림맹 무사들이 기다렸다는 듯이 뛰쳐나왔다. 천지가 뒤흔들 정도로의 함성이 전장을 메운다.

"이기러 왔다!"

       *   *   *

천면독주가 무당신룡에게 패배해 사망했다.

이 소식은 일군 외에도 무림 전역으로 퍼졌고, 큰 영향을 끼치며 충격을 가져다주었다.

벌써 무림육존 중 하나도 아니고 둘이 진양에게 패했다. 더 이상 예사롭게 여길 일이 아니었다.

전쟁 중에도 불구하고 이렇게까지 많은 관심을 보인 것을 보면 얼마나 큰 안건인지 알 수 있었다.

무당신룡과 천면독주의 대결은 그걸 지켜본 무인들에 의하여 비교적 세세하게 퍼져나갔다.

그중에서 살이 붙거나 하는 경우가 있긴 했지만, 보는 이들이 워낙 많은 덕에 대부분 사실적으로 알려졌다.

"믿을 수 없지만, 이제 인정할 수밖에 없지."

천면독주가 아무리 무림육존 중 최약체라 불렸다고 한들, 그래도 절대고수는 절대고수다.

그 이름은 결코 가벼운 게 아니었으며, 또 진양은 그런 천면독주에게 동수로 인정을 받았다.

아무리 무림인들이 의심이 많다곤 하지만, 이렇게 세세한 정보가 있는데도 눈을 돌리는 건 도피에 불과하다.

무림맹이나 사도련 이 한쪽에서 알려진 일이라면 의심할 만했겠지만 그런 게 아니었으니 믿을 만했다.

결국 진양이란 이름은 만천하에 퍼지면서 새로이 오른 절대고수로 인정받게 된다.

원래라면 무림육존이 아니라 무림칠존이었겠지만, 천면

독주가 죽고 없으니 여전히 무림육존으로 남게 됐다.

"와아아아아!"

"무림육존, 양의신룡(兩儀神龍)을 따르라!"

화경에 오른 이후 얻었던 별호에도 변화가 왔다. 주력 무공인 양의신공에서 따온 이름이었다.

새로이 무림육존이 된 양의신룡은 일군을 이끌고 남하, 사도련의 일군과 격돌해 일망타진한다.

눈앞에서 천면독주를 잃어버린 사도련은 상황이 완전히 역전되어 사기를 잃어버리게 된다.

삼군과 사군, 오군은 사도련주가 주로 움직이고 있어 그 영향이 덜 끼쳤으나 일군과 이군은 타격이 좀 컸다.

이 둘의 경우 천면독주가 총지휘를 맡고 있었고, 또 상징이었기에 그만큼 충격이 컸다.

무엇보다 사도련 측에는 절대고수가 없는데 무림맹에는 절대고수가 있다는 그 사실이 공포였다.

특히나 그 절대고수란 자가 하필이면 양의신룡이다.

최전선에 나서서 누구보다 먼저 싸운다는 점과, 적에게 자비 하나 없다는 건 상당히 유명하다.

"퇴각하라 — !"

천면독주가 사망한 이후 무림맹 일군과 사도련 일군과의 격돌이 어떻게 됐는지는 두말할 것도 없었다.

사도련의 일군은 오합지졸화. 서로 도망치는 데 바쁘고 싸우려 하지 않았다. 다들 피하기만 급급했다.

제대로 된 지휘관이 없는 건 아니었지만, 천면독주의 사망 건이 사기에 너무나도 큰 영향을 끼쳤다.

"아미의 불학을 보여줘라!"

여전히 공에 눈이 먼 아미파가 선봉을 맡게 됐다.

무림맹 일군 전체를 위험에 빠뜨릴 뻔했던 점창파는 자숙의 의미인지는 모르겠으나 가만히 명령만 따랐다.

일군의 전체 지휘는 낙상산이 아니라 일군의 다른 수뇌진들이 공동으로 맡게 됐다.

사도련주는 얼음장처럼 차가운 얼굴로 입술을 꾹 다물었다. 오른팔로 턱을 괸 채 생각에 잠겼다.

야율종은 그런 사도련주를 힐끗 올려다보곤 속으로 무당신룡 — 아니, 양의신룡을 욕했다.

'그 망할 놈!'

양의신룡이 천면독주에게 승리하면서 정말 많은 게 달라졌다. 다 이긴 싸움에 재를 뿌려버렸다.

그래도 사기는 사도련이 좀 더 높았는데 이번 일로 모든 게 뒤집혔다. 모든 계획의 대대적으로 망가져버렸다.

사도련 일군은 대부분 괴멸 상태. 도와줄 수 없을 정도로

참패를 겪었다.

"귀주 땅의 이군을 회군시켜라."

사도련주가 긴 침묵을 깨고 명령을 내렸다.

"그 말씀은……."

야율종이 아니었다면 의문 하나 없이 따랐을지도 모른다. 하지만 그건 그다지 현명한 선택이 아니다.

사도련주는 명령만 따르는 바보를 좋아하긴 하지만, 그건 어디까지나 말로 쓸 수 있는 무인들뿐이다.

군사진의 경우 의문을 제기하지 않고 회의하지 않고 무작정 따르기만 하면 쓸모없다고 버려진다.

기분을 조금 건드리긴 할지 몰라도 이렇게 보다 좋은 결과를 내기 위한 걱정과 생각을 하면 죽지는 않는다.

"어차피 일군에 희망은 없다."

일군에 천면독주만 있는 건 아니다. 사도련의 고수들도 여럿 있었다. 머리도 제법 쓸모 있는 자들도 있다.

하지만 그들 대부분이 전면전 처음 격돌 때 양의신룡이나 삼공절기, 일도양단 등에 의해서 죽었다.

그들이 없다면 남은 건 오합지졸뿐. 일군은 이미 버린 패나 다름없었다.

그런 자들을 위해서 이군을 움직여 지원 병력을 보낼 필요성은 없었다. 이에 삼군에서 흡수하기로 결정했다.

이걸로 일군의 괴멸은 확정. 이군과 삼군이 합하고, 사군과 오군이 합해져서 각각 호남과 안휘를 맡는다.

"네 이놈……."

사도련주의 눈은 고요하게 불타올랐다.

자신이 세운 대계를 망쳐버린 양의신룡이 미치도록 미웠다. 그 분노심이 머리끝까지 치솟아 올랐다.

결국은 정파에서 또 하나의 절대고수가 출현했다. 그것도 천면독주의 자리를 빼앗는 최악의 형태였다.

이제는 정말로 기분이 나쁘다, 라는 수준이 아니다.

양의신룡의 등장과 천면독주의 사망으로 인해 여러 계획을 수정할 필요가 생겼다.

얼마 전까지만 해도 사도련의 우세였는데 그게 완전히 뒤집혔다. 무림육존도 본인을 빼면 다 정파다.

"이 빚, 결단코 돌려주도록 하마."

사도련주가 모기만 한 목소리로 중얼거렸다.

곁에서 지켜보던 야율종은 등골이 오싹했다.

사도련주는 화가 나면 겉으로 잘 표현하는 편이다. 나쁘게 말하면 성격이 참 지랄 맞다.

하지만 이렇게 분노했는데도 아무런 행동도 보이지 않은 채 다음 행동에 나서는 건 처음이었다.

그만큼 화가 한계선을 넘었다는 증거. 또한 양의신룡을

최대의 적수로 인정했다는 의미였다.

"본련은 삼군을 데리고 호북 땅으로 전진. 무림맹 이군의 섬멸을 목표로 한다. 이군은 합류를 목표로 하되 사천에서 올라오는 무림맹의 개들을 견제한다."

"명!"

사도련의 삼군 일만은 전진, 이군 일만은 호북 남서쪽으로 향해 주변을 견제하면서 합류하기로 정해진다.

"저희 쪽 일군 역시 얼른 합류해야 합니다."

제갈문이 그 소식을 듣자마자 말했다.

아무리 무림맹 일군, 이군, 삼군 중 이군이 전력적으로 강하다곤 하나 사도련 이만 병력을 막기는 무리다.

특히나 그 중심에는 천재인 사도련주가 있다.

제갈문은 안휘에 있어 전략이나 전술에 바로 반응할 수 없으니 그 촉박한 마음은 더더욱 강했다.

"하지만, 그게 말대로 되는 게 아닙니다."

수혜사태가 근심 어린 목소리를 냈다.

사도련 일군이 대부분 괴멸했지만 아직도 사천에 오천 정도는 남았다.

비록 오합지졸밖에 남지 않았다고 해도 이들을 무시하면 후에 골치 아픈 일이 벌어진다.

한참 전쟁 도중에 뒤통수를 칠 수도 있고, 또 이들을 그냥 두고 올라간다면 사천의 방비가 비게 된다.

완전히 토벌이 끝낸 뒤에야 이동할 수 있는데 그러면 너무 늦어서 문제가 된다.

"병력의 반을 두고 반만 움직이는 건 어떤가?"

장로 중 누군가가 이런 의견을 냈다.

"사도련의 이군이 길목을 막은 탓에, 그러면 싸움이 일어나게 되는데 수가 밀려 괴멸할 것입니다."

"하오면 어찌해야 할꼬⋯⋯."

"아니, 굳이 걱정할 필요는 없을 것 같습니다."

수화사태가 전서응이 가져다준 서신을 탁자 위에 올려두었다.

"이건⋯⋯."

"북해궁주 냉약빙이 만 명의 무사를 이끌고 왔다는 소식입니다."

무림맹 일군은 사천에 남아서 사도련 일군 — 운남을 청소하기로 한다.

귀주에서 사천과 호북으로 지원 병력을 보내던 사도련 이군은 삼군과 합류하기 위해 호북으로 향한다.

호남의 사도련 삼군은 북진하여 호북을 침공.

사도련 이만 병력이 호북의 무림맹 일만 병력을 포위하

게 됐다.

이에 무림맹은 걱정하나, 그것도 잠시. 먼 땅 북해에서 냉약빙이 무사 만 명을 이끌고 무림맹 이군에 합류한다.

지원 병력이 별 탈 없이 무사하게 도착하자 사도련주는 혀를 차면서 강서에서 일만의 병력을 둘로 나눈다.

사도련 사군은 지원 병력이라는 목적에 알맞게 반은 삼군에 흡수, 반은 절강의 오군에게 흡수당한다.

바야흐로 전쟁의 지역은 둘로 좁혀지게 되고 바로 호북과 안휘였다.

"북해궁주께서 때에 알맞게 도착한 것이 천만다행이로군요."

사천, 무림맹 일군 지휘막사.

진양은 안휘에서 온 서신을 읽어내리곤 중얼거렸다.

서신에는 승전을 이끈 공적을 축하하는 말과 더불어 호북으로 향하라는 반가운 명령이 있었다.

일군은 다 움직일 수 없었지만, 별동대로 움직일 수 있는 몇몇 인원은 제외였다.

어쩌면 앞으로 있을 최종 결전을 위해서 조금이라도 전력을 보강하기 위해 여기 남지 않기로 정해졌다.

"……."

낙상산은 그런 진양을 고깝게 노려보면서 아무 말도 하

지 않았다.

목구멍 끝으로 '네놈이 돕지 않아도 천면독주는 내 손으로 처리할 수 있었다.'라는 말이 치솟았다.

하지만 낙상산도 그렇게까지 답이 없는 자는 아니다.

자칫 잘못해서 점창파 정예 모두가 전멸당할 뻔했다. 이후에 일어날 일을 생각하면 상상만 해도 끔직하다.

어쩌면 점창파에게 그 책임이 전가되어 설사 정사대전에 승리한다고 해도 지탄을 피하지 못했을 것이다.

아니, 이번 일로만 해도 낙상산은 이미 많은 손가락질을 받고 권한을 상당 부분 잃었다.

"……양의신룡."

진양이 떠나기 전, 낙상산은 진양을 한참을 노려보다가 그 별호를 불렀다.

"또 뭘 말하려는 거요."

낙상산의 패악질에 질려있던 도기철이 눈살부터 찌푸리면서 좋지 않은 반응을 보였다.

진양은 그런 도기철에게 괜찮다는 듯 손을 들어 제지한 뒤에 낙상산에게 말하라는 듯 눈짓을 보냈다.

"……도와줘서 …… 고마웠소. 점창은 이 은혜를 잊지 않을 거요."

낙상산이 질시에 가득 차고 욕망에 눈이 멀었다고 한들

도의를 끝까지 모르는 자는 아니었다.

자신뿐만 아니라 점창의 고수들을 도와준 걸 잊지 않고 감사 인사를 했다.

만약 이대로 진양을 그대로 보내고, 혹시라도 정사대전 도중에 죽기라도 한다면 평생 얼굴을 들 수 없다.

"당연한 일을 했을 뿐입니다, 장문인."

진양이 포권으로 낙상산에게 공손히 인사했다.

"자, 그럼 슬슬 떠날 때가 된 것 같소. 아무래도 여러모로 급한 모양이니 얼른 가시는 게 나을 것 같소이다."

하운보가 말했다.

그를 비롯하여 수뇌라 불릴 수 있는 자들은 무공이 고강함에도 책임을 위해 사천에 남기로 했다.

호북으로 돌아가는 별동대는 백여 명 정도. 대부분 장문인 다음으로 무공이 고강한 자들이었다.

"아버님, 그럼 다녀올게요."

도연홍이 싱글벙글 웃으면서 도기철에게 손을 흔들었다.

"어휴."

도기철은 그런 딸을 보고 한숨을 내쉬었다.

마음 같아선 막고 싶었지만, 이번엔 그럴 수 없었다. 딸은 상당한 고수여서 별동대 인원으로 뽑혔다.

어차피 일군을 토벌하는 데 그렇게까지 많은 고수가 필

요한 건 아니어서 대부분 고수들은 별동대원이 됐다.

도연홍은 전쟁의 중심지로 감에도 불구하고 진양과 함께 한다는 것 자체로 기쁜지 희희낙락했다.

"그럼 가보도록 하겠습니다."

별동대 백 명, 호북으로 떠나다.

第八章
북해빙군(北海氷軍)

　"여러분께는 미안한 말이오나, 앞으로 조금 힘들 겁니다. 저희에게는 시간이 그렇게 많지 않습니다."

　별동대주는 당연하게도 진양이 맡았다.

　"저희는 괜찮습니다."

　사천 각 대문파에서 보낸 고수들은 진양을 존경 어린 시선으로 바라보았다.

　현 무림에서 단 여섯 명밖에 없으며, 그중에서도 영웅이라 칭해지는 양의신룡이 이끄는 부대에 소속됐다.

　이건 삼대를 우려먹을 정도로의 자랑거리다. 설사 그가 목숨을 바치라고 해도 그럴 자신이 있었다.

"다들 불만 없이 따라줘서 고맙습니다."

북해의 지원 병력이 알맞게 도착했다고는 했지만 왠지 모를 불안감이 치솟았다.

북해인들은 대부분 환경 특성상 고수가 많다. 정파도 사파보다 수는 적지만 하수가 적은 편이다.

현재 호북에 모인 병력 수는 사만. 무림맹 일만, 북해 일만, 사도련 이만이다.

병력만 보자면 이제 유리한 건 사도련이 아니라 무림맹 이었다. 숫자가 같아도 고수는 정파 측이 더 많다.

하지만 그럼에도 불구하고 느긋한 마음으로 호북으로 향할 수는 없었다.

정마대전 때와는 다르다. 사도련주가 어떤 함정을 준비 했을지 모르는 일이다. 그게 마음에 걸렸다.

백 명으로 된 별동대는 진양의 뒤를 따라서 전력으로 경신공을 펼쳤다. 휴식 시간은 물론이고 수면 시간이나 식사 시간도 제대로 이뤄지지 못했다.

며칠은 그렇다 쳐도 일주일 정도 되니 다들 안색이 보통 이 아니었다. 고수라고 해도 살인적인 일정이었다.

진양은 마음 같아선 혼자라도 먼저 가고 싶었지만, 그래 도 이 인원들을 두고 가기에는 조금 아쉬웠다.

후에 큰 도움이 될 수 있기에 이들을 뒤에서 밀어주고,

챙겨주면서 호북으로 향했다.

　'늦지 않기를⋯⋯.'

　호북 남부 부근에는 길게 뻗은 장강(長江)이 있다. 이 장
강은 중심부인 무한과 이어져 있으며, 또 정파 중심지인
무당파로 가려면 필수적으로 넘어야 한다.

　그렇기에 이 장강 부근의 도시나 마을 등은 주요 요충지
가 됐으며, 많은 무인들이 집결했다.

　"북해궁주다!"

　"와아!"

　무림맹 진영 측은 북해빙궁의 지원 병력에 한창 소란이
었다. 다들 북해의 미녀들을 보고 침을 흘렸다.

　그녀들은 아무 말도 하지 않은 채, 무림의 남자들에게
눈길 하나 주지 않고 무뚝뚝하게 서 있었다.

　그 침묵과 신비감이 중원의 남자들에게 매력으로 다가
갔는지 하나같이 심장을 부여잡으며 좋아했다.

　'이렇게 하는 거 맞겠지?'

　'입만 다물고 있으면 남자들이 반한다고 했어.'

　'대충 꼬신 다음에 북해에 갈 때 납치해 가는 거야!'

　'방금 전에 무사 몸 봤어? 오늘 반찬은 이거야.'

　'아, 어쩌지. 오늘 잠 못 자겠네.'

'밤에 몰래 미약 먹이고 어떻게 좀 해볼까?'

원래 북해의 여인들은 남자만 보면 눈이 돌아간다. 북해에선 통제 때문에 그렇지 그게 없으면 엄청나다.

하지만 그녀들은 이상하게도 중원에 와서 남자를 한 명도 건드리지 않았다.

"헉, 지동구인이다!"

"파후달이 왜 저 미녀들 사이에 있는 거지?"

무림맹 무사들은 북해궁주 곁에 호위하듯이 서 있는 파후달을 보고 눈을 동그랗게 떴다.

"으음, 대협께선 아직이신가."

파후달이 주변을 슥슥 둘러보면서 진양을 찾는 듯 눈동자를 빠르게 굴렸다. 그 곁에는 냉미려가 붙어있었다.

냉미려는 그런 파후달에게 진양이 아직 사천에서 호북으로 오는 도중이라는 정보를 가르쳐 주었다.

"지동구인이 양의신룡이 북해에 갔을 적 동행했던 건 유명한 사실이 아니지 않는가. 마침 그때의 연도 있어서 북해의 무사들의 안내 역할을 맡았다고 들었네."

냉약빙이 아무리 젊었을 적 중원을 다녀왔다고 해도 그건 이미 꽤 오래 전의 일이고, 그 기간도 짧았다.

마침 중원 ― 그것도 하북에는 파후달이 있었다.

비밀이긴 하지만 파후달은 북해 출신이니 북해인에 대

해 잘 알고, 중원에 대해서도 아니 안내인으로는 딱 제격이었다. 그래서 냉약빙이 빙궁을 떠났을 무렵, 미리 서신을 보내두어 허락을 받았다.

파후달은 그 제의를 당연하다시피 승낙했다. 거절할 이유가 없었다. 아니, 반대로 꼭 맡고 싶었다.

무림육존 중 북해궁주가 만 명의 무사를 이끌고 온다. 이들을 안내하는 건 아무나 할 수 있는 게 아니다.

이 공적 하나만으로 출셋길이 황금으로 뒤덮일 수 있다는 걸 생각하면 입이 귀에 걸렸다.

그토록 싫은 북해의 여자들을 한꺼번에 보는 것이 마음에 안 들긴 했지만 나쁘지는 않았다.

또 마침 정사대전에 참전해서 또다시 진양의 곁에서 보좌를 하고 싶은 마음도 있었고.

"이보시오, 지동구인. 중원의 남자들에게 사랑받을 수 있는 방법 좀 알려주겠습니까?"

"그 사례는 섭섭하지 않게 하겠습니다."

북해의 여인들은 연애 관련으로는 처참할 정도로 안 좋다. 할 줄 아는 건 정말 성욕으로 밀어붙이기뿐이다.

그래서 조금 자존심이 상하긴 해도, 중원의 남자들을 어떻게 해보려고 파후달에게 은근슬쩍 물어봤다.

냉미려가 서슬 퍼런 눈을 뜬 채 함께 있는데 좀 무섭긴 했지만 그만큼 그녀들의 욕망은 거대했다.

"입 닥치고 있으시오. 중원 남자들은 온순하고 조신한 성격을 좋아하니까 말이오."

파후달이 간단명료하게 답했다.

현대 지구였다면 시대착오적인 말이라고 했겠지만, 사실 이 시대를 생각하면 이게 정상인 일이다.

"아니, 우리가 남자도 아닌데 그렇게 하란 말입니까?"

중원에선 '여성스럽다.' 지만 북해에선 '남성스럽다.' 인 이야기였다.

어쨌거나 이러한 말이 들어가서 그런지 북해인들은 얌전히 입을 다문 채 가만히 있었다.

그게 엉뚱한 효과를 내서 결과적으로 인기를 끌긴 했다.

"으음, 그야말로 얼어붙은 벽 위에 피어난 꽃이로구나. 가까이 갈 수가 없구나."

"하, 손 한 번 만져보면 소원이 없겠거늘……."

다만 그 얼음장 같은 분위기에 압도되어서 다들 쉬이 접근하지를 못했다. 또한 일단 북해에서 온 '손님'이라는 인식이 있어서 무림맹 상층부에서도 결례를 범하지 말도록 명령이 내려와서 지켜보기만 했다.

"저번에 우연찮게 눈을 마주쳤는데, 그 눈동자가 얼마나 아름답고 고요하던지."

"솔직히 말해서 난 그걸 보고 좀 부끄러웠소. 저리 여리여리한 여인들 또한 먼 북해에서 찾아와 싸우러 왔는데 그 미색을 어떻게 해보려 하다니……."

"맞는 말이오. 다들 정신 좀 차립시다. 본받아야 합니다."

"양의신룡이 진 빚을 갚으러 왔다고 하니, 분명 북해를 위한다는 생각밖에 없을 겁니다."

말을 하지 않으면 어쩔 수 없이 시각적인 정보만을 뇌가 인식하고 멋대로 상상하여 부풀릴 뿐이었다.

일단 북해의 무사들은 정말로 입만 다물면 하나같이 미인들뿐이다.

또 빙공의 영향으로 몸에서 차디찬 기색이 흘러나와 왠지 모르게 신비한 분위기를 낸다.

'방금 전에 저 남자가 날 쳐다봤어. 분명 나에게 관심이 있는 게 분명해. 좋아, 내 남편감 후보다.'

'저 근육 좀 봐봐. 북해의 남자들과는 차원이 다르군. 분명히 아래쪽도 튼실할 것이 분명해.'

'언제까지 입을 다물고 있어야 하지?'

'당장 사도련의 무사들과 싸우고 싶군. 얼마나 강할지 기대가 돼.'

'팔다리부터 자르면 함께 싸우는 중원의 남자들이 무서워하겠지? 목만 잘라서 단번에 끝내는 거야.'

'역시 중원인가. 너무 덥다. 몸이 후끈거려서 그런지 평소보다 성욕이 좀 넘치는데…….'

만약 중원인들이 북해인들의 머릿속을 알게 된다면 다들 기겁했을지도 모른다.

어쨌거나 이 쓸데없는 착각과 오해 덕에 평화를 지킬 수 있었다.

"만나서 반갑습니다, 북해궁주."

선극이 냉약빙을 만나자마자 예의바르게 인사했다.

강호로 따지자면 냉약빙은 후배이나, 그 지위가 북해를 대표하는 궁주이기에 말을 쉬이 놓을 수는 없었다.

"그렇게까지 어렵게 대하실 필요는 없습니다. 말을 조금 편히 하셔도 괜찮습니다."

냉약빙도 포권으로 인사에 답했다.

"신경 써 줘서 고맙소."

선극은 고마운 듯 고개를 끄덕였다. 말은 완전히 놓는 건 불가능했지만, 하오체만으로도 충분하다.

"상황이 어떤지 물어봐도 되겠습니까?"

"장강 너머로 사도련 병력 이만이 집결했소. 그 대군을 지휘하는 건 같은 무림육존인 사도련주요."

"사도련주라…….."

냉약빙이 눈썹을 슬쩍 구부렸다.

전대의 정사대전은 귀환 명령이 떨어져서 참여하지 못했다. 하지만 본 적은 없어도 그 명성은 익히 들었다.

"부대의 운용은 각자 알아서 하는 편이 좋을 듯합니다. 외람되오나 북해인들이 고집이 조금 세서 남자가 상관이라면 인정받은 자가 아니라면 불만이 생깁니다."

내전을 통해서 남자에 대한 인식이 많이 좋아지긴 했지만 그래도 그게 쉽게 사라지는 것은 아니다.

여전히 남자를 차별하는 시선은 존재한다.

"잘 이해합니다. 중원도 그런 편견 어린 시선이 많이 남아있습니다."

선극이 이해한다는 듯 머리를 흔들었다.

중원 역시 차별이 뿌리 깊게 존재한다. 그건 수혜사태가 무림맹주에 오른 뒤에도 마찬가지다.

"그럼 이후에도 잘 부탁하겠소."

"저야말로 잘 부탁드립니다."

각 지도자들은 서로를 마주보고 인사했다.

"……아, 무당일장."

냉약빙은 선극이 자리에서 막 일어나는 걸 보고 그를 불렀다.

"아, 혹여나 회의할 게 더 있소?"

선극이 말해보라는 듯 다시 자리에 앉으려 했다. 그러나 냉약빙이 그걸 저지하고 자신 역시 일어서서 말했다.

"무당파에선 정말로 훌륭한 제자를 두셨더군요."

냉약빙은 평소처럼 냉엄 어린 얼굴로 말했다.

얼굴도 얼굴이지만 목소리도 차갑게 얼어붙은 느낌이었다. 결코 상냥하지는 않았다.

선극을 보좌하고 있던 무당파 장로 중 누군가가 혹시 시비 거는 것은 아닌가하고 헷갈려할 정도였다.

그러나 선극은 냉약빙의 말을 듣고 옅은 미소를 짓곤 고개를 끄덕였다.

"본 파의 자랑이오."

그렇게, 무당파와 북해가 손을 잡았다. 이때까지만 해도 다들 최강 세력이 모였다면서 좋아했다.

장삼봉 이후 최고의 전성기라 불리는 무당파는 물론이고 척박한 땅에서 온 북해의 고수들이다.

무림육존 역시 둘이나 모였고, 곧 있으면 새로운 한 명까지 합류할 테니 역대 최강 병력이라 생각했다.

사도련주는 정면을 바라보면서 사이하게 웃었다.

"천마와 양의신룡. 확실히 이 둘로 인해 내 대계는 모두 엉망진창이 됐다."

천마의 도저히 이해할 수 없는 행동으로 인해 정마대전

에서 무림맹의 피해가 생각보다 적었다. 거기에 관군까지 부르게 되어 정사대전을 강제로 연기시켰다.

양의신룡도 마찬가지다. 그로 인해 실패에 실패. 대계 대부분이 모조리 망가졌다.

"하지만, 이것만큼은 망가뜨리기 어려울 게다."

사도련주가 도포 자락을 휘날리면서 웃음을 뚝 그쳤다. 그 눈동자에는 수많은 욕망과 분노가 담겨있었다.

"나, 사도련주. 오십여 년 전 — 패배가 결정됐을 때부터 준비해온 수를 펼칠 때가 됐다."

그 뒤로는 야율종을 비롯한 사도련의 수뇌진들이 부복했다. 그들에게서도 묘한 고양감이 피어올랐다.

"정파의 위선을 사파가 부수고 사도를 인정받을 때가 됐다. 무림정복 — 사도련이 기필코 행해주마!"

*   *   *

"으흐흐, 저년은 내 것이다."

인상이 호랑이를 닮은 자가 침을 질질 흘리면서 도를 꺼냈다. 그 눈빛은 성욕으로 번들거렸다.

성격이 지랄 맞고 얼굴은 호랑이를 닮아 폭호(暴虎)라 불리는 자로 사도련에서도 초절정 고수다.

그의 시선이 닿는 곳에는 좌측 눈 부근에 기다란 흉터가 보이는 미인이 서 있었다.

여자로서 얼굴에 흉터는 크나큰 문제가 되겠지만, 솔직히 말해 상관없을 정도로 그 미모가 대단했다.

"북해의 계집들에게 남자의 맛을 보여주마!"

"와아아아!"

북해인들은 무림맹 진영도 그렇지만 사도련 진영에서도 인기다. 다들 하나같이 미인들뿐이라서 그렇다.

전면전이 시작되기 전, 무림맹이건 사도련이건 간에 남자들은 대부분 그들의 미색만 보고 평가하기 바빴다.

허나 그건 크나큰 오만이었으며 어리석은 판단이었다.

"하하하, 얌전히 내 여자나 되거라!"

폭호가 함박웃음을 터뜨리며 도를 위에서 아래로 내리그었다. 목표를 죽이고 싶지 않아 힘을 좀 뺐다.

"흠. 덥지 않았다면 조금 더 놀아줬을 거요."

미인 — 좌흉나찰 한추설이 검을 휘둘렀다. 그 속도가 상당해 잔상이 희뿌옇게 남았다.

"어?"

폭호가 어리둥절한 표정을 지으면서 순간 상황 판단을 하지 못했다.

눈을 껌뻑이니 보인 건 한추설의 미모가 아니라 발밑에

떨어진 자기 자신의 팔이었다.

이게 대체 무슨 일인가 하고, 머리를 옆으로 천천히 돌렸다.

팔이 붙어있던 자리인 어깨 부근은 빙한지기가 남아있어 피까지 죄다 얼어붙어 있었다.

"이게 뭔⋯⋯."

"잘 가시오."

한추설이 재차 검을 휘둘렀다.

서걱!

폭호는 스스로 이름도 소개하지 못한 채, 그렇게 허무하게 절명했다.

"후우, 중원이 덥다고는 했지만 이 정도일 줄은 몰랐소."

한추설이 이마에 송골송골 맺힌 땀방울을 손등으로 훔치곤 눈살을 찌푸렸다.

"예전 같다면 모를까, 이 몸은 양의신룡이라 하여 임자가 있는 몸. 아무 남자와는 잘 수가 없소."

한추설이 몸만 남은 폭호를 힐끗 쳐다보곤 중얼거렸다.

"끄아아악!"

"도대체 뭔 놈의 계집들이!"

여기저기서 고통에 가득 찬 비명이 난무했다.

사도련의 이군은 여자라고 얕보고 있었던 북해빙군(北

海水軍)과 충돌하자마자 당황했다.

북해의 여무사들은 아미파의 여승들만큼이나 그 살의가 장난이 아니었다. 아니, 좀 더 무시무시했다.

표정 하나 까딱하지 않고 무심한 시선으로 바라본 뒤에 검을 휘둘러 목을 베거나 심장을 찌른다.

피가 묻어도 전혀 개의치 않으며, 때로는 바닥을 구르면서 정파와는 거리가 먼 싸움 방식을 보여줬다.

사도련의 무사들은 그 이질적임에 초장부터 기가 질려서 제대로 싸우지 못했다.

일단 여자라는 걸 너무 우습게 본 탓에, 피해가 컸다.

"남자들 주제에 실로 오만하기 짝이 없구나."

반대로 북해인들이 그걸 보고 코웃음을 쳤다.

여초중심사회인 북해의 경우, 중원과 달리 남자들은 약하고 아무것도 하지 않는다는 인식이 있다.

무공이 강하다고 해도 여전히 지켜줘야만 한다는 게 북해의 인식이었다.

"이 멍청이들아, 여긴 북해가 아니라 중원이다! 마음은 이해하겠지만 결코 긴장의 끈을 놓지 말아라!"

물론 그렇다고 북해빙궁 측만 우세한 건 아니었다.

초장에는 미색으로 넋을 잃게 만든 뒤, 방심해서 당했으나 사도련도 이내 정신 차리고 맞섰다.

"꺄아아악!"

북해에서도 비명이 나오기 시작했다.

확실히 북해빙궁의 무사들은 강하다. 무공 수위만 봐도 알 수 있다. 삼류 무사의 숫자가 현저히 적다.

하지만 북해빙궁에는 치명적인 약점이 있었다.

"궁주님. 다들 빠르게 지치고 있습니다. 장기전은 위험합니다."

북풍대주 은하랑이 보고를 올렸다.

여긴 북해가 아니라 중원이다. 중원인이 북해의 기후에 적응하지 못하는 것처럼 북해인 역시 마찬가지였다.

북해의 추위만큼 살인적이진 않지만, 체력이 금방 소모되고 지구력도 생각 이상으로 낮아져서 문제였다.

또한 빙한지기가 적다 보니 운기조식도 보다 오래 걸리는 등의 문제도 발생했다.

심하면 몇몇 무사들은 원래의 무공 수위보다 한 단계 아래 정도의 힘밖에 쓰지 못했다.

이렇다보니 초반에 승세를 휘어잡았는데도 얼마 지나지 않아 사도련이 정신 차리고 밀어붙이기 시작했다.

"……결국은 한계가 왔군요. 되도록 추격은 피하도록 하고, 교대를 하면서 싸우도록 하십시오."

냉약빙 역시 이를 상당히 걱정했다. 그리고 걱정은 현실이 되어 다가왔다.

'시간을 길게 끌 수는 없으니 신속하게 사도련주와 정면승부를 해야만 한다.'

냉약빙은 한추설이나 은하랑 등 수뇌부과 회의한 끝에 결론을 냈다.

장기전이 힘들면 한순간에 기세와 힘을 집중시켜서 싸워야 한다. 다만 그러면 그만큼 반동도 심한 법이다.

어쩌면 그대로 지쳐서 쓰러질지도 모르는 일이니 차라리 승부를 노리고 싸워야만 했다.

호북맹군(湖北盟軍).

북해빙군이 사도이군(邪道二軍)을 밀어붙이려고 생각하고 있을 때 즈음, 호북맹군은 평탄하기 그지없었다.

"무당삼검(武當三劍)이다!"

무당삼검이란 곧 무룡관의 사형제 중 셋을 칭하는 별호다.

"하아앗!"

태청검법을 대성하여 청곤 다음의 무당제일검 후보로 올라온 태청일검(太淸一劍) 진성이 그 첫째다.

무룡관 출신으로 넘을 수 없는 명성과 무위를 지닌 진양만큼은 아니었지만, 그래도 평균을 넘어섰다.

일단 사대제자 중에서 진양을 제외하곤 무공만큼은 첫 번째인지라 보통 강한 게 아니었다.

화경은 아니었으나 일찍이 초절정 고수의 자리에 올라서 사도련의 고수와 정정당당히 상대해 쓰러뜨렸다.

"저 뒤에 이합쌍검도 있다!"

"그 미모에 현혹되지 마라!"

사도련의 무사 중 누군가가 진심 어린 충고를 했다.

이합쌍검인 진소와 진하 역시 정마대전 때부터 사형인 진성과 더불어서 그 명성을 꾸준하게 알렸다.

미모는 둘째치고 둘이서 하나처럼 움직이는 움직임과 더불어 자비 없는 검 솜씨는 군더더기 하나 없다.

약관의 나이는 일찍이 넘었으며 경험 또한 상당해서 존재 자체로만 고수의 면모를 풍기고 있었다.

이 셋이 가끔씩 모여 진법이라도 펼치면 초절정 고수조차 접근하기 힘들 지경이었다.

"양이만 활약하게 할 수는 없는 노릇이지!"

"자아, 다음 — !"

세 명의 움직임은 무당파답게 부드러웠으나 그 지나간 자리는 전혀 부드럽지 못했다.

사도련의 무사들이 피를 흩뿌리면서 바닥에 누워 엉킨 채로 비명을 질렀다.

무당파 외에도 화산파, 소림사, 종남 역시 지지 않을 정
도로의 활약을 보이면서 사도련을 밀어붙였다.

　"뭔가가……."

　선극은 전장의 동향을 살펴보면서 불안감을 느꼈다.

　"뭔가가 이상하구나."

　선극 역시 과거의 정사대전에 참전하여 사도련주와 싸
워보았다. 그 경험상 지금 이 상황이 이상했다.

　원래 사도련주는 전쟁 도중에 쉴 틈을 주지 않는다.

　일순간에 수많은 계책을 보여주면서 하나를 해결하면
둘을 떨어뜨려 정신없는 공세를 펼친다.

　설사 싸워서 승리한다고 해도, 기쁨은 잠시. 다른 암계
를 해결하기 위해서 바쁘게 움직여야 한다.

　하지만 지금은 아니다.

　완전히 시간이 비어 여유가 텅텅 나는 건 아니지만, 과
거의 정사대전과 비교하자면 조금 부족한 겸이 있다.

　"설마……!"

　선극이 수염과 더불어 허연 눈썹을 떨어댔다. 주름 가득
한 얼굴에 동요가 실렸다.

　"급보입니다!"

　그때였다. 상황에 알맞게 개방도가 찾아와 소식을 전했
다.

"무슨 일인가?"

선극이 떨리는 목소리로 물었다. 그의 모습에 곁에 있던 수뇌진도 드디어 이상함을 느꼈다.

개방도는 주변을 슥 둘러보곤 눈치를 봤다.

"괜찮으니 말해 보거라. 여기에 입을 함부로 놀릴 자는 없다."

"예!"

개방도는 송구하다는 듯 고개를 끄덕였다. 그의 안색은 백지장처럼 새하얗게 질려있었다.

"삼군에 소속되어 있던 중소문파가 대거 배반하여 사도련에 합류! 현재 합비가 농성에 들어갔다고 합니다!"

"뭣이!"

여기저기서 경악 어린 비명이 터져 나왔다.

현재 셋으로 나누어진 무림맹의 군대는 이군에 전력이 집중되어 있지만, 지휘부는 아니었다.

가까이에 위치해 있는 사도련 삼군의 전력이 제일 세서 그에 알맞게 맞춘 것뿐, 지휘는 맹의 삼군이 한다.

"아니, 그게 무슨……."

모용세가가 배신해 정파 무림에 충격을 전한 지 얼마 되지도 않았다. 그런데 또다시 배신이 일어났다.

"큰일이군!"

그렇지 않아도 사도련의 사군과 오군이 합쳐지면서 병력이 늘어났다. 무림맹 삼군은 만박에 되지 않는다.

병력만으로도 이미 큰 차이가 나는데, 거기에서 배신까지 일어나 또 분할됐다. 미칠 지경이었다.

"괜찮소! 거기에는 권왕이 계시지 않소이까?"

불행 중 다행으로 안휘에는 절대고수가 권왕 황보욱뿐이다. 황보욱을 상대할 자가 아무도 없다.

"사도련주가 어디에 있는지 당장 알아보시오!"

선극이 급히 주변의 수뇌진에게 알렸다. 근처에 있던 기척 몇몇이 사라지는 것이 느껴졌다.

"사도련주의 위치 파악은 꾸준히 한 것 아니오?"

사도련주는 존재 자체로도 위험인물이다.

굳이 천재적인 전략 외에도 절대고수로서 신경을 쓸 수밖에 없다.

그래서 매번 사도련주가 사도련 측 진영에서 얼굴을 보이는지 일일이 확인하고 있었다.

"사도련주는 꾸준하게 모습을 보여줬지만 — 정작 그동안 정면에 나서서 싸운 적은 한 번도 없었소."

누군가가 안개가 낀 얼굴로 의견을 꺼냈다. 그 목소리에는 힘이 없었다.

"미쳤다고 총지휘를 맡은 자가 정면에 나서서 싸울 리

가 없잖⋯⋯."

화산파의 장로가 말을 잇다가 입을 다물었다. 그 얼굴
역시 흙빛으로 변했다.

"당했소."

第九章

사도신념(邪道信念)

　총지휘자가 최전선에 나가지 않는 건 당연하다. 한 사람이 당하는 걸로 부대 전체가 무너질 수가 있다.

　특히나 사도련주처럼 모든 걸 조율하고 있는 자면 더더욱 그렇다.

　허나 사도련주는 그 점을 과감하게 이용했다.

　"사람의 생각과 인식이란 건 그리 쉽게 바뀌지 않는 법이다."

　사도련주는 예전부터 자신을 대신할 대역을 준비해 두었다. 체격뿐만 아니라 얼굴도 똑같이 생겼다.

　천면독주에게 역용술의 도움을 받아서 감쪽같았다.

그 대신 상당한 금을 써서 희귀한 독을 구해줘야 했으나 그만큼 가치는 했으니 아깝다는 생각은 없었다.

　이후, 대역을 이군에 배치하고 난 뒤에 삼군으로 돌아가 전장의 조율을 맡았다.

　원래부터 준비해 두었던 첩자들을 만나서 이야기를 나누고 다른 지방에서 전면전이 일어나자 명령을 내렸다.

　그 숫자가 무려 오천. 안휘 삼군 병력의 반이나 되는 숫자다. 안휘의 상황은 생각보다 좋지 않았다.

　현재 일군과 이군 — 더불어, 삼군이 반으로 갈라져 병력이 흡수된 사도련 본대는 이만 오천여 명이 됐다.

　사군의 반을 흡수한 병력은 일만 오천이었다. 그렇지만 절대고수가 없어서 그렇게까지 큰 차이는 아니었다.

　허나 이젠 무림맹에서 오천이 배신해 일만 오천을 이만으로 만들게 됐으니 상황이 많이 달라졌다.

　거기에 사도련주 장본인까지 와있다. 이제 보면 단순히 분대라고 칭할 수 없을 정도의 규모와 실력이었다.

　"어째서……."

　수혜사태는 슬픔에 잠긴 눈으로 중얼거렸다. 그 목소리는 무척이나 애달프게 떨렸다.

　"이래서 중소문파들을 믿을 수 없다는 거요!"

창허자가 정면의 배신자 무리를 노려봤다. 그 눈에는 혐오감이 잔뜩 실려 있었다.

'당했다!'

제갈문은 주먹을 불끈 쥐면서 벽을 후려쳤다. 내공이 실린 듯, 벽에 쩌적 하고 금이 갔다.

수혜사태가 아미신녀라는 정도 중의 정도인 모습으로 사람들을 끌어모은 것까진 좋았다. 하지만 문제가 있다면 너무 단기간에 많은 사람들을 데려왔다는 거다.

배신의 가능성을 두지 않았던 건 아니다.

하지만 모용세가의 배신, 전략의 대대적인 수정 등으로 인해 정신이 없었던 게 문제였다.

무엇보다 설사 배신이 일어난다고 해도 권왕이 있다 해서 안심하고 있었는데, 모든 게 망가져버렸다.

"도대체, 왜……!"

수혜사태가 염주를 꼭 쥔 채 정면을 주시했다.

지평선 너머에서부터 이어진 대군. 사도련의 깃발이 바람에 펄럭였고, 그 아래 정파와 사파가 섞여있었다.

아니, 이젠 정파와 사파가 아니다. 정파를 등지고 사파로 돌아간 배반의 무리였다.

"왜냐고?"

사도련주가 흐, 하고 재미있듯이 웃었다.

"그걸 아직도 모르다니 — 과연 허수아비로구나."

사도련주가 오천 정도 되는 중소연합을 모을 수 있었던 건 오래 전부터 접근했기에 가능한 일이었다.

그들 대부분은 말 그대로 중소문파의 규모. 많아봤자 오십에서 백밖에 되지 않는 숫자였다.

사도련주는 그때 그들을 찾아가서 어떻게 설득하고 또 제의를 했는지 아직도 기억하고 있었다.

"지금은 멸문하고 없는 공동파를 비롯하여 구파일방과 오대세가 — 는, 그동안 너무 오랫동안 독점을 했다."

"독점이라고?"

"무림맹의 구성원을 말하는 걸 모르는 건 아닐 테지?"

무림맹은 지금은 멸문해서 없는 공동파까지 포함해 구파일방과 오대세가의 연합이 아닌, 정파의 연합체다.

하지만 무림맹은 오랫동안 그 구성원이 바뀌지 않았다. 언제나 구파일방과 오대세가로 유지됐다.

오대세가의 경우 가끔씩 모용세가처럼 그 가세가 무너지거나 줄어져 바뀌는 경우가 있었지만, 그 정도다.

구파일방의 경우엔 공동파가 멸문하기 전까지 단 한 번도 바뀌지 않았다.

"중소문파가 크나큰 공적을 세웠는데도 어째서 무림맹의 구성원은 바뀌지 않는 건가?"

"……망할."

황개가 사도련주의 물음을 듣고 욕설을 내뱉었다. 그 안색이 정말 좋지 않았다.

전의 정사대전에선 검존 지무악을 비롯해 중소문파의 활약이 상당히 많았다. 지무악이 무림맹주에 오를 수 있던 정치적인 연유 중 하나도 중소문파들이 그를 중소문파 혹은 무소속의 대표라고 지지해서 그렇다.

"허튼 소리!"

창허자가 악귀처럼 일그러진 얼굴로 소리쳤다.

"창허자 장로! 입을 다무시오!"

수화사태가 무언가 느낀 듯 창허자를 막으려고 소리쳤다. 하지만 이미 그의 입을 막을 수는 없었다.

"무림맹이 존재할 수 있었던 건 애초에 구파일방이나 오대세가가 있던 덕분이다!"

웅성웅성.

창허자의 발언에 양측 진영에서 소란이 일어났다.

"그게 무슨 뜻인지 말해줬으면 좋겠군, 창허자."

사도련주가 웅성거리는 사도련의 입을 다물게 한 뒤에 창허자를 바라보았다.

"멍청한 놈, 천재라고 불리는 주제에 그런 것도 모르다니 실로 어리석구나. 중소문파처럼 힘이 없는 자들이 무림맹을 대표하는 자가 된다면 어찌될 줄은 알고 있지 않느냐. 그 누가 인정하고 따라주겠느냐!"

창허자의 말이 딱히 틀리거나 한 건 아니다.

대문파가 아닌 문파가 무림맹을 대표하는 구성원이 된다면, 그건 그거대로 문제가 된다.

아무리 공적이 높다 하여도 힘과 규모 — 그리고 명성 등이 적다면 명령을 제대로 따르지 않을 수 있다.

아니, 그것보다 '왜 쟤들은 되고 우리는 되지 않느냐?' 라면서 따질지도 모르는 일이었다.

중소문파도 그걸 충분히 알고 있다. 하지만, 머리로 이해하는 것과 마음으로 받아들이는 건 다르다.

"자아, 봐라!"

사도련주가 팔을 벌려 목소리를 높였다.

"그야말로 독재자들이나 다름없지 않은가!"

저번 정사대전의 결과가 중소문파들이 배신하는 데 큰 역할을 하게 됐다.

중소문파들은 상당한 공적을 세웠다. 물론 적절한 보상을 받기는 했다. 하지만, '부족'했다.

아무리 공적을 세우고 힘을 키워도 대문파에게는 상대가 되지 않는다. 좀 더 위를 노릴 수가 없다.

그들도 사람인 이상 욕심이 없을 리가 없었다. 자신의

문파를 좀 더 높은 자리에 앉히고 싶었다.

그 마음에 불이 붙으면서 불만을 증폭시켰다.

"설마하니……."

제갈문이 무언가 깨달은 표정을 지었다.

사도련주는 저번의 정사대전 때 일부러 모용세가에게
패배한 다음, 그들을 회유했다.

그리고 이 방식은 모용세가처럼 오대세가 등의 대문파
뿐만이 아니었다. 중소문파에게도 썼다.

모용세가처럼 노골적인 건 아니지만 중소문파의 입지를
넓힌 뒤, 대문파의 자리를 넘보게 만들도록 조율했다.

그리고 은근슬쩍 정보 조작을 통해서 여러 가지 불만을
만들어 내거나 하는 짓을 했다.

"자아, 답해봐라! 무림맹주!"

사도련주가 창허자가 아닌 수혜사태를 쳐다봤다.

"무언가가 이상하다고 생각하지 않나!"

사도련주가 눈을 부릅떴다.

"네놈들 삼군만 해도 아무리 무림맹 소속의 중소문파들
이 싸워봤자, 그 공적은 황보세가나 금의검문 — 또는 무
림맹 수뇌부에게 돌아갈 뿐이다!"

전략이나 전술, 지휘를 맡는 건 어디까지나 힘 있고 뒤
에 든든한 배경이 있는 자들이다.

가끔씩 지무악 같은 예외가 나타나긴 하지만 그건 진짜 극소수뿐이었다.

그 외엔 이미 기득권층이 잡고 있으며, 이렇다 보니 전쟁의 승리도 곧 지휘자의 몫으로 돌아간다.

"그건……!"

일찍이 수혜사태나 지무악은 이런 일이 없도록 평등하게 공적을 취하려고 했다.

하지만 그러면 구파일방이나 오대세가가 크게 반발하니 별수가 없었다.

일단 기득권층이 공적이 아예 없는 건 아니다.

실제로 군자금, 군량미도 상당 부분 지원해 주고 고수도 내주면서 전쟁에 승리할 수 있도록 이끌어줬다.

하지만 그건 다른 중소문파 입장에선 마음이 동할 정도의 설득은 아니었다. 그들의 눈에선 그저 기득권층들이 영원토록 독재하려는 것으로밖에 보이지 않았다.

"어쩔 수 없다고 말할 생각인가?"

"……!"

수혜사태가 얼음처럼 딱딱하게 굳었다.

"문파의 힘이 부족하다고 무림맹의 주축에 들어올 수 없다고 하면, 그거야말로 마교의 논리와 뭐가 다른가!"

사도련주가 주먹을 불끈 쥐었다.

"어쩔 수 없으니, 지휘 체계를 위해서라도 이럴 수밖에 없었다는 말은 하지 않는 게 좋을 거다."

사도련주의 몸에서 주변을 압도하는 기세가 흘러나와 하늘을 뒤덮었다. 무림맹 무사들의 안색이 변했다.

"궤변을……."

수화사태가 염주알을 굴리면서 중얼거렸다.

"그래, 궤변이다."

사도련주가 그 말을 듣고 답했다.

구파일방과 오대세가는 무림맹의 수뇌를 맡는 만큼 그동안 정파 무림을 위해서 상당히 일해 왔다.

전쟁이 일어나면 무작정 병력을 낼 뿐만 아니라, 일반 백성에게 피해가 일어나기도 한다면 도와주기도 했다.

그 외에도 산적이나 마두 토벌 등에도 노력해왔다.

또한 힘을 잃거나 혹은 명성이 작아진다면 별다른 영향력을 내지 못하고 이 자리에서 내려왔을지도 모른다.

아미파의 경우가 특히 아슬아슬하긴 했지만, 그래도 명색이 대문파인 만큼 다른 중소문파보단 나았다.

만약 그냥 불평을 들어줘서 중소문파가 대표를 맡았다면 그건 그거대로 문제다.

재차 말하지만 사람들이, 무인들이 그걸 모를 리가 없다. 정말로 멍청이가 아닌 이상 말이다.

"그렇지만, 네놈들 역시 궤변이다."

하지만, 역시 몇 번이나 말하지만 머리로는 이해하지만 마음으로 이해하는 건 전혀 다르다.

"정말로 어쩔 수 없다면 — 그 모순과 위선 속에서 정도를 버리고 온 중소문파들을 욕할 자격은 없다."

사도련주가 혼자서만 앞으로 걸었다.

"더 이상 듣고 있어줄 수가 없구나!"

황보욱이 무림맹 진영에서 튀어나왔다. 그가 걸을 때마다 쿵, 쿵 하고 땅이 흔들렸다.

마치 태산이 다가오는 것처럼 보였다.

"와라, 권왕."

사도련주가 도발하듯이 검지를 까딱였다.

"네 이노옴 — !"

황보욱이 지면을 박차면서 몸을 날렸다. 커다란 바위가 하늘에서 아래로 떨어지는 듯한 광경이었다.

"흐."

사도련주의 입가에 짙은 미소가 번졌다.

"안 돼! 함정이다!"

제갈문이 무언가 눈치채고 비명을 질렀다. 하지만 이미 늦었다.

"뭣이……!"

바닥에 착지한 순간, 지반이 두부처럼 뭉개지면서 무너
져 내렸다. 그 아래에 숨겨져 있던 기관이 발동됐다.

철로 된 창들이 황보욱을 노리고 파바밧 하고 날아갔다.

"흥, 이따위 것!"

황보욱이 콧방귀를 끼면서 호신강기를 펼쳤다. 타다당
하고 철창이 모조리 튕겨져 나갔다.

이에 사도련주는 허리춤의 도를 꺼내들어 무형강기를
실은 뒤 황보욱에게 휘둘렀다.

"이딴 잔재주를 — !"

황보욱이 태산신권으로 사도련주의 도법에 저항했다.

쿠아아앙!

주먹과 도가 부딪친 순간 폭발이 일어났다. 힘의 충격파
가 파도가 되어 주변을 슥 훑었다.

굉음이 터지면서 공기가 몇 번이나 터지고, 먼지 구름이
피어올라 절대고수 둘을 집어삼켰다.

"이보게, 권왕."

사도련주가 눈을 초승달처럼 휘면서 웃었다.

"그 잔재주가 날 여기에 있도록 만들어 주었네."

파바바밧!

그 누구도, 예상하지 못했다.

"비겁한 새끼……."

황보욱이 생각 없이 혼자 들어온 걸 후회했다.

그 누구도 의심하지 않았다.

사도련주가 홀로 나오는 걸 보고 정면승부를 원하는 것이라 생각했다. 그래서 절대고수끼리 부딪쳤다.

그런데, 아니었다. 그건 함정이었다.

사도련주는 황보욱을 데려와 기관을 설치한 곳으로 유인 했을뿐더러 — 화경의 고수들을 불러왔다.

천마를 제외하곤 절대고수와 절대고수의 경지는 서로 비슷하다. 그런데 거기에 화경의 고수들이 일순간에 찾아와서 끼어든다. 그렇다면 답은 뻔하다.

"왜 절대고수가 꼭 혼자서 정정당당히 싸워야 하나?"

화경의 고수들을 데려온 절대고수의 승리다.

"이것이 댁들이 말하는 인연(因緣)의 힘이라는 거다."

무림육존 — 사도의 정점에 선 자.

천재(天才) 사도련주.

*   *   *

호북 — 어딘가의 최전선.

"쏴라!"

명령이 내리자 궁병부대가 시위에서 화살을 놓았다.

파바바밧!

화살이 하늘을 검게 뒤덮으면서 아래로 떨어졌다.

"이까짓 것!"

무림맹 무사들이 코웃음을 치면서 각자 검기를 쏘았다. 그들에게 화살은 별다른 위협이 아니었다.

"안 돼!"

진무칠검대 대주, 청중이 화살에 자그마한 주머니가 달린 걸 보고 비명을 질렀으나 이미 늦었다.

무사들이 쏘아낸 검기가 화살에 달린 주머니를 부욱 찢어발겼고, 그 안에 있던 가루가 떨어졌다.

"으악! 독이다!"

일반 화살이라고 생각했는데 그게 아니라 독시(毒矢)였다. 화살촉에 묻은 독뿐만 아니라, 혹시라도 화살을 튕겨낼 것 같아 이렇게 독낭(毒囊)을 달아두었다.

"기어코 독화살까지 쓰는 건가……!"

진무칠검대의 막내인 진겸이 침음을 흘렸다.

"비겁하게 독시를 쏘다니!"

"무인으로서의 긍지는 어디에 있나!"

무인들에게 있어서 활은 어디까지나 심심풀이 정도다. 아무도 활을 주무기로 삼지 않는다.

또한 이류나 일류 때 검풍을 쏠 수 있게 되면 화살 정도야 일만대군이 아닌 이상 쉽게 받아칠 수 있다.

설사 주무기로 삼는다고 해도 전문적인 무공이 없다.

사도련주는 그 방심을 이용해서 독시를 준비했다. 천면독주에게 정말로 많은 도움을 받았다.

"긍지?"

사도련 화경의 고수, 좌수사검(左手巳劍) 구한석(求寒石)이 입술을 질끈 깨물며 혐오 어린 눈매를 보였다.

"네놈들이 감히 긍지라고 말할 수 있는 자격이 있느냐!"

구한석이 별호에 알맞게 왼손에 쥔 검을 휘둘렀다. 그 검의 길은 뱀이 움직이는 것처럼 구불구불했다.

직선으로 날아오는 검술조차 피하기 힘들거늘, 강기까지 구불구불 휘면서 공격해오자 다들 처참히 당했다.

"무림맹 — 아니, 정파 네놈들 역시 필요가 있다면 온갖 수단을 쓰지 않느냐!"

구한석은 분노를 금치 못하며 화산파의 검수들 사이에 들어가 마구 날뛰었다.

"크아악!"

무당파와 나란히 검의 대가로 알려진 화산파의 정예들도 좌수사검의 분노에는 속수무책으로 당했다.

"정보원이셨던 내 아버지는 무림맹 지하뇌옥에 잡혀 온갖 고문을 당하다가 명을 다하셨다!"

"헛소리!"

팔파일방의 고수 중, 비교적 젊어 보이는 자가 구한석에게 날아와 검을 힘껏 찔렀다.

구한석은 검을 아래에서 위로 올려 찌르기로 들어온 검을 올려친 뒤, 허탈하게 웃었다.

"그래, 대문파의 비호 아래 아무것도 모른 채 자라난 네놈들은 모르겠지. 하지만, 틀림없는 진실이다."

"설사 진실이라도 상관없는 일이다. 첩보원을 감금하고 고문해 주요 정보를 꺼내는 건 당연하지 않는가!"

"그 위선과 모순에 찬 태도가 마음에 들지 않는다는 거다!"

구한석이 검강을 실어 절초를 펼쳤다. 팔파일방의 고수가 헉, 하고 숨을 들이쉬었다가 비명을 질렀다.

살기로 가득 찼던 그 머리가 허공으로 떠올라 바닥을 데굴데굴 굴렀다.

"그게 그렇게 인정하기 힘드냐!"

구한석이 피에 젖은 채로 전장을 보고 소리쳤다.

"'우리가, 그랬다.' 라고 말하는 것이 그렇게 힘든 말이냐 말이다!"

무림맹 입장에선 결코 말할 수 없는 진실이다.

숨겨야 할 일이다.

정도를 걷는 자가 누군가를 감금한 건 그렇다 쳐도, 죽을 때까지 고문을 한다는 건 분명 잘못된 일이다.

하지만 그렇다고 안 할 수도 없는 노릇이었다.

무림맹을 무너뜨리려고 사도련에서 온 첩자를 그냥 놓아주다니, 그런 바보 같은 짓은 할 수 없다.

"히이이익!"

그때였다.

독시를 쏘아 적의 병력을 약하게 만든 사도련의 무사들이 갑작스레 비명을 지르며 뒤로 물러나기 시작했다.

"무슨 일이냐!"

구한석이 고개를 휙 돌리며 물었다.

"그, 그게……!"

무사가 덜덜 떨어대며 한 곳을 가리켰다. 그 손끝이 가리키는 곳에서 남자와 여자가 천천히 걸어 나왔다.

그 뒤에도 여러 무리가 따르는 것이 보이긴 했으나, 구한석의 눈에는 그들이 들어오지 않았다.

맨 앞에 선 남녀의 존재감이 워낙 거대했기에.

"……사천에서 온 별동대와 양의신룡인가."

구한석이 허, 하고 허탈한 웃음을 흘렸다. 그러곤 눈동자를 돌려 그 옆의 여자를 보곤 어이없어했다.

"왜 무림육존 중에서 둘이나 여기에 왔느냐?"

양의신룡과 북해궁주.

다 이기던 싸움 도중에 사도련이 후퇴한 건 이러한 연유였다. 무림육존 중 하나도 아니고 둘이 나타났다.

양의신룡은 사천에서 오고 있다고 보고를 받았으니 그렇다 쳐도, 북해궁주의 등장은 이해할 수 없었다.

같은 호북에 있긴 했지만 원래라면 다른 곳에서 북해빙군을 지휘하고 있어야만 했다.

"······."

냉약빙은 구한석의 물음에 답하지 않고 길고 가녀린 손바닥을 대신 보였다. 새하얀 아지랑이가 일렁였다.

"아, 그런가."

구한석이 짐작 가는 것이 있는 듯 머리를 끄덕였다.

"합비의 일인가."

구한석이 얼굴을 차갑게 굳혔다.

무림맹 삼군이 순식간에 반 토막 났다.

하필이면 다른 곳도 아니고 삼군이다. 삼군에는 무림맹주 등 맹의 수뇌진들이 몰려있는 곳이었다.

그 외에도 무림맹 본부가 있으니, 여러 가지 비급이라거나 기밀들이 보관되어 있었다.

또한 지하뇌옥에는 특급에 준하는 죄인들이 감금되어 있으니, 그들이 풀려날 생각을 하니 끔찍했다.

상황의 심각성을 느낀 냉약빙은 도중에 진양과 합류해서 사도련주가 있는 삼군으로 향하기로 했다.

지휘야 한추설이 있으니 걱정할 건 없었고, 선극도 있으니 절대고수의 부재도 크게 신경 쓸 건 없었다.

어차피 사도련의 절대고수는 사도련주 하나뿐이니 차라리 삼군에 가서 도움을 주는 게 좋았다.

"합비에는 권왕과 낭왕이 있긴 하지만, 금의상단주의 성격을 보면 이런 일에 낭왕을 내보낼 리가 없지."

합비에 권왕만 있는 건 아니다. 무림맹 소속은 아니지만 낭왕 오견도 있다.

양의신룡과 싸워 중상을 입긴 했지만, 상단주인 인상대가 명의를 불러온 덕에 상당 부분 회복됐다.

하지만 완쾌한 것은 아니기도 하고 애초에 인상대가 이렇게 승산 없는 싸움에 오견을 내보낼 리가 없다.

그에게 있어 오견은 최대 병기로서 제일 가치 있는 인재. 그 태도가 조심한 건 당연한 일이었다.

무림맹을 돕기로 했지만 최대의 손해를 입을 정도로 도울 생각은 없다.

"미안하지만 이 앞은 지나갈 수 없다."

구한석이 검에 강기를 실어 넣은 뒤 휘둘렀다. 가까이에 겁먹은 사도련의 무사가 악, 하고 쓰러졌다.

그러곤 살기를 한껏 끌어 올려 사도련 무사들에게 물러
나지 말라는 눈치를 주었다.

"양의신룡에 북해궁주라니……."

"시팔."

여기저기서 욕설이 튀어나왔다. 고수라 불리는 자들 또
한 비장한 얼굴로 그 각오를 보였다.

"정말로 어리석군요."

냉약빙이 한 걸음 나섰다. 그 발이 닿는 곳은 쩌적 하고
얼어붙으며 빙판이 됐다. 주변 기온도 내려갔다.

화경인 한추설조차도 보검이 없다면 중원에서 더위를
느껴 쉽게 지치고 제대로 된 힘을 발휘하지 못한다.

하지만 냉약빙은 다르다. 보검이나 빙석이 없어도 본실
력을 모두 발휘할 수 있다. 괜히 북해궁주가 아니다.

절대고수에 오르면서 얻은 한빙(寒氷) 자체로 인해 살아
있는 북해의 기후가 됐다.

딱딱딱!

내공이 약한 자는 벌써부터 그 음한지기에 버티지 못하
고 이빨을 부딪치면서 덜덜 떨어댔다.

"죽을 겁니다."

북풍한설이 불며 냉약빙의 청백으로 물든 머리칼을 스
치고 지나갔다.

"안다."

구한석이 검을 툭툭 털어 묻힌 피를 떨쳐내곤 앞으로 걸었다. 그의 뒤로 사도련 고수들이 뒤를 따랐다.

무림육존 중 한 명도 아니고 둘을 동시에 상대해야 한다. 화경의 고수가 열이라도 승산이 애매하다.

"도망치면 되는 것 아니오?"

진양이 물었다.

사파인은 승산이 없다면 주저 없이 도망친다. 혹은 주변을 미끼로 이용하기도 한다. 정면승부에 알맞지 않다.

그걸 생각하면 구한석의 행동은 사도와는 거리가 멀었다.

"아직도 사도에 대해서 잘 모르는군, 정파인."

검에 실린 강기가 불그스름하게 빛났다.

"확실히 호북에 일어나는 전장에 참여할 생각이 없는 너희니 이대로 보내주면 목숨은 건질 수 있겠지."

일에는 우선순위란 게 있다.

확실히 자신들이 이 전장에 참전한다면 완승은 보장할 수 있다. 하지만, 전쟁이 아닌 '전장'이다.

맹의 중심인 합비가 무너지게 된다면 그걸로 끝이다. 이렇게 서두르는 것도 이러한 연유다.

"하지만, 이대로 보내지 않고 조금이라도 시간을 벌 수 있다면 사도의 숙원을 련주님께서 풀어주실 것이다."

정파의 모순과 위선을 깨뜨리고 온 천하에 밝힌다.

그리고 곧 사파의 정의를 물 밖으로 꺼내 증명시킨다.

구한석이 원하는 것은 오직 하나.

"도망치는 건 질렸다."

무림맹의 어두운 면을 공개하고 탓해 사과를 받아내는 것. 그걸 위해서라면 목숨이라도 아깝지 않다.

"가자 — !"

"와아아아!"

구한석이 먼저 몸을 날리자, 그 뒤에 있는 사도련 무사들이 우르르 따라오면서 폭풍을 만들었다.

"그 신념 — 비록 본질은 다르나."

냉약빙이 손에 무형강기를 둘렀다.

"존경하는 바요."

진양도 손에 무형강기를 둘렀다.

구한석이 진양과 냉약빙을 지나쳤다.

"흥."

구한석이 코웃음을 쳤다. 눈을 돌리니 검을 쥔 왼팔 전체가 얼어붙어 서리가 껴있었다.

"어차피 이렇게 될 줄은 알았다."

신념을 끝까지 관철한 건 좋지만, 그렇다고 영웅지처럼

기적 같은 일이 벌어지는 건 아니다.

또한 절대고수들이 그에 감동하여 봐준다거나 하는 일은 없다. 아니, 봐줬다면 바보 취급 하냐며 화를 냈을 것이다.

"좌수사검, 구한석. 그 이름 잊지 않겠소."

각오와 확실한 건 엄연히 다르다. 자신이 이토록 허무하게 죽을 줄 알고도, 상처 하나 내지 못할 것을 확신했는데 덤비는 건 아무나 할 수 없다.

"사도는 틀리지 않았다!"

구한석이 하늘을 올려다보며 소리쳤다.

"이 가증스러운 놈들아……."

구한석이 피를 울컥 토해내며 무너져 내렸다.

"황보세가도 참으로 불쌍하구나."

사도련주가 흐, 하고 음침한 웃음을 흘렸다.

"모용세가가 물러나 겨우겨우 오대세가에 들어갔는데 가주이자 모든 것의 중심을 잃게 될 줄은……."

권왕, 황보욱이 피를 울컥 하고 토해냈다. 태산과 같은 거구도 서서히 무너져 내렸다.

양 무릎이 바닥으로 떨어지고, 가슴 정중앙에는 구멍이 뚫렸다.

그 외에도 온몸에는 검상으로 가득했으며 철창 몇 자루
가 등이나 허벅지에 꽂혀 참상을 만들었다.

사도련주는 무릎 꿇은 황보욱의 가슴을 발로 밀어버린
뒤, 그 몸을 밟고 목소리를 높였다.

"나 사도련주가 권왕 황보욱을 죽였다!"

와아아아!

"이젠 무림육존이 아니라 무림오존이다!"

第十章

선선미호(仙扇美狐)

　권왕, 황보욱이 죽었다. 정말로 어이없을 정도로 깔끔한 죽음이었다.

　사도련주의 승리 선언에 무림맹 진영은 꿀 먹은 벙어리가 된 듯 아무런 말도 하지 못했다.

　수천 명이 나열되어 있는데도 숨소리만 간간이 들릴 뿐, 긴 침묵이 이어졌다. 그만큼 충격적이었다.

　"절대고수란 자가 어찌하여 이리도 비겁할 수가 있나!"

　침묵을 깬 건 창허자였다. 그는 잔뜩 성난 얼굴로 씩씩거렸다. 얼굴이 홍시처럼 시뻘겋게 익었고, 혈압이 오르는지 뒷목을 붙잡은 채 소리를 꽥꽥 질러댔다.

"마치 정정당당하게 일대일 승부를 하는 것처럼 나와서는 결국은 함정에 빠뜨리다니! 부끄러운 줄 알라!"

창허자가 사도련주를 삿대질했다.

"하하."

사도련주가 그 말에 우습다는 듯이 웃었다. 명백한 비웃음이었다.

"창허자라고 했던가?"

"이제 와서 뭔……."

"종남에 인재가 얼마나 없으면 저런 자를……."

사도련 소속 무사들이 어이없다는 듯이 중얼거렸다.

애초에 사도가 괜히 사도인가. 정도와는 거리가 먼, 흔히 말하는 '비겁'한 행위를 해서 그렇다.

사파인 중에서도 사도의 정점에 선 자에게 비겁하다면서 따지는 것만큼 바보 같은 짓도 없다.

애초에 이로 인해 무림은 정파와 사파로 갈라졌거늘, 이런 말을 수십 번 해봤자 뭐 하나 바뀌지 않는다.

"됐다."

사도련주는 상대할 가치도 없다는 듯, 손을 들어 소란을 잠재웠다. 그러곤 수혜사태를 바라보았다.

"이보시오, 무림맹주. 그 안에서 뭘 그렇게 꽁꽁 숨어 있소. 그러지 말고 이리로 나와 보시오."

"허튼 수작."

수혜사태 대신 수화사태가 앞을 가로 막아섰다. 그녀가
손을 들자 흑의에 복면을 쓴 호위가 나타났다.

"여기선 일단 후퇴합니다."

제갈문이 분노로 끓는 목소리를 냈다.

"뭣? 그걸 말이라고 하는 거요!"

창허자는 자존심 상한 얼굴로 크게 반발했다.

여태까지 실컷 떠들었는데 지금 후퇴한다면 겁쟁이라고
놀림 받는다. 그게 싫었다.

"입 닥치시오, 창허자."

황개가 평소와는 달리 살기까지 띠면서 창허자에게 쏘
아붙였다.

"여기에서 사도련주를 상대할 자가 아무도 없다는 걸
모르는 건 아닐 텐데?"

"금의상단주에게 낭왕을 내놓으라고 하면 되지 않
는……."

"창허자."

황개가 제발 다음 말을 잇지 말라는 눈으로 창허자를 한
심하듯이 쳐다봤다.

창허자는 그 시선에 크윽, 하고 뭐라 말하려다가 입을
다물곤 분하듯이 수긍했다.

금의상단주가 이처럼 불리한 상황에 제일 가치가 큰 인재를 내줄 리 없다. 분위기로 압박해도 소용이 없다.

만약 그게 됐다면 일찍이 금의상단주의 눈치를 보고 지원을 받을 필요는 없었다.

"맹주님, 여기에선 퇴각 명령을 내리셔야 합니다."

제갈문이 수혜사태를 쳐다봤다.

"정보에 의하면 양의신룡과 북해궁주가 이곳으로 오고 있답니다. 그들과 합류해야 합니다."

"……."

수혜사태가 입술을 질끈 깨물었다. 어찌나 세게 깨물었는지 핏방울이 뚝뚝 흘러나올 정도였다.

손목에 감은 염주 알 또한 힘에 의하여 덜덜 떨리면서 마찰음을 냈다.

'무림맹주…….'

제갈문은 그런 수혜사태를 안타깝다는 듯이 쳐다봤다.

"아무 말도 할 수 없었습니다."

인생에서 제일 용납할 수 없는 질문을 들었다.

어쩔 수 없다고, 말할 생각이냐고.

수혜사태는 그렇게 말할 생각은 없었다. 하지만, 일순간 그 생각을 안 한 것도 아니었다.

아주 조금 — 머릿속의 한편에서 그리 생각했다.

사도련주의 말이 궤변이라는 걸 알고 있음에도 논리적으로 밀렸다. 답변하고 싶었지만 그럴 수가 없었다.

"사도련주는 원래부터 뭐라 대답할 수 없는 질문을 일부러 남겨 이렇게 의표를 찔러 옵니다. 어차피 궤변이오니 신경 쓰지 마셨으면 합니다."

제갈문은 수혜사태가 어떠한 감정의 변화를 느끼고 있는지, 또 무엇을 생각하고 있는지 대충 눈치챘다.

전대 무림맹주였던 경우에는 어떠한 생각을 지녔는지 제대로 파악하기 힘들었지만, 이번에는 아니었다.

수혜사태는 바보같이 정의롭고 착하고 순수한 만큼, 어떤 생각을 지니고 있는지 훤히 알 수 있었다.

수혜사태는 멀리 떨어져 있는 사도련주를 말없이 바라보다가, 등을 돌려 목소리를 겨우 쥐어짜냈다.

"……퇴각합니다."

"예!"

제갈문이 속으로 안도의 한숨을 내쉬었다.

안휘삼군(安徽三軍)의 쓰디쓴 패배였다.

정사대전은 정마대전만큼 폭풍을 몰고 왔다.

무림육존 중에서 벌써 둘이나 사망했다. 천면독주와 권왕 황보욱이다.

모용세가의 배신으로 오대세가로 오른 황보세가는 그 폭탄 같은 소식에 경악을 금치 못했다.

세간에선 벌써부터 황보세가는 모든 걸 잃었다면서 말하고 있었다.

여하튼, 중소연합의 배신과 황보욱의 사망 소식에 진양이 끌어올렸던 무림맹의 사기가 다시 내려갔다.

아니, 내려간 수준이 아니다.

혹시나 절대고수의 전력 차가 이리 나는데도 패배하는 게 아니냐며 걱정이 나올 정도였다.

그만큼 합비의 중요도는 상당하다. 오랫동안 무림맹의 본부였던 만큼 사람들의 불안감도 높아졌다.

한편, 사도련의 군대는 새롭게 개편하게 된다.

무림맹의 사천일군에 패배한 운남은 여전히 일군이었으며, 솔직히 말해 천면독주가 패배한 다음 추풍낙엽처럼 토벌당하며 그 병력도 얼마 남지 않았다.

호남이군은 귀주와 강서사군의 병력 반을 흡수하게 되어 이군으로 통합. 무림맹의 호북이군과 맞선다.

절강오군은 강서사군의 병력 반, 무림맹의 중소연합 오천을 통합하여 절강삼군으로 바뀐다.

사도련은 황보욱과의 승전 소식에 순식간에 사기가 상승하였고, 그 기세를 타 진군한다.

이군끼리의 충돌은 전력 차가 서로 비슷해 막상막하였으나, 애석하게도 삼군은 무림맹이 밀리게 된다.

당연한 결과였다.

"부디, 제때에 도착해야 할 텐데……."

제갈문은 먹구름으로 가득한 불길한 하늘을 올려다봤다. 그의 얼굴은 근심으로 가득했다.

원래라면 당장이라도 호북이군의 지원 병력을 받아야한다. 그런데 이군의 전장이 막상막하라 그럴 수 없다.

그래서 지금 희망을 갖고 있는 게 얼마 전 이곳으로 오고 있다는 진양과 냉약빙이었다.

무림오존 중에서 둘이나 도착한다면 그만큼 승률이 높아진다. 그러면 인상대도 안심하여 낭왕을 보일 터.

천마가 아닌 이상 무림오존의 절대고수 셋을 동시에 상대할 수는 없다.

그건 화경의 고수들을 데리고 있어도 마찬가지다. 아니, 그 천마조차도 결국 공동대전 때 패배했다.

또한 아무리 많은 병력을 꺼낸다고 한들 절대고수 셋이 정면에 나선다면 명확한 승리를 가질 수 있다.

존재감 자체만으로도 대단한 데다가, 어떤 기문진법을 보이건 간에 그들 앞에선 무소용이다.

호북, 영산(英山).

영산에서 동북으로 가면 안휘에 진입할 수 있다.

장강이 막고 있는 것도 아니어서 그대로 동북을 향해서 달리기만 하면 합비에 도착할 수 있었다.

"……"

이제 막 영산을 넘고 있던 진양이 눈살을 찌푸리면서 혀를 찼다. 그를 따라오던 별동대원도 멈췄다.

"쳇."

도연홍이 성가시다는 듯이 혀를 찼다.

"……예상은 했지만 역시나, 인가요."

냉약빙이 언제나처럼 무심한 얼굴로 말했다. 하지만 잘 보면 눈썹이 미세하게 구부러진 걸 볼 수 있었다.

사도련주처럼 치밀한 자가 호북에서 오는 지원 병력을 모를 리가 없다. 당연히 그 길목에 병력을 배치했다.

영산을 넘어가던 도중 사도련의 무리들과 마주쳤다.

"숫자가 생각보다 많소."

화산육장로 중 일원, 섭우정(涉優定)이 말했다.

냉약빙 외에도 호북에서 별동대로 도중 합류한 자가 여럿 있다. 그만큼 합비의 일이 급해서다.

섭우정같이 내로라하는 고수들이 상당히 속해있었다.

이 별동대가 정파 최고고수 부대라 할 수 있었다.

"확실히."

이 별동대에서 제일 약한 자가 절정이다. 그렇다 보니 다들 예사롭지 않은 감각을 지니고 있었다.

누가 말하기도 전에 다들 검을 꺼낸 채 주변을 슥 둘러보곤 위치나 인원을 파악하는 데 힘썼다.

"명령을 내려주시오, 대주."

섭우정이 전방으로 시선을 고정한 채로 진양에게 요구했다.

"여기에서 시간을 허투루 쓸 수는 없습니다. 지금 저희는 시간이 부족하니, 정면 돌파해서 뚫습니다."

말이 끝남과 동시 진양이 정면을 향해 손바닥을 뻗어 장풍을 날렸다.

공력을 상당히 실어 그 세기가 보통이 아니었다.

파아앙 ─ !

손바닥에서 뿜어져 나온 장력은 곧 폭풍우가 되어 정면을 대규모로 집어삼켰다.

바람이 나뭇가지를 죄다 부러뜨리고, 거목의 뿌리까지 나오게 할 정도로 힘을 가했다.

먼지가 나뭇잎을 스치고 지나갔고, 이윽고 그 안에 숨어 있던 자들을 눈앞에 나타나게 만들었다.

"큭! 역시 들켰나!"

수풀 속에 몸을 숨기고 있던 자들이 나타나 병장기를 꺼내 쥐었다. 그 얼굴이 걸레짝처럼 일그러졌다.

"쳐라!"

문답무용. 굳이 대화를 이어갈 필요도 없었다.

육백에 이르는 무사들이 튀어나와서 별동대를 덮쳤다. 수적으로는 밀리지만 경지는 아니었다.

나름대로 실력 있는 자들을 데려온 것 같지만 주로 이류와 일류로 구성된 무사들이었다.

그에 반면 별동대는 무림오존 중 둘이 선두이며 섭우정처럼 화경의 고수가 있다. 제일 약한 자가 절정이다.

특히나 숲처럼 지형을 이용할 수 있는 구역에선 차라리 숫자가 적은 편이 낫다.

"양의신룡!"

사도련 고수들 다섯 명이 동시에 달려들었다. 대충 흘겨보니 초절정이 하나, 절정이 넷이었다.

그들 눈에는 공포 반, 욕망 반이 복잡하게 얽혀서 불타올랐다.

'올바른 판단이다.'

진양이 속으로 적을 칭찬했다.

별동대 중에서 제일 목숨값이 높은 건 단연 자기자신이다. 영웅이라는 이름의 무게는 그만큼 무겁다.

그리고 설사 다른 별동대원에게 패배한다 하여도, 무림오존 중 하나만 처리해도 전쟁은 승리한 것이다.

북해궁주인 냉약빙을 칠까 생각했지만, 나이나 경험이 많아 보여서 비교적 신인인 진양을 노렸다.

진양은 측면에서 들어온 도를 일보 후진하여 가볍게 피해낸 뒤 왼손으로 주먹을 쥐고 올곧게 뻗었다.

"커허억!"

무형의 강기는 겹겹이 쌓인 대기층을 꿰뚫어낸 뒤 절정 고수의 가슴에 커다란 구멍을 냈다.

"이 괴물!"

일격에 절정의 고수가 목숨을 잃었다. 다른 네 명이 질겁하면서 진양에게 각자 절초를 보였다.

'제법!'

진양은 궁신탄영의 수법을 이용해서 측면으로 몸을 튕겨 피했다. 자신이 있던 자리에 검격이 쏟아져 내렸다.

네 명의 고수가 당황하면서 목표를 찾으려 했지만, 그 순간조차가 이미 늦었다.

공격을 완벽히 피해낸 진양은 고수들 중에서 등을 보인 자에게 다가가 일장을 먹었다.

"커헉!"

손바닥이 등에 부딪치자 오장육부가 뒤틀리는 것이 느

껴졌다. 엄청난 고통에 비명이 절로 튀어나왔다.

진양은 쓰러지는 절정 고수의 검을 낚아챈 뒤, 바로 근처에 있는 자를 향해서 수평선을 그었다.

"헉!"

권법과 장법으로 소문난 자가 설마 검법을 사용할 줄은 몰랐기에 우측의 고수가 깜짝 놀라 허리를 접었다.

검을 피해 잠시 균형을 잃는 걸로 빈틈이 보였다. 그는 그 틈을 놓치지 않고 다리를 힘껏 걷어찼다.

"악!"

절대고수의 발길질이 평범할 리가 없다. 다리가 우지끈 하고 부서졌고 하체가 무너졌다.

"뭐……!"

양의신룡이 전혀 무당파의 도사답지 않은 싸움법을 보인다고 했지만 설마 이 정도일 줄은 몰랐다.

바로 좌측에 있던 초절정 고수는 입을 떡 벌리면서 경악을 금치 못했다.

'십단금.'

하나를 전투불능으로 만든 뒤에 시선을 돌린다. 왼쪽에 일순간 정신 줄을 놓은 초절정 고수가 보였다.

이러한 과정은 정말로 순식간에 일어났다. 채 일 초도 되지 않았고, 행동은 물 흐르듯이 이어져 움직였다.

쐐애액!

군더더기 하나 없는 깔끔한 일권을 내지른다. 주먹에 실린 무형강기가 정면으로 초절정 고수를 덮쳤다.

"흡!"

찰나라 할 정도로 짧은 순간. 그래도 초절정 고수여서 그런지 무서울 정도로 빠른 반사 신경이 경종을 울렸다.

몸이 거의 무의식적으로 움직여서 검을 사선으로 세워 수비식을 취했다.

'아…….'

완벽하다 극찬할 정도로 효과적인 대처였으나 초절정 고수의 낯빛이 그다지 좋지 못했다.

확실히 대상이 동수 ― 아니, 설사 화경이었다고 해도 운 좋게 막았을지도 모른다.

내공을 최대로 끌어올렸다면 일격을 어쩌다 막고 목숨은 건졌겠으나 애석하게도 상대가 나빴다.

쨍그랑!

무형권강이 검에 닿는 순간, 응집되어 있던 검기는 모조리 박살났다.

아주 약간의 저항도 없었다. 허무할 정도로 모든 것이 부서지면서 곳곳으로 흩어졌다.

눈을 껌뻑이니 나름대로 이름 있는 장인이 만든 명검이

박살나면서 허공에 비산했다.

그리고 그 주먹은 검의 조각들조차 잘게 부수면서 쭉 뻗어져 초절정 고수의 머리를 향해 날아갔다.

퍼억!

초절정의 고수가 외마디 비명도 흘리지 못한 채 절명했다. 그 머리는 수박처럼 퍼석, 하고 부서졌다.

두개골 뼈가 갈라진 건 물론이고, 뇌수와 피가 뒤섞여 얼굴에 튀었다.

다행히 미리 알고 호신강기를 얇게 펼친 덕에 피로 목욕하는 경우는 피했다.

"도대체 뭐 이딴……!"

그 잔인한 처사에 아직 멀쩡히 살아있는 절정 고수도 혀를 내두르면서 다음 말을 잇지 못했다.

아무리 그래도 그렇지, 너무 잔혹한 처사다. 사실 눈앞의 양의신룡은 정파인이 아닌가 하는 의심이 들었다.

이렇게 패도적인 일격을 보면 그런 의심이 드는 것도 결코 이상한 일이 아니다.

"미안하지만, 봐줄 생각은 전혀 없다."

손자병법의 삼십육계 제 사장 혼전계(混戰計) 중에서 혼수모어(混水摸漁)라는 말이 있다.

혼란을 일으켜 결정타를 가하라는 말인데, 적이 혼란한

와중을 틈타 승기를 잡는 전략이다.

비록 방식이 좀 잔인하긴 해도, 이와 같은 방법으로 힘하나 들지 않고 손쉽게 제압할 수 있었다.

진양은 마지막으로 남은 절정 고수의 목줄기를 낚아챘다.

"컥, 컥!"

목이 턱 막히는 동시 숨이 멈췄다. 재빨리 반항하려고 발버둥 쳐 저항했지만 진양이 그걸 가만둘 리 없다.

우드득!

뼈 소리가 요란하게 울려 퍼졌다. 손에 잡혀 있던 절정의 고수가 곧바로 축 늘어지면서 그대로 절명했다.

"끄아아악!"

"무조건 다수로 쳐라!"

진양 외의 별동대의 상황도 별로 다를 건 없었다. 다들 과격하고 격렬한 싸움을 이어갔다.

별동대원 대부분이 무위뿐만 아니라 강호에서 경험 좀 많이 쌓은 자들이고, 또 강단 있었다.

대부분이 험악할 정도로의 분위기로 살의를 뿜으면서 제일 효율적으로 적을 처치하며 앞으로 나아갔다.

"허어어……."

별동대의 움직임을 조금이라도 늦추기 위해 영산에 배치된 수비대주는 눈앞에 광경에 아연실색했다.

정파의 별동대가 무자비하게 사도련의 무사들을 척살하고 전진하는 모습은 그야말로 공포 그 자체였다.

'정말로 이들이 정파인가?'

확실히 정파인으로서 '정정당당' 이란 건 지켰다.

독이나 암기를 쓰지 않는다. 암살을 꾀하지 않는다. 기관을 설치해 함정을 만들거나 하지도 않았다.

인질 역시 결코 쓰지 않았으며, 인질을 내세워서 협박하지도 않았다.

그러나 눈앞에서 벌어지는 건 너무나도 이질적이었으며 어딘가 모르게 무서웠다.

'이것이 정녕 정도란 말이냐.'

어이없게도 지금 제일 먼저 그리운 건 소림사였다.

적어도 소림사의 승려들은 오계 중 불살생이 껴있어 단전을 폐하지 목숨까지 앗아가지는 않는다. 아니, 애초에 도교에서도 웬만하면 살인을 하지 말라 한다.

"하."

눈앞에서 정파인 ─ 아니, 무인임과 동시에 수라가 다가왔다. 그 모습에 두 다리가 석상처럼 굳어버렸다.

"어쩌면, 정사의 경계를 나누는 건 정말로 아무런 의미도 없을지 모르겠……."

서걱!

　　　　　*　　　　*　　　　*

　사도련주가 이끄는 절강삼군은 동릉(銅陵)을 지나쳐 이윽고 장강을 넘는다. 그 숫자가 일만 칠천 정도였다.

　오면서 삼천 정도가 사망했다.

　그런 반면 오천밖에 남지 않았던 안휘삼군의 피해는 생각보다 피해가 적었다. 오백밖에 되지 않았다.

　이는 사도련주가 아무리 천재이고, 또 오랫동안 전쟁을 준비해 왔다곤 해도 이곳이 정파의 중심이라 그렇다.

　무림맹이 오랫동안 합비에 위치해 있던 만큼 안휘의 지리에 대해서는 정파가 더 잘 알고 있었다.

　또한, 금의상단주가 돈을 써서 근처의 낭인들을 고용하고 낭왕의 인맥을 동원한 덕에 살았다.

　대부분의 낭인들은 하류라서 그렇게까지 큰 도움은 아니었지만, 그래도 완전히 밀리지 않게 해줬다.

　솔직히 말해서 병력 차이가 이리 나는데도 아직 정복당하지 않은 건 기적이었다.

　"쯧. 과연 제갈문인가."

　사도련주는 탐탁지 않은 듯 혀를 찼다.

　전략과 전술을 쓰면서 전진하고 있지만 생각보다 잘 통

하지 않는다. 천재참모인 제갈문의 탓이다.

"그래봤자 한낱 정파의 두뇌일 뿐입니다. 련주님 앞에선 태양 앞의 반딧불일 뿐이지요."

야율종이 사도련주의 눈치를 보면서 아부했다.

"아니, 제갈문 정도면 심심풀이 이상이다. 놈을 얕보지 않는 게 좋을 거다, 야율종."

사도련주는 칭찬에 상당히 인색한 편이다. 아군이건 적군이건 간에 잘 인정하지 않는다.

제갈문은 그런 사도련주가 인정하는 몇 안 되는 자이다. 당연히 무공이 아니라 두뇌를 말하는 바다.

전략전술에 능하고 지식 또한 많은 사도련주조차 두뇌로 적수를 찾는다고 하면 제갈문부터 말한다.

야율종도 뛰어나긴 하지만 제갈문 정도는 아니다. 그 정도로 제갈문을 경계하고 있었다.

실제로 오랫동안 대계를 준비했는데도 이렇게 제갈문이 힘을 다해서 하나하나 격파하고 있었다.

워낙 숫자가 많고 규모가 크다 보니 그 영향이 미미한 것이지, 그게 아니었다면 이미 전진조차 하지 못했다.

'그렇게 두지는 않겠다.'

괜히 최대의 전력인 이군을 내버려두는 강수를 쓴 게 아니었다. 그만큼 합비가 가치가 있어서다.

양의신룡과 북해궁주가 와도 이길 자신이 아예 없는 게
아니지만, 승리한다 해도 피해가 너무 크다.

그러면 후에 있을 무림정복에 차질이 갈 것 같았고, 그
걸 생각하는 것만으로도 짜증이 왈칵 치솟았다.

"자아, 밀어붙여라!"

절강삼군, 쾌속전진하다.

일만 칠천에서 이천이 줄어들어 일만 오천이 된 삼군은
여강(廬江)을 지나쳐서 서성(舒城)에 도착했다. 합비까지
정말 얼마 남지 않았다.

"정녕……."

사도련주의 얼굴이 걸레짝처럼 일그러졌다. 그 얼굴은
노기로 가득했다.

"크윽!"

곁에서 보좌하고 있던 야율종이 사도련주에게서 흘러나
오는 살기를 버티지 못하고 침음을 흘렸다.

"정녕 벌주를 들겠다는 것이냐, 백리선혜!"

서성 부근.

절강삼군이 일만 오천으로 줄어든 것만큼 안휘삼군도
천이나 줄어 삼천 오백밖에 남지 않았다.

그것도 중사자와 경상자도 여럿 껴있어서 솔직히 말해

서 겨우 연명하고 있는 느낌이었다.

허나 서성에 도착하니 패잔병이나 다름없는 분위기였던 안휘삼군의 기색이 사뭇 달라졌다.

무언가 하고 확인하니 이상할 정도로 여인들이 많아졌다. 혹시라도 함께한 가족인가 싶었는데 아니었다.

얼굴에 바른 분이 특징이며, 겉으로 색기를 발산하는 미인들 — 바로 선외루의 기녀들이었다.

"어머나, 사도련주. 벌주를 들다니요. 그런 건 술자리에서나 마시는 게 아니었나요?"

백리선혜가 부채로 입을 가리곤 옅게 웃었다.

"네 이녀언 — !"

분노로 가득 찬 목소리에 전장에 울려 퍼졌다.

그 사도련주가 평정을 잃을 정도인 걸 보면, 아무래도 지금 이 상황을 전혀 예상하지 못한 듯 했다.

사도련은 한때 정사대전이 일어나기 전 선외루를 찾아가 사도련에 가입하라며 제의를 한 적 있었다.

아니, 전에 일어난 정사대전 때도 마찬가지다. 전대의 선외루주에게 찾아가서 꾸준히 동맹 제의를 했다.

선외루는 천하제일기루라는 이름답게 그 가치가 상당했다. 흔히들 '높으신 분들'이라 불리는 관리들과도 연결되어 있으며, 개방과 견줄 정도의 정보력 또한 소유했다. 그걸 생각하면 여러모로 쓸모가 많다.

그래서 사도련주는 여러 번 거절당했음에도 그게 아까워서 화내지 않고 꾸준히 방문하고 제안했다.

또한 정사대전이 일어나기 전에도 선외루는 건드리지 않을 테니 무림맹에 도움만 주지 말라 했다.

협박을 할 생각도 했지만 선외루가 중립이라서 명분도 없고, 또 여러모로 덩치가 커서 애매했다.

"네년이 선외루의 목숨을 버리는구나!"

선외루는 여태껏 중립을 선언함으로 기루라는 정체성을 유지했다.

그런데 여기서 무림맹에 소속되어 싸우게 된다면 더 이상 기루가 아닌 무림문파가 된다.

여태껏 무림의 전쟁에 관여되지 않고 역사를 지킬 수 있던 것도 이러한 이유가 있어서다.

전에 제갈문의 제의를 거절한 것도 이와 같은 명분 때문이었다.

"이런, 그게 무슨 소리이옵니까. 아무래도 소식이 늦은 사도련주께서 뭔가 착각하시는 모양이군요."

백리선혜가 호호 하고 웃었다.

"확실히 본녀는 얼마 전까지 선외루주였습니다. 허나, 지금은 아니옵니다."

"그게 대체 뭔 개소……."

사도련주가 말을 이으려다 입을 꾹 다물었다.

"얼마 전에 제가 몇 가지 실수한 탓에 청실과 홍실이 반기를 들어서 절 선외루 바깥으로 내쫓았습니다."

청실과 홍실은 선외루주를 보좌하던 여인들이자 제자들이었다. 백리선혜가 주워서 키워 양녀나 다름없었다.

"으드득, 터무니없는 소리. 그 둘은 네년을 어머니처럼 따르는 계집들이다. 그딴 개소리는 집어치우……."

"사도련주께서는 본녀의 '낭군'이신 양의신룡께 암계가 무너져 머리가 아프신 모양이군요. 무림에서 권력을 위해서라면 부모나 사부를 폐하는 건 흔한 일 아니옵니까?"

백리선혜가 철선을 탁, 하고 접으면서 눈썹을 구부리곤 몹시 슬퍼했다.

"전 그 둘에게 버려졌답니다. 그리고 여기의 기녀들은 그 둘을 따르지 않는다 하여 저와 함께 내쫓긴 불쌍한 아이들이지요. 그리고 마침 근처에 있던 무림맹이 저희를 거두어 이렇게 보살펴주고 있답니다."

백리선혜가 흑흑, 하고 소리 내어 울었다.

"그래서 전 작지만 그 보답을 해보려 하옵니다."

백리선혜가 느긋한 발걸음으로 앞으로 나섰다.

무림맹 소속 무사들도, 기녀들도 파도처럼 둘로 갈라졌

다. 백리선혜가 그 사이를 걸어서 전면에 멈춰 섰다.

"감히이이이이이!"

사도련주가 살기 어린 사자후를 터뜨렸다.

"나, 선선미호(仙扇美狐) 백리선혜!"

촤르륵!

백리선혜가 철선을 활짝 펼쳤다.

"여기에 있다!"

第十一章

자수우결(自手友訣)

　선외루의 기녀들을 이끌고 온 백리선혜가 무림맹에 힘을 보태고 있을 무렵, 별동대는 영산을 지나쳤다.

　영산 곳곳에 사도련의 무사들이 막고 있었지만 현존하는 무림맹 최고부대를 막기에는 역부족이었다.

　안휘, 동성(桐城).

　동성에서 좀만 위로 올라가면 격전지인 서성이 나온다. 쉴 틈 없이 달린 덕에 거의 따라잡을 수 있었다.

　참고로 백 명이었던 별동대원은 이십이 줄어서 팔십이 됐다.

　아무리 고수들이 많다고 해도 영산에서 수많은 사도련

의 무사들을 상대하니 피해가 있을 수밖에 없었다.

한편, 별동대는 동성에 도착하자마자 또 다시 사도련의 병력과 마주치게 된다.

"오랜만이오."

그리고, 그 마주친 인물은 벗이었던 자였다.

"모용중광!"

섭우정이 모용중광을 혐오 어린 눈으로 쳐다봤다.

"배신자 놈이……."

섭우정 외에도 다른 별동대원들이 혐오나, 분노 어린 감정을 드러내면서 싫어했다. 당연한 일이다.

정파 무림이 모용세가의 배신으로 인해 정신적으로도 물리적으로도 큰 타격을 입어서 그렇다.

"일각."

냉약빙이 말했다.

"그 이상 시간을 주기에는 힘듭니다."

양의신룡 진양이라고 하면 조금 과장해서 이제 막 말을 배운 아이도 알 정도로 유명하다.

그러다 보니 당연히 그에 대한 소문이나 정보도 상당히 많다. 모용중광과의 관계도 제법 유명한 편이다.

냉약빙도 그걸 알고서 배려해 주었다.

"마음은 감사합니다만, 그럴 필요 없습니다."

진양이 미련 하나 없는 눈초리로 모용중광을 쳐다봤다.

"궁주님께서도 알다시피 저희에게 시간은 별로 없습니다. 강행으로 돌파합니다."

마음의 준비는 끝났다.

아니, 할 필요도 없었다. 얼마 전 — 산동에서 모용중광을 보내줬을 때, 마음의 준비는 맞춘 상태였다.

술을 맞댈 수 있는 벗으로서의 인연. 그 인연과 감정을 생각해서 한 번 살려 주었다.

그리고 다시 한 번 모습을 드러내어 사도련에 가담한다면 그때는 정말로 용서하지 않고 죽인다고 했다.

그걸 무시하고 다시 나타났다면, 그걸로 끝이다.

"여전히 가차가 없구려, 양 형."

"여전히 나에 대해서 잘 아는 것 같소, 중광 형."

진양은 감정 하나 없는 목소리로 답했다.

"여러분, 괜찮다면 그는 저에게 맡겨주시겠습니까."

진양이 고개만 돌려 별동대원들에게 부탁했다. 그러자 대원들 중에서 대표격인 섭우정이 나서서 답했다.

"……방해는 하지 않겠습니다만, 주저하지는 마시오. 만약 그러면 저희도 어쩔 수가 없소."

"고맙습니다."

진양은 머리를 끄덕여서 감사인사를 했다.

"그럼, 다들 서성이나 합비에서 만납시다!"

파앗!

모용중광이 먼저 지면을 박차고 몸을 날렸다. 그를 시간으로 뒤에 있던 무사들도 별동대를 습격했다.

"양 형!"

모용세가의 절기, 섬광분운검이 자신을 노리고 날아온다. 여전히 혀를 내두를 정도로의 쾌검이었다.

"불렀소?"

화경이 전력으로 낸 쾌검이나, 절대고수의 경지에 오른 진양에게는 그다지 위협적이지 않았다.

확실히 빠르긴 빠르다. 같은 화경이었다면 등골이 오싹할 정도였을지 모른다.

그러나 지금은 아니었다. 시간이 천천히 흘러가는 것처럼 그 검의 궤도와 속도가 뻔히 보였다.

진양은 날아오는 검극을 뚫어지게 쳐다보다가, 무형의 강기를 휘감은 왼손을 들어 그 검을 잡았다.

그 검에는 고농도의 강기가 형성되어 있었으나, 무형강기 앞에는 속수무책이었다.

파앙 ─ !

강기와 강기끼리 부딪쳐 서로 상쇄시키는 현상이 나타나지는 않았다. 굉음과 함께 폭발도 일어나지 않았다.

모래더미로 불씨를 뒤덮는 것처럼, 허무할 정도로 강기는 무형의 강기에 집어 삼켜져 소멸해버렸다.

"······."

"······."

전심전력을 다한 절초가 어이없게도 막혔을 뿐만 아니라, 검까지 잡혔으나 모용중광은 당황하지 않았다. 그렇다고 남들처럼 경악과 불신에 가득 차 있지도 않았다.

지금과도 같은 상황이 당연하다는 듯, 예상한 결과라는 듯이 무심한 얼굴로 진양과 마주보고 있을 뿐이었다.

"후우."

진양은 그런 모용중광을 보고 바람소리를 내며 웃었다. 입꼬리는 위로 살짝 치켜 올라갔다.

"왜 웃소?"

모용중광도 피식, 하고 웃음을 흘리며 물었다.

"그냥, 역시 모용 형이라고 생각했을 뿐이오."

"호오!"

그 말에 모용중광이 흥미를 보인 듯 눈을 반짝였다.

"어디, 그 생각 좀 자세히 듣고 싶소이다!"

파앗 — !

모용중광이 왼손의 검지와 중지를 말았다가 힘을 가해 튕겼다. 손가락 사이에서 기의 덩어리가 튀어나갔다.

유성지법(流星指法)이라 하여, 모용세가에 하나밖에 없는 지법이다. 검수가 검을 놓는 건 죽은 것이나 다름없지만, 그래도 혹시 모를 사태에 대비한 무공이었다.

"흐음."

진양은 호신강기도 펼치지 않은 채, 몸을 살짝 트는 것만으로 탄지공을 피했다.

모용중광은 그 사이에 검을 쥐고 있는 손에서 힘이 살짝 풀어지는 걸 귀신같이 낚아채 얼른 검을 회수했다.

"하아아압!"

모용중광이 하얗게 불타오르면서 모든 걸 끌어올렸다. 하단전의 내력이 화산처럼 폭발해 힘을 준다.

허공에 수십 줄기의 섬광이 그려졌다. 찰나라고 말할 정도의 순간에 검격이 자신에게로 쏟아졌다.

진양은 당황하지 않고 침착하게 제운종을 밟아서 검격을 피해내거나, 때로는 권격으로 받아치면서 말했다.

"낭왕과 마주쳤을 때, 내가 느낀 것은 끝없는 절망감이었을 뿐이오."

싸우기 직전까지만 해도 오견을 보고 어떻게 할 수 있지 않을까 생각했다.

하지만 공방을 교환하면서 그 생각은 바뀌었다. 절대 이길 수 없다는 절망감이 온몸을 옭아맸다.

그때 느낀 감정 중에는 좌절, 패배, 공포 등 온갖 부정적인 것도 많았다.

그러나 뒤에서 사저인 진연이 보고 있다는 생각에, 무당파의 소중한 사람들이 생각나서 싸울 수 있었다.

사저를 안심시키려고 아무렇지 않은 척하려 했지만 전혀 아니었다. 당시에 감정의 폭풍우는 대단했다.

그에 비해 모용중광은 전혀 아니었다.

"애초에 모용 형이야말로 정말로 칭송받을 위인이오. 비슷한 동년배이며 또 비슷한 경지에 있던 자가 먼저 화경에 오르고, 절대고수까지 올랐소. 그런데도 질시 어린 모습 하나 보이지 않다니, 그것만으로도 잘 알 수 있지."

만약에 서로 상황이 달랐더라면 진양 자신은 모용중광을 질투했을지도 모른다. 아니, 분명히 했다.

무룡관 때도 천재적인 재능의 격차에 절망감을 느끼고, 질투한 적이 있긴 했다. 그렇게 많지는 않았지만.

어쨌거나 그걸 생각하면 모용중광은 정말 대단하다.

진정한 영웅상. 재능 외에도 배경, 잘생긴 외모, 거기다가 이에 걸맞은 인성까지 합하면 감탄이 나온다.

무엇보다 방금 전에 그동안 쌓아 올렸던 필살의 일격이 허무하게 막혔는데 감정의 동요가 없는 게 대단했다.

"하하하, 면전에서 이리도 금칠하니 부끄럽구려!"

모용중광이 듣기만 해도 시원할 정도의 웃음을 터뜨리며 계속해서 쾌검을 난사했다.

수많은 궁병들이 동시에 화살을 날린 듯, 머리 위에서 섬광이 비처럼 쏟아지며 검격을 토해냈다.

채채채채챙!

진양은 시각 외에도 감각에 의지하여 권법과 장법을 연달아 사용했다. 잔상이 남으면서 섬광을 걷어찼다.

"흔히들 말하는 — ."

진양은 손바닥에 장력을 일순간 모았다가, 한꺼번에 폭발시켜서 날려버렸다.

쿠아아앙!

"크윽!"

모용중광이 수를 셀 수 없을 정도의 검격을 이으려다가 멈칫하고 호신강기를 만들어 수비식을 취했다.

허나 장력에 실린 내력이 장난이 아닌지라, 제대로 방어도 하지 못하고 몸이 멀찍이 밀려졌다.

"영웅의 상이라는 거겠지."

오른 손바닥을 옆으로 세워 수도를 만든다. 손가락은 떨어지지 않도록 딱 붙였고, 그대로 휘둘렀다.

서 — 걱!

"커허어억!"

공검이 모용중광의 가슴을 부욱 베었다. 왼쪽 어깻죽지부터 시작해서 오른쪽 허리까지 혈선이 그였다.

거리는 떨어져 있었지만 별로 상관없다. 원래 공검 자체가 심검에서 태어난 무공이다.

"우웨에엑!"

내장까지 베인 듯, 모용중광은 허리를 구십 도로 숙이곤 피를 울컥 토해냈다.

"참으로……."

진양은 모용중광에게 다가가지 않았다. 제자리에 선 채로 그를 바라보다가 말을 이었다.

"아쉬워."

"……!"

아쉬워, 라는 말에 모용중광이 드디어 놀란 듯 눈을 크게 떴다가 이내 원래대로 돌리며 씩 웃었다.

"헤어질 때가 돼서야 격식을 버리다니, 정말로 고집 센 친구야."

"꽤 오랫동안 이렇게 대화해 왔잖아. 그래서 아무래도 어색하고 힘들었어. 조금은 이해해 줘라."

모용중광의 낯빛은 이미 시체처럼 새하얗게 질렸다.

"정말로……."

모용중광이 눈을 감았다가, 천천히 떴다.

"아쉽군."

서로 등을 맞대고 믿을 수 있는 사이다. 별로 좋아하지도 않는 술잔을 기울이며 웃을 수 있는 사이다.

영웅이란 건 생각 이상으로 고독하다. 남들과 다르고 특별하고, 받는 시선이 다르니 어쩔 수가 없다.

다행히 한 시대에 영웅이라 불리는 자가 둘이나 나타났으니 마음 놓고 함께할 수 있었을지도 모른다.

"나 역시."

진양이 늘어뜨린 손을 다시 들어 수도를 보였다.

"어쩔 수 없지 않은가."

모용중광이 검을 고쳐 잡고 입가에 웃음을 지웠다.

"……그래, 어쩔 수 없는 일이지."

모용세가는 사도련주의 함정에 빠졌다. 그걸 되돌리기에는 이미 늦었다.

그 진실을 솔직하게 고한다면 모용세가는 봉문이 아닌 멸문하게 된다. 그걸 막으려면 별수 없었다.

"양아."

물론 자신의 대가 아니라 부모의 세대에서 벌어진 일이라 조금 억울하긴 하지만, 정말 어쩔 수 없었다.

"고맙다."

진양은 그 사정을 듣고 이해했다. 모용중광의 선택을 존중했다.

하지만, 이해할 뿐이다. 그걸 동정하고, 지켜주고, 보듬어주지 않았다. 그 선택에 따라주지는 않았다.

"모용세가의 소가주 — 모용중광!"

만약 반대로 불쌍하게 여기고, 마음이 약해져서 제대로 상대해주지 않았다면 더욱 비참했을지도 모른다.

하나밖에 없는 벗은 자신의 선택을 이해해 주고, 정면으로 맞서고, 무덤덤하게 답해줬다.

"후회는 없다!"

모용중광이 진양에게로 몸을 날렸다.

그 얼굴에는 눈물도, 슬픔도, 후회도, 아쉬움도 없었다. 언제나처럼 의지를 관철한 군건함만이 있었다.

"나 역시."

진양이 제자리에서 팔을 휘둘렀다.

"후회는 없다."

서 — 걱!

무언가가 베이는 소리가 들렸다.

달려오던 모용중광이 그 걸음을 천천히 멈추더니, 이윽고 손에 들고 있던 검을 힘없이 떨어뜨렸다.

"잘 자라, 친구야."

안휘, 합비.

서성에서 선외루 기녀들의 도움을 받은 절강삼군은 삼천오백에서 천오백이 늘어 오천이 되었다.

하지만 전력이 늘었다고 한들 사도련주가 있는 일만 오천 명의 절강삼군과 상대하는 건 버거운 일이었다.

시간을 끄는 전략과 전술 위주로 싸울 뿐, 결국은 천천히 밀리기 시작했다.

"하늘 참 우중충하군."

오견은 검에 묻은 피를 털어내곤 쩝, 하고 입맛을 다셨다.

"다녀오게나."

인상대가 뒷짐을 쥔 채 오견에게 말했다.

"상단주께서는 걱정이 너무 많아서 탈이오. 이래뵈도 무림팔……아니, 무림오존 낭왕이요."

무림팔존이었던 시절이 워낙 길어서 벌써 반이나 줄어든 절대고수들의 호칭이 어색하기만 하다.

금의상단주 인상대는 양의신룡과 북해궁주가 벌써 안휘에 도착했다는 사실을 듣자마자 낭왕을 출전시켰다.

"으아악! 낭왕이다!"

압도적인 전력 수 차이에서 의기양양하던 절강삼군은 절대고수의 출현에 잠시 발걸음을 멈추고 질겁했다.

"겁먹지 마라!"

"여기에는 일만 오천이 있다!"

"아무리 낭왕이라고 해도 이 전력 차를 이겨낼 수 없을 터!"

부대의 사기가 떨어지자, 사도련의 지휘관들이 재빨리 나서서 소동을 잠재우기에 바빴다.

"맞는 말이다."

"확실히 낭왕이 괴물이라고 한들, 신은 아니다. 이 정도의 숫자 차이라면 버틸 수 없어!"

"와아아아아!"

사도련은 고수보다 하수가 많긴 하지만, 사도련주의 인재 발굴 능력은 생각보다 상당해서 뛰어난 자도 제법 있는 편이었다. 그 지도력이 상당한 위력을 발휘했다.

"아무래도 절대고수를 얕보고 있는 모양이시군요."

백리선혜가 부채로 입가를 가린 채, 옅게 웃었다. 가늘어진 눈매 속에서 눈동자가 매섭게 빛났다.

그 눈에 비치는 건 오견이 혼자서 적진 속에 달려가 폭풍처럼 휘몰아치는 모습이었다.

"크아아악!"

"으아악!"

여기저기서 비명이 터졌다.

오견은 낭인 출신답게 여러 전장을 돌아 다녔다.

그중에선 아군과 적군이 여럿 섞인 난전도 당연히 있었고, 또 전력 차가 배나 되는 적과 마주한 적도 있었다.

그러한 경험 덕에 오견은 이렇게 다수를 상대하는 데도 이골이 난 상태였다.

괜히 변응생공을 대성한 게 아니다. 정말로 어디에서나 변화하여 알맞게 대응해서 살아남을 수 있었다.

다만 그렇다고 전쟁의 승세가 완전히 바뀌는 건 아니었다.

전쟁은 혼자서 이길 수 있는 싸움이 아니다. 아무리 오견이 뛰어난다고 한들, 다른 곳에서 밀리다 보니 결국 전체적으로 부대가 조금씩 퇴보할 수밖에 없었다.

"낭왕이 있어서 천만다행이오."

제갈문이 다행이라는 듯 안도의 한숨을 내쉬었다.

백리선혜의 뜻밖의 도움은 좋았지만, 그래도 전력의 차이를 메꾸기에는 아직 부족했다.

하지만 움직이는 전략병기, 절대고수는 다르다. 무위도 무위지만 존재 자체만으로 상대방을 압도시켰다.

그가 없었다면 진작 돌파당해 합비는 함락됐다.

"……."

수혜사태는 그 광경을 언덕 위에서 내려다봤다. 높은 곳에 올라와서 보니 전장이 한눈에 들어왔다.

"아직도 주저하고 있느냐."

뒤쪽에서 사저의 목소리가 들렸다.

공적인 자리에선 맹주님이라며 말을 높이는 수화사태지만, 이렇게 둘이 있는 자리에선 평소대로 대한다.

"무얼 말입니까?"

수혜사태가 뒤돌아보지 않고 물었다.

"전쟁."

수화사태가 답했다.

"……마음 같아선 당장 멈추라고 소리치고 싶습니다. 아무것도 하고 싶지 않습니다. 가슴이 아파옵니다."

수혜사태가 손목에 건 염주 알을 엄지로 굴렸다.

괜히 아미신녀라 칭송받은 게 아니다.

그녀가 지닌 이상은 높아도 너무 높다.

서로 죽고 죽이는 걸 보고 싶어 하지 않고, 상처 입히는 걸 보고 싶지 않고, 또 그거에 눈물을 흘린다.

헌데 정신을 차리고 보니 자신의 명령에 사람들이 대거 죽게 되는 상황이 와버렸다.

"이제와선 너무 늦은 일이지."

이미 시작되어버린 전쟁이다. 그것도 정파가 아니라, 사파가 먼저 건 싸움이다.

이제 와서 '화해합시다.' 라면서 손을 붙잡고 끝낼 수 있는 게 아니다. 수혜사태도 그렇게까지 바보는 아니다.

"어차피 전쟁은 또 일어날 게다. 무림, 아니 인류가 그래왔으니까. 역사가 그걸 증명하고 있고."

수화사태가 냉정하게 평가했다.

"확실히, 그러겠지요."

수혜사태가 몸을 돌려서 수화사태와 마주봤다.

"네가 어떤 말을 하건 간에 영원한 평화는 없단다. 그게 무림의 숙명이고 순환이지."

"사저."

수혜사태가 자신의 사저에게 걸어갔다.

"설사 그렇다고 한들, 그 순환에 얌전히 순응하고 눈을 감고 귀를 닫는다면 그거야말로 끝입니다."

수혜사태의 눈동자가 맑고 깨끗하게 일렁였다.

"확실히 정사대전이 끝나도 끝난 게 아니지요. 오십여 년 전과 지금처럼 똑같이 되풀이 될지 몰라요. 하지만, 그 오십여 년 ― 잠깐의 평화를 위해서라도, 누구 하나에게 책임을 넘기지 않기 위해서, 또 더 많은 비극이 일어나지 않기 위해서 제 신념을 굽히지 않을 거랍니다."

"……그거야말로 모순이고 위선이라는 걸 모르는 게
냐."

아무리 말을 곱게 포장했다고 한들 전쟁은 전쟁이다. 남
을 죽이고, 비극을 만들게 되는 건 변하지 않는다.

"어차피 일어날 전쟁이라고 하여도, 소승(小僧)의 이상
과 신념이 모순과 위선이라도 한들 상관없어요. 조금이라
도 비극을 피할 수 있다면, 누군가를 도와줄 수 있다면 ―
책임을 덜해줄 수 있다면, 얼마든지 그리 불려도 괜찮다고
생각합니다."

이후, 절강삼군은 지겨울 정도로 긴 싸움 끝에 오천의
병력을 잃는 대신 무림맹 코앞까지 미는 데 성공한다.

안휘삼군은 결국 오천에서 천을 잃어 사천이 남는다.

병력 천만 잃고 상대 전력의 오천을 깎은 것만으로도 기
적과도 같은 일이었다.

"지긋지긋하구나……."

합비 부근의 평원.

사도련주가 일만의 병력을 이끌고 멈춰선 채 합비를 등
지고 있는 안휘삼군을 노려보았다.

하필이면 야전에 이골이 나고 실력 또한 뛰어난 오견이
있어서 전진하는 데 골치가 아팠다.

"지금이라도 늦지 않았다!"

사도련주가 무림맹군에게 소리 질렀다.

"항복한다면 목숨만은 살려주마!"

그러나 무림맹의 그 누구도 답하지 않았다. 다들 죽음이라도 각오한 듯, 비장한 기세를 내보였다.

사도련주는 그중에서 무림맹의 수뇌, 창허자를 쳐다보면서 제의했다.

"또한, 인재나 재물을 지니고 사도련에 투항한다면 그에 합당한 대우도 약속하마!"

그 말에 무림맹의 무사들이 불안한 모습을 보였다.

여기에서 수뇌 중 누군가가 배신이라도 한다면 정말로 큰일이다.

곧 있으면 지원 병력이 오고 있는데, 그걸 채 기다리지 못하고 괴멸하게 된다.

특히나 창허자는 정파 내부에서도 그릇이 작은 소인배로 유명하지 않은가.

인물이 인물이다 보니 그 불안감은 더했다.

"하?"

허나 그 장본인은 정말 생각 외의 반응을 보였다.

창허자는 기가 차다는 듯, 헛웃음을 흘리더니 사도련주에게 예전처럼 삿대질하면서 핏대를 세웠다.

"내 그럴 줄 알았다, 이 비겁한 놈아! 그 잘난 머리를 굴린 일이 제대로 굴려가지 않으니 초조해져 별 같잖은 수단을 동원하는구나!"

"흐흐."

옆에 서 있던 황개가 그 말을 듣고 기분 좋은 듯이 웃었다.

"야 이, 졸렬하기 그지없는 놈아! 내가 미쳤다고 비겁의 대명사인 사도련에 투항하겠냐! 설사 사도련주 자리를 준다 해도 안 가! 카아악,   !"

확실히 창허자는 소인배다.

나이 어리고 재능 있는 자를 보면 시기하고, 싫어한다. 또한 도사답지 않은 언동을 일삼고, 괜스레 자존심만 강해서 어딜 가나 사고를 치기 마련이다. 황개가 창허자를 제일 싫어하지만, 그 외에도 창허자를 싫어하는 사람들이 상당히 많은 편이다.

무공은 그럭저럭 장로를 할 정도로 대단하긴 하지만 아무래도 인성이 좋지 않아서 여기저기서 욕을 먹는다.

하지만, 그래도 창허자는 정파인이다. 도를 넘으려고 하지 않는다.

여자를 힘으로 어떻게 해보려 하거나, 혹은 약자를 괴롭히려는 걸 극렬하게 싫어한다.

그 외에도 정도에 벗어나는 일들을 보면 화를 참지 못한다. 배신도 그중의 하나다. 모용세가의 배신에 제일 화냈던 건 장로들 중에서도 창허자였다.

돈에 영혼을 파는 것도 싫어한다. 믿기지 않겠지만 창허자는 뒷돈을 절대 받지 않는다.

또한 종남파는 속세에 영향을 많이 받아서 여자나 술에 많이 너그러운 편인데, 창허자는 술이나 여자를 조금 밝히긴 해도 대놓고 즐긴 적은 단 한 번도 없다.

"……끝까지……."

사도련주의 주름이 일그러졌다.

"끝까지, 모순과 위선적인 모습을 보일 생각이더냐……!"

비겁하다.

귀가 닳고 닳을 정도로 들은 말이다.

어릴 적에도, 오십여 년 전에도, 지금도 정파의 행위는 마음에 들지 않고 구역질이 났다.

자기들 역시 현실에 못 이겨 가끔씩 잘못을 행하는 주제에 끝까지 인정하지 않으려 한다.

그리고 사파보고 손가락질하면서 틀렸다고 한다. 어쩔 수 없이 선택을 한 자들에게 욕을 한다.

"좋다, 내 여기서 맹세하마."

사도련주가 도포 자락을 휘날리면서 앞으로 나섰다. 그

몸 주변에서 적색의 아지랑이가 피어올랐다.

"이 합비에 정파인이란 정파인은 어린아이, 개새끼 한 마리 남겨두지 않고 죄다 죽여 주겠다……!"

뿌드득, 하고 이를 가는 소리가 울려 퍼졌다.

"결국 본성을 드러내는구나! 이 마교도나 다름없는 놈!"

창허자가 기다렸다는 듯이 비웃으며 또 다시 사도련주를 힐난했다.

"하하, 저 머리가 가끔은 시원한 말을 해준단 말이지."

황개가 재미있다는 듯이 어깨를 으쓱였다.

"그게 가끔이라는 게 참 아쉽습니다."

제갈문이 한숨을 푹 내쉬었다.

"그렇게 정정당당함이 좋더냐!"

사도련주가 홀로 앞으로 나섰다. 그 뒤로 화경의 고수들이 따르려 했지만 손을 들어 제지했다.

"좋다, 그 잘난 정도의 방식으로 싸워주겠다!"

여기까지 오니 오기가 생겼다. 그리고 그 모순과 위선을 직접 박살내고 싶어졌다.

"권왕 때와는 다르다. 함정 따위는 설치하지 않았고, 그 누구도 방해하지 않을 것이다. 만약 내 말을 어긴 자가 있다면 내 손으로 직접 목을 치겠다."

"흥, 그걸 믿으라고 하는 말이냐!"

창허자가 기다렸다는 듯이 반발했다. 황보욱이 이 함정에 걸려서 허무하게 죽은 지 별로 되지도 않았다.

"흥."

사도련주가 코웃음 치곤 지면을 박찼다. 그의 몸이 하늘 높이 솟구쳤다가 무림맹의 무리 코앞에 섰다.

"헉!"

절대고수가 갑작스레 다가오자 무림맹 무사들이 기겁하면서 뒷걸음질 쳤다.

"겁쟁이들!"

사도련주가 무사들을 한심하듯이 쳐다봤다.

이에 무림맹 무사들도 자신들의 행동을 그제야 깨달은 듯, 고개를 숙이거나 시선을 회피했다.

"자아, 들어라! 지금부터 정정당당하게 일 대 일 승부를 할 테니, 그 누구도 방해하지 말라! 사도련도 마찬가지다! 앞으로 나오지 말 것을 명령한다!"

사도련주가 적진 앞에 다가와서 아무것도 하지 않고 정면승부를 요청했다.

의심이 많은 창허자는 다시 한 번 거절하려 했으나, 제갈문이 선수 쳐서 그 입을 제지했다.

"여기서 또 거절하면 사기는 보장하지 못합니다."

적의 수장이 코앞까지 와선 목을 들이댄 꼴이다. 정말로 이것까지 거절하면 사기와 체면이 말이 아니다.

정사대전의 승세와 상관없이 정파는 당분간 고개를 들 수 없게 된다.

"나밖에 없는 건가."

오견이 할 수 없다는 듯 나서려 했다.

"허가할 수 없소."

인상대가 제지했다.

"상단주."

"권왕이 어떻게 죽은 지 알고 있는 이상, 보내 줄 수 없소."

인상대에게 정도건 사도건 그 방식은 전혀 중요하지 않다. 승률이 얼마냐, 또 이득이 얼마냐다.

만약 사도련주가 거짓말을 하고 있고 오견이 그 흉계에 걸려든다면 그 피해는 셀 수가 없다.

정파가 멸해도 권왕이 있다면 정말 최소한의 재산은 지킬 수 있다. 그리고 그 재산이라면 재기가 가능하다.

"그럼 내가 나가지."

그때였다.

누군가의 목소리가 전장에 울려 퍼졌다. 그 목소리는 크지 않았지만 명확하게 전해져 모두의 이목을 끌었다.

무림맹과 사도련 할 것 없이 그 시선은 한 곳으로 몰렸고 — 사도련주가 분노에 가득 찬 눈을 활활 불태웠다.

"저건……."

누군가가, 중얼거렸다.

"양의신룡……."

무당파의 사대제자, 진양.

"무림오존, 진양."

천하에 다섯 명밖에 남지 않은 절대고수.

"정파의 영웅……!"

누군가에게는 영웅이다.

"형님의 원수!"

누군가에게는 원수이다.

"이렇게 얼굴을 맞대는 건 처음이지?"

정파와 사파의 신념과 은원이 교차한다.

"선수를 양보해 줄 필요는 없다."

별동대를 뒤로한 진양이 손가락을 까딱였다.

"전력으로 와라, 사도련주."

第十二章

사도결전(邪道決戰)

　가끔 보면 강호에서 사도련주를 의심하는 자들이 있다. 그들은 사도련주가 전면에 나와 싸운 모습을 실제로 본 적이 없어 혹시 어떤 흉계나 암계로 절대고수의 자리를 운 좋게 얻은 것이 아니냐고 묻는다.

　실제로 전의 정사대전 이후 사도련주는 누군가와 싸운 적이 없다시피 하다. 사도련 내에서도 마찬가지였다.

　접근하려 해도 화경의 고수로 이루어진 호위 부대가 곁에 있어서 접근할 수 없다.

　이 의혹은 심심하면 가끔씩 튀어나왔고, 그럴 때마다 전대의 정사대전 경험자가 뭔 개소리냐고 반박했다.

"이래서 젊은 것들은 안 돼!"

사도련주가 최근에 와서 무공보단 두뇌 쪽으로 유명해지긴 했으나, 그 본 무력이 사라지는 건 아니다.

과거의 정사대전에 참여했던 사도련의 무사들은 아직도 그때의 공포를 잊지 않고 뇌 깊숙한 곳에 새기고 있다. 아직까지도 그 공포에 벗어나지 못한 자도 많았다.

"그리고 — 그 사도련주가 절대고수에 오르면서 얻은 건 그 누구도 상상하기 싫은 것이었지."

낭왕 오견이 눈살을 찌푸린 채로 중얼거렸다.

오십 년 전에도 당연히 절대고수가 있었다. 그중에는 세월을 이기지 못한 위인들도 상당히 많았다.

그리고 사도련주의 등장과, 그가 얻은 '무언가'의 절대적인 힘은 절대고수 전체를 혼란에 빠뜨렸다.

통 — .

마치 물렁한 공이 튕기는 소리가 났다.

쐐 — 액!

그리고 날카롭게 이어지는 소음. 눈을 감았다 뜨자 빛줄기가 유성처럼 긴 궤적을 그려내며 날아왔다.

'견제.'

몸은 긴장되어 있지만, 그 움직임은 딱딱하거나 끊어지

지 않다. 제운종답게 물 흐르듯이 전개됐다.

옆으로 한 걸음 피하는 것만으로 탄지공을 피했다. 등골이 오싹한 게 한여름 밤처럼 으스스하다.

"흥."

사도련주가 마음에 안 드는 듯 콧방귀를 뀌었다. 그러곤 무릎을 굽혔다가 확 폈다.

파앗!

그 몸이 활시위에서 떠나간 화살처럼 쏘아져나갔다.

"공동대전에 있었던 네놈이라면 이 검에 대해서 알고 있을 게다."

사도련주가 아무것도 아니라는 듯, 무심하게 팔을 휘둘렀다. 그의 손에 잡혀있던 검이 허초를 토해냈다.

접근해온 그가 제일 먼저 보인 것은 낯익은 검법이었다. 아니, 검법이 아닌 '환(幻)'이라는 성질이었다.

"저건, 검존의……!"

멀리서 지켜보고 있던 수화사태가 경악했다. 그녀 역시 공동대전에 참전하여 검존의 무공을 똑똑히 봤다.

일인전승으로 내려오는 환라난검. 낭왕과는 다른 '변(變)'을 극성으로 연공하여 얻은 검존만의 힘이다.

절대고수의 오감조차 속여 허초가 더 이상 허초가 아니게 되는 힘. 검존, 지무악의 죽음으로 인해 역사 속으로 사라졌거늘 어떻게 된 영문인지 사도련주의 손에 의해서 재차 모습을 드러냈다.

"하앗!"

코앞에서 환검을 목격하게 된 진양 역시 조금 당황했으나, 열기와 냉기를 끌어 올려 손에 담아 합장했다.

서로 다른 성질의 내기가 충돌하자, 고막이 찢어질 듯한 굉음이 터지면서 충격파가 뿜어져 나왔다.

쿠와아앙 — !

일반적인 내기도 아니고, 음양이기에서 태어난 냉강기와 열강기를 부딪친 충격파다.

기본으로 무형강기를 싣고 생겨난 사도련주의 환검도 그 충격파에 상쇄되어 힘을 잃고 소멸했다.

"역시나 했지만, 이쪽은 불완전한가."

사도련주가 검을 빙그르르 돌려 고쳐 잡았다.

"본좌가 봤던 검존은 오십여 년 전에 잠깐이었으니, 그 힘이 아직 불안전했던 건 당연하지."

지무악은 강호 초출 때 이미 상당한 고수였다. 그리고 전쟁을 통해서 일취월장하여 절대고수에 올랐다.

다만 그때 당시엔 아직 깨달음을 다 자신의 것으로 만들지 못해서 완벽한 절대고수는 아니었다.

사도련주가 지무악을 마지막으로 본 건 그때밖에 없다.

이후에는 서로 자리가 자리라서 만나지 못했다.

"문일지십(聞一知十)!"

황개가 치를 떨면서 외쳤다.

"호, 꽤나 그리운 별호로구나."

사도련주가 입가에 짙은 미소를 그려내면서 웃었다.

한 가지를 들으면 열 가지를 미루어 안다.

논어, 공야장(公冶長) 편에 나오는 이 말은 한때 사도련주를 위해서 존재한다고 봐도 무방했다.

오직 천재라고 말할 수밖에 없는 그 재능은 훗날 절대고수에 올라 사능(寫能)이라는 꽃을 피우게 된다.

"확실히, 저건 변칙이지."

오견이 질렸다는 듯이 머리를 좌우로 흔들었다.

사도련주가 절대고수에 오르면서 얻은 힘은, 쉽게 말하자면 누군가의 힘을 거의 완벽히 복사하는 것이었다.

물론 정도와 사도의 견식 차이도 있고 내공심법이 있다 보니 모든 걸 완벽하게 가져올 수는 없다.

하지만 이것 자체만으로도 사도련주의 힘은 정말로 반칙적이고, 사기적이고, 터무니없었다.

"……."

진양은 말없이 사도련주를 물끄러미 쳐다봤다.

"본좌의 무위를 보고 넋이 잃었구나. 흐흐, 좋다. 그러는 것도 무리가 아니다."

사도련주가 의기양양한 얼굴로 비릿하게 웃었다.

"하. 착각은 자유라더니."

진양이 어이없다는 듯이 피식 웃었다.

"뭐라고?"

"문일지십 — 인가. 확실히 그 터무니없는 재능의 꽃을 피워 사능을 얻은 건 감탄할 만하다."

한 번 보면 열을 알고, 또 완벽하지는 않지만 그걸 자신의 것으로 만들기까지 한다. 확실히 대단하다.

"그러나, 미안하게도 그 힘은 나에게 처음이 아니다."

"......?"

사도련주가 이해가 안 가는 듯 뭔 개소리냐는 표정을 지었다.

"양의신룡. 분명 네놈은 날 보는 건 처음이었을 텐데……?"

"아니, 어쩌면 너보다 대단할지 모르지. 네가 천재(天才)라면, 그 사람은 천재(天災)니까."

이에 사도련주가 그제야 진양이 말하는 바를 이해했다. 그러나 그 얼굴은 처참하게 일그러져 있었다.

"헛소리!"

사도련주가 불신에 가득 찬 눈으로 그 말을 부정했다.

"어허, 이런 말 못 들어 봤나. '강호는 넓고 기인과 고수는 모래알처럼 많다.' 잖아?"

"만약 정말로 그런 무인이 있었다면 진작 네놈처럼 두각을 보였을 터, 내가 그걸 놓쳤을 리가 없다."

"무인이 아니니까."

진양은 어깨를 으쓱이곤 여유롭게 웃었다.

"무인이 아니라고?"

사도련주가 더더욱 이해가 안 가는 목소리를 냈다. 그 얼굴은 벌써 해괴하게 일그러져있었다.

그러곤 잠시 동안 생각에 잠긴 표정을 짓더니, 결국 머리를 흔들면서 그 말을 믿지 못하며 재차 부정했다.

"보고서에 의하면 네놈은 정파의 도사답지 않게 사도에 가깝다고 하였지. 과연, 헛소리를 통해 날 혼란에 빠뜨리려는 시도는 좋았다. 나쁘지 않았어."

세 치 혀로 적을 농락해서 방심하거나 도발하게 만드는 건 사도련주도 즐겨 쓰는 싸움 방식이다.

"사도련주."

진양이 오른손을 천천히 들어서 옆으로 세웠다.

"사파는 그 사고방식이 자유롭고, 세상에 얽매이지 않는 게 아니었나? 왜 그렇게 틀에 박힌 사고에 얽매여 있지?"

"네 이놈……!"

"하늘이 내린 무재가."

사저, 진연은 어쩌면 사도련주보다 더 대단한 재능을 지
녔을지도 모른다. 그 힘은 진짜다.

한 번 배우면 그걸 결코 잊지 않고 완벽하게 재현한다.
그건 설사 십 년이란 세월이 흘러도 마찬가지다.

누구보다 빠르게 성장했으면 했지, 결코 퇴보하지는 않
는다. 내공이 쌓이는 속도도 비정상적이다.

무림인과 현대인, 그리고 절대고수의 시점으로 봐서도
도저히 이해할 수 없는 재능이다.

"꼭 무인이 되라는 법은 없다."

무당파 역시 그 범상치 않은 재능을 한눈에 알아봤다.
몇 번이나 무인으로 복귀하라고 설득도 해보았다.

하지만 진연이 단호하게 거절하고 숙수가 되겠다고 하
자 무당파도 어쩔 수 없다는 듯이 포기했다.

자신만의 길. 그 길을 존중하는 곳이 무당이니까.

"간다, 사도련주. 서로 괜한 소비는 하지말자."

진양은 입가의 웃음을 싹 지워내곤 팔을 휘둘렀다.

"처음부터 전력으로 간다."

십단금, 공검!

팔을 크게 휘둘러 대각선으로 긋자, 보이지 않는 검이
공간을 부욱 베어 가르면서 사도련주를 덮쳤다.

"이게 도대체 뭔……!"

사도련주가 헉, 하고 놀라며 뒤로 물러났다. 무의식적으로 펼친 호신강기가 쩌적 하고 둘로 갈라졌다.

진양은 그 순간을 놓치지 않고 지면을 박찼다. 그 몸놀림이 바람과도 같았다.

'말은 이렇게 했지만, 역시 사도련주의 통찰력이나 그 힘은 위험하다. 장기전을 해서는 안 돼.'

상식이 통하지 않는 천재적인 재능에 대해서는 누구보다 잘 알고 있다.

어릴 적부터 사저, 진연을 보면서 실감하게 됐다.

천재에게는 여태껏 쌓아온 상식이 통하지 않는다. 그걸 가볍게 짓밟고, 부수는 존재들이 천재다.

불가항력이라 느껴지는 반칙적인 재능. 세상이 평등하지 않다는 걸 깨닫게 해주는 것.

대부분의 사람들은 그것과 마주보게 되면서 좌절하고 심연에 삼켜지지만 자신은 다르다.

어차피 두 영혼이 하나가 되었을 때부터 재능과 현실에 대해선 몇 번이나 깨우치고 수긍했다.

그래서 현대인의 사고방식과 성숙한 정신으로 어떻게든 재능의 격차를 좁혀왔다.

"네 이노오오옴 — !"

사도련주가 불같이 화를 내면서 주먹을 뻗었다. 그 주먹에는 권왕의 태산과도 같은 중압감이 실려 있었다.

'어르신…….'

그 중압감은 느낀 건 세 번째였다.

처음은 공동대전에서 천마를 상대했을 때였고, 두 번째는 북해로 떠날 때였다.

권왕의 가르침이 있어서 절대고수로 향하는 길을 조금이라도 알 수 있었다.

만약 그의 조언이 없었다면 절대고수라는 막연한 경지에 막혀서 어찌할지 몰랐을 것이다.

권왕에겐 미안한 말이지만 그다지 친한 사이까지는 아니어서 그의 사망 소식을 들어도 슬프지는 않았다.

하지만 그 가르침에 감사를 느끼고 있었기에 속으로 명복을 빌어주면서 사도련주의 중압감을 흘렸다.

이미 권왕의 진정한 중압감을 받아본 경험이 있기에 흘리는 것 자체는 어려운 일이 아니었다.

"좋다, 네놈이 어디까지 버티나 보자!"

사도련주가 그사이에 오뚝이처럼 벌떡 일어나서 장법을 펼쳤다. 천면독주의 독의가 실린 독장이었다.

"도대체 얼마나!"

무림맹 측에서 경악 어린 목소리가 튀어나왔다. 하수 고수할 것 없이 입을 떡 벌리곤 쳐다보기 바빴다.

"후웁!"

독기를 흡입하지 않도록 잠시 숨을 멈춘 뒤에 열화장으로 받아쳐 태워버렸다.

벌써 세 명의 절대고수의 힘이 튀어나왔다. 모두 경험한 적이 있어서 천만다행이었다.

검존의 경우에는 받아낸 적이 한 번도 없지만 사도련주가 제대로 펼칠 수 없었다.

두 절대고수는 무림맹과 사도련이 보는 앞에서 공수를 연달아 교환했다.

그중에선 지금은 죽고 없는 전대의 절대고수들의 흔적이 중간중간 나오기도 하였다.

"하."

변화의 상징인 오견조차도 할 말을 잃었다.

변응생공은 어디까지나 성질과 형질만 바꿀 뿐, 그에 알맞은 무공 초식의 형태는 잘 펼치지 못한다.

그에 반면 사도련주는 힘의 유형뿐만 아니라 초식까지 따라하니 기가 막혔다.

"사부께서 사도련주를 조심하라 했지만 설마하니 이 정도일 줄은……."

진양을 따라서 전장에 도착한 냉약빙도 그 광경을 멍하

니 바라보기만 했다.

공격과 수비가 몇 번이나 바뀌고 움직인다. 공기가 터지고 충격파가 뿜어져 나와 소음을 냈다.

"양의신료오오오오옹!"

"사도련주우우우우위!"

서로 강호의 이름을 부르짖으면서 격돌했다.

"네놈만 아니었다면……!"

사도련주가 살의 어린 눈으로 진양을 쏘아봤다.

"진작 무림을 정복했을 터인데!"

아직도 몇 번이나 후회를 하곤 한다.

용봉비무대회 때야 완전히 무명이었으니 그렇다 쳐도, 벽력귀수가 그의 손에 죽었을 때 처리했어야 했다.

설마하니 그 싹이 이렇게 커져있을 줄은 몰랐다.

무당파의 기재가 성장해 화경에 오르고, 정마대전에서 천마와도 싸우고, 이윽고 절대고수까지 올랐다.

서른도 되지 않은 나이에 믿을 수 없는 업적을 세웠다. 그리고 그 업적은 대부분 사도련주의 방해뿐이었다.

"네놈만큼은 결코 살려둘 수 없다!"

사도련주가 분노의 일갈을 터뜨렸다. 단순하게 목소리만 내지른 게 아니다.

체혼진음파(體魂殄音破)라 하여, 육체와 혼을 깨트리는

무시무시한 음공의 일종이다.

내공이 약한 자는 음파를 들은 것만으로 고막은 물론이고 오장육부까지 찢어지고 혈맥과 기맥이 뒤틀린다.

'아주 별의별……!'

익숙하지 않은 음공이 튀어나오자 욕도 절로 나왔다.

사도련주가 사능을 얻었을 때 괜히 당시의 절대고수들이 경악한 게 아니다. 그만큼 불합리한 능력이었다.

검법, 도법, 창법, 권법 할 것 없이, 음공까지 재현할 수 있으니 이쯤 되면 정말 답이 없다.

"뒈!"

해석불가인 고유의 음파가 몸 내부로 침입하려 했으나 어림없었다. 양기를 끌어 올려 불태우고 밀어냈다.

독 외에도 이곳저곳 몸에 해악이 되는 것이 오면 자연치유력과 뛰어난 저항력을 보이곤 한다.

약간의 내상이 담긴 피를 침과 함께 뱉었다.

"양의신룡, 넌 본좌만큼은 아니지만 무공의 천재다."

"하?"

진양이 뭔 개소리냐는 표정을 지었다.

"어릴 때부터 그 천부적인 재능 덕에 남들이 할 수 없었던 걸 손쉽게 해결했겠지. 그럴 때마다 자신감이 늘어 아마 '내 사전에 불가능이 없다.'라고 생각했을 거다. 하지만 오늘부로 그게 자만이라는 걸 똑똑히 깨닫게 해주마."

"지랄하네."

진양이 더 이상 참지 못하고 사도련주를 욕했다.

어릴 적부터 재능이 없다는 건 일찍이 깨달았다. 그래서 남들이 생각지도 못하는 다른 시선으로 노력했다.

안전한 길을 찾기 위해서 정말로 여러모로 방법을 갈구하고, 또 연구한 적도 제법 많았다.

무룡관의 사형제들과 비무를 해서 이겨도 얼마 뒤에 순식간에 성장해서 억울한 마음이 든 게 한두 번이 아니다. 그런데 사도련주가 그걸 모조리 부정하니 화가 안 날 수가 없다.

정말로 재능이 있었다면 그렇게 고생 안 했다.

"이 시대에 태어난 걸 후회하라, 양의신룡. 본좌의 무공이라면 설사 천마가 상대여도 문제는 없다."

사도련주는 자신감을 보이면서 발검 자세를 취했다. 왼발을 한 걸음 내딛고, 양 무릎을 굽힌 뒤 검을 허리춤으로 거두곤 언제든지 쏠 준비를 했다.

휘이잉.

바람이 불었다. 머리카락은 물론이고 몸까지 흔들릴 정도로 강한 바람이었다.

그 바람은 사도련주를 중심으로 소용돌이 쳤다가, 그가

쥐고 있는 검으로 빨려 들어갔다.

"천마가 상대여도 문제가 없다고? 하!"

진양이 어이없다는 얼굴로 콧방귀를 꼈다.

"너야말로 그 자만이 하늘을 찌르는군. 아무래도 천마를 본 적 없어서 그런 착각을 하는 모양인데……."

천마는 반선이다 뭐다 하는 정도가 아니다. 농담이 아니라 정말로 신선의 경지까지 도달했다.

당시 무림팔존 삼인뿐만 아니라 화경의 고수 둘을 상대했다. 거기에 검존이 목숨까지 희생해야만 했다.

절대고수가 인간의 한계를 넘었다고 하면, 천마는 '인간'이라는 개념 자체에 들어가지 않는다.

"흥, 그렇다면 어디 한번 내 무공을 받아봐라!"

사도련주가 자신만만하게 웃으면서 검을 허리춤에서 뽑아 대각선을 그렸다.

쐐 ― 액!

거리가 있건 말건 간에 상관없었다. 검의 길이도 있을 텐데 떨어져 있는 진양을 베었다.

모용세가의 섬광분운검조차도 한 수 접을 정도로의 검. 그 검이 공간과 함께 정면의 모든 걸 베어버린다.

"큭!"

순식간에 벌어진 일이었다.

정신을 차리고 보니 어깨에서 강렬한 통증이 느껴졌고, 보이는 건 뚝뚝 흘러 떨어지는 핏방울이었다.

거의 무의식적으로 유령보의 묘리가 섞인 제운종을 극성으로 펼쳐서 피했으나 전부 다는 아니었다.

"안 돼!"

"양아!"

싸움을 지켜보고 있던 무림맹 측에서 비명이 터져 나왔다. 백리선혜와 도연홍의 목소리가 제일 컸다.

"미친놈. 그걸 피해?"

사도련주가 핼쑥해졌다.

"왜, 이게 비장의 수였어?"

진양은 혈도를 짚어 출혈을 막았다.

"오늘 하늘이 무너진다고 해도 너만큼은 죽여야겠다."

방금 전 발검은 사도련주가 얻은 심득 중에서도 제일 위력이 강하면서도 난이도가 높았다. 그래서 이걸 쓰면 사도련주 본인조차도 몸에 무리가 간다.

애초에 방금 전의 발검은 극쾌의 검이다. 이걸 피하는 건 불가능하다. 그런데 막은 것도 아니고 피했다.

그걸 본 순간 온몸에 전율이 흘렀다.

"널 보니 경각심이 절로 드는군. 처음으로 폐관수련을 해야겠다는 생각이 들었다."

사도련주는 워낙 많은 걸 할 줄 알고, 또 재능도 있다 보니 다양한 분야를 공부하면서 노력해왔다.

무공도 그중 하나다. 다만 남들이 한 번쯤 해본다는 폐관수련은 해 본 적이 없다.

사도련의 지도자로서 자리를 비우면 문제가 돼서 그렇다.

안 그래도 사도련은 사도련주 한 사람으로 인해 돌아가고 있다. 정말로 어쩔 수가 없다.

"그런 일은 없을 거다."

진양이 다시 한 번 몸을 날렸다. 내력을 끌어 올려서 다리의 기맥에 힘을 가했다.

그가 있던 자리에는 잔상만 남았고, 원래의 몸은 눈 깜짝할 사이에 사도련주의 코앞까지 다가갔다.

"너는 기필코 여기서 죽어야 한다!"

사도련주가 주먹을 내질렀다. 무형강기는 물론이고 권왕의 무거움도 실려 있었다.

'접근전은 권법밖에 쓰지 못한다.'

진양은 그 사이에도 용케 사도련주의 전력을 파악했다.

여태껏 몇 번이나 접근했으나 대부분 황보욱의 심득이 실린 권법으로 대응했다.

아마 다른 무공도 가지고 있겠지만, 황보욱의 중권(重

拳)만큼은 아니라는 의미다.

차라리 잘됐다. 황보욱의 중권이라면 그 어떠한 심득보다 익숙하다. 그만큼 진양에게 많은 영향을 줬다.

진양은 사도련주의 주먹을 똑바로 마주보면서 이번에는 피하지 않고 정면으로 맞섰다.

왼손은 활짝 펴고 오른손은 주먹을 쥔 다음에 서로 음의와 양의를 담아서 절초를 날렸다.

"……!"

우드득!

사도련주의 얼굴이 참혹하게 일그러졌다. 주먹을 날린 왼손의 손목뼈가 손쉽게 부러졌다.

태극쌍격은 하나와 하나를 더해 이(二)가 된다. 그런 반면 사도련주가 날린 주먹은 일(一)이다. 서로 부딪치면 어떻게 될지는 결과가 뻔했다.

'하지만!'

일그러졌던 것도 잠시, 사도련주의 입가에 회심의 미소가 번졌다.

사도련주는 온몸에서 순식간에 내력을 죄다 끌어올렸다. 여태껏 모았던 것 중에서도 제일 거대했다.

내기가 초고속으로 회전하면서 힘을 줬다. 적색으로 물든 강기가 넘실거리는 걸 넘어 폭사한다.

왼손은 이미 글렀지만 오른손은 다르다.

"어리석은 놈!"

살을 주고 뼈를 깎는다. 비록 왼손은 당분간 재기가 불가능하겠지만 이걸 대가로 이길 수 있다면 상관없다.

뒤에 있을 북해궁주와 낭왕이 좀 부담되긴 하지만 정면승부에 승리한 뒤 바로 빠져서 대기하면 그만이었다.

정파무림에 남은 영웅까지 죽인다면 그 효과는 두말할 것도 없다. 무림정복이나 다름없는 일이다.

아니, 굳이 이러한 연유뿐만이 아니더라도 사도련주는 진양을 기필코 죽여야 한다는 필요성을 느꼈다.

사도련주는 기다렸다는 듯이 내력 전부를 오른쪽에 쥐고 있는 검으로 주입했다.

웅웅웅!

검에 실은 공력만으로 대기가 진동한다. 지옥에서 올라온 귀신들처럼 비명을 지르고, 사납게 날뛰었다.

공력을 사전준비 없이 급하게 끌어 올려서 그런지 온몸에서 비명을 지른다. 내상도 느껴졌다.

하지만 이걸로 양의신룡 진양을 죽일 수 있다면 상관없다. 반대로 싼 편이다.

"정말로 끝이다!"

드디어 이 지겨운 싸움이 끝나간다.

그것도 평소처럼 아군의 힘을 빌려서가 아니다. 절대고수를 정정당당한, 정도의 방법으로 쓰러뜨린다.

사도련주 역시 말은 그렇게 했어도 가슴 한구석으론 인정받지 못한 것에 불쾌함을 느꼈다. 짜증이 났다.

몇십 년 전만 해도 이 재능은 잘못되었다고, '그래봤자 흉내쟁이.'라면서 욕을 먹었다.

물론 그리 말한 자들은 지금 존재하지 않는다. 정사 할 것 없이 죄다 죽여 버렸다.

이제는 인정받는 일만 남았다.

남들은 그런 사도련주를 보고 이해하지 못한다. 인정받지 못해서 전쟁을 일으켰다. 사람을 죽였다.

고작 그러한 이유로. 그까짓 이유로.

하지만!

"그게 무엇보다 중요하단 말이다!"

무인으로서 — 아니, 사파인으로서 남겨진 긍지.

사도의 방식으로 인정을 받고 싶다.

그거 하나로 여기까지 왔다. 사도련주는 그 마음과 열망과 신념을 공력으로 모조리 전환했다.

'죽는다.'

진양은 사도련주의 최후의 일격을 보고 죽음을 직감했다. 저기에 담긴 건 공력뿐만이 아니다.

살아온 인생과 신념, 마음 그 자체가 담겼다. 비록 흉내일지는 모르지만 그 강함만큼은 진짜다.

사도의 정점이 전력을 다해서 검을 휘둘렀다. 어떠한 초식인지도 해석이 불가능했다.

온 감각이 저걸 보고 말해 주고 있었다. 빛보다 빠른 생각이, 뇌의 신호가 확신을 가져다주었다.

무형강기고 자시고 간에 음양쌍격을 써서 두 팔이 묶였다. 막을 수도, 받아칠 수도 없었다.

'손이 하나 더 있었더라면…….'

사도련주와의 무위의 차이가 그렇게까지 크게 나는 것도 아니라서 아쉬운 마음은 더더욱 컸다.

저 일격을 막을 수 없는 것도 아니다. 몸이 둘, 아니 손이 하나 더 있었다면 공검으로 어떻게든 받아쳤다.

죽음을 앞둔 순간, 수많은 생각이 스치고 지나갔다.

'공검 진인께서도 이런 마음이셨을까?'

십단금은 장법이지만 동시에 검법이기도 하다. 그 탄생배경을 떠올리면 알 수 있다.

검을 들고 있는 줄 알고 손을 휘둘렀고, 적은 베여서 사망했다. 그런데 알고 보니 검을 들고 있지 않았다.

검을 필요로 하는 그 마음이 너무 절박하고 대단해서 기적이 맞물리며 순간적으로 심검의 경지에 올랐다.

'어?'

모든 걸 포기한 순간, 무언가 깨우칠 수 있었다.

십단금의 최후 초식이자 비의인 공검(空劍)에는 형태가 없다. 그렇기에 손으로도 검을 펼칠 수가 있다.

'아아!'

머릿속에서 천둥번개가 쳤다. 망치로 뒤통수를 후려 맞은 기분이었다. 그만큼 큰 충격을 받았다.

형태가 없는 검이기에 공검이다. 물질 자체가 아니다. 북해보검처럼 안 보이는 검이 아니라는 의미다.

그런데 굳이 손으로 검을 휘두를 필요는 없다. 그것 자체가 형태에 얽매이는 행위다.

'수중무검(手中無劍)'

손 안에 검이 없어도

'심중유검(心中有劍)'

마음에 검이 있다.

'심어검(心馭劍)'

마음이 가는 곳이라면 어디든지 검이 갈 수 있다.

그 문구에 따라 마음이 움직였다. 검 자체가 되어버린 마음이자 의지였다.

몸은 여전히 움직이지 않고 그대로였다. 음양쌍격을 쓴 채로 좌장우권(左掌右拳)을 뻗은 상태다.

눈동자조차도 그대로 사도련주의 눈을 맞대고 있다. 그가 휘두른 검으로는 가 있지 않았다.

다만, 오직 마음만이.

의지만이 그곳에 가있었다.

검 — 아니, 마음이 날았다. 마음은 사도련주가 모든 걸 담은 일격과 부딪쳤다.

사도련주의 검에는 평생을 담은 공력이 실려 있었다. 그 중에선 여태껏 훔쳐온 기술들도 존재했다.

거기에 축적된 힘과 양은 보통이 아니었다.

마음은 그 힘과 정면으로 충돌했다. 겹겹이 쌓이고 축적된 무형강기를 박살냈다.

그 공력이 폭발하고 비산하면서 사방으로 퍼져나갔다. 정파와 사파할 것 없이 모두가 그걸 느꼈다.

그제야 무인들은 무형강기가, 또 절대고수가 얼마나 터무니없는지를 다시 한 번 느꼈다.

사람의 숫자와 거리에 상관없이 똑똑히 전하는 그 힘은 몸와 마음을 경직되게 만들었다.

진양의 마음은 사도라는 이름의 마음을 깔끔하게 양단했다. 그 마음을 담던 검도 잘려버렸다.

사도련주가 눈을 커다랗게 떴다. 자신에게 무슨 일이 일어난 건지 이해할 수가 없었다. 그가 할 수 있는 일이라곤 호신강기를 최대한 펼쳐서 막아내는 것뿐이었다.

그러나 그 발악도 소용없었다. 검을 담은 마음은 호신강기도 두부처럼 베어버린 뒤 사도련주를 뒤덮었다.

서걱, 이라는 소리도 들리지 않았다.

그 대신 사도련주의 허탈한 웃음소리가 들려왔다.

"참나."

사도련주는 멍하니 있다가 어이없다는 듯이 박장대소를 터뜨렸다. 담긴 감정은 오직 황당함뿐이었다.

"아무리 난세라고 하지만, 이건 좀 너무하지 않느냐. 검존에 천마 — 아미신녀에 양의신룡이라니."

사도련주에게 있어서 인생에서 제일 방해가 되는 자는 오십 년 전에 혜성처럼 등장한 지무악이었다.

그 이후에는 계속해서 천마가 등장해서 정사대전을 일 년이나 늦추었고, 아미신녀라 불린 수혜사태가 무림맹주로 추대되어 무림맹의 병력 수를 늘렸다.

그리고 마지막으로 등장한 양의신룡이야 두말할 것도 없다. 하나하나 되짚어보면 시간이 부족할 정도다.

"전설에서나 나오는 경지를 이룩하다니, 정말로 터무니없는 놈이구나. 조금도 따라할 수 없는 건 처음이다."

사도련주가 감탄사를 섞어 중얼거렸다.

"사실, 나도 어떻게 한 건지 잘 모르겠어."

진양이 쓰게 웃었다.

방금 전까지는 정말로 공검 진인이 된 듯했다.

무언가 깨우친 것 같긴 한데, 그게 자세히 뭔지는 모르겠다. 정신을 차렸을 때는 감각만이 희미하게 남았다.

"남에게 인정받는 것은 어렵다고 하더니만, 그 말대로 구나. 어떻게든 사도를 인정받고 싶었는데……."

사도련주의 눈에 담긴 빛이 천천히 사라지기 시작했다.

"흐, 정사대전에서 한 번도 아니고 두 번이나 졌으니 당분간은 정파의 시대겠지. 뭐, 상관없다. 어차피 이 세상 ─ 특히 무림에선 영원이란 건 없으니까."

사도련주의 웃음소리가 스산하게 울려 퍼졌다.

"아무리 맑은 물이라도 고이면 썩는 법. 애초에 정파란 건 모순과 위선 덩어리다. 그건 변하지 않는 현실이지. 언젠가는 형태는 달라도 거기에 의문을 느끼고, 불만을 가진 자가 들고 일어날 게야. 흐흐흐……."

사도련주의 몸이 무너진다. 힘을 다해서 붕괴되는 게 아니었다. 자세히 보면 피부 위에 혈선이 그어졌다.

하나에서 둘, 둘에서 넷, 넷에서 여덟. 그 배수로 계속해서 그어지며 이윽고 피가 뿜어져 나왔다.

"으하하하!"

사도련주가 처절한 웃음소리와 함께 절명했다.

　　　　　*　　　　*　　　　*

　전장이 침묵으로 휩싸였다. 다들 방금 전까지 있었던 절
대고수간의 생사결에 정신을 차리지 못했다.

　사람이란 건 사고에서 벗어난 걸 보면 그걸 받아들이지
못하고 혼란에 빠진다. 지금이 그랬다.

　두 절대고수의 대결은 수준이 높아도 너무 높았다. 이해
할 수 있는 건 냉약빙과 오견 정도였다.

　그 외의 사람들은 그저 빛이 번쩍이고, 굉음이 터지고,
진양이 무언가를 해서 이겼다는 것만 알 수 있었다.

　"우…….."

　그 긴 침묵을 깨뜨린 건, 정파의 무사 중 누군가였다.

　"우아아아아!"

　"와아아아!"

　그리고 함성이 터졌다. 당연하지만 무림맹 진영 측에서
였다. 다들 병장기를 머리 위로 들고 환호했다.

　다 진 싸움이었다. 목숨을 각오한 싸움이었다.

　진양이 도착하기 전까지 이 싸움의 결과는 예정되어 있
었다. 체력도, 기력도 모두 소진해서 그랬다.

　솔직히 다들 절망한 채 죽을 날만을 기다렸다. 사기는

땅바닥까지 떨어지고 희망은 고개를 숙였다.

하지만 수많은 업적을 쌓아올린 정파의 영웅, 진양이 등장한 이후로는 분위기가 격변했다.

사도련주는 정면승부를 요청했고, 진양이 그 제의를 받아들이고 혼신의 무위를 보여서 당당히 승리했다.

그 의미는 컸다.

다수의 힘을 빌린 것도 아니었고, 사파인들이 말하는 위선이나 모순의 방법을 쓴 것도 아니었다.

"사, 사도련주가 죽었어……."

"련주님께서 죽으시다니……!"

"이제, 끝이다……."

사파 내부에서 사도련주의 존재감은 누구보다 크다. 그 천마와 비견될 정도다.

그만큼 사도련은 사도련주 한 사람을 중심으로 인해서 돌아가고 있었다. 신이나 다름없는 사람이었다.

사도련주가 있을 때는 그 명령 체계가 정말 잘 돌아갔다. 그 누구도 반발하지 않고 따르기만 했다.

하지만 반대로 말하자면, 사도련주가 없을 경우 사도련은 어떻게 할지를 모른다. 길을 잃게 된다.

야율종조차도 어찌할 줄 몰라도 입을 떡 벌린 채 뒷수습을 하지 못했다. 결국 최악의 결과로 이어졌다.

"으아……."

합비에 모인 안휘삼군은 그동안의 싸움으로 많이 지쳐 있었다. 체력과 기력도 많이 떨어져있었다.

그에 반면 사도련은 숫자도 오천이나 우세하고, 또 체력이나 기력도 그럭저럭 남아있는 편이었다.

아무리 안휘삼군에 정예만 남았다고 한들, 현실적인 상황만 보면 무림맹은 패배할 수밖에 없다.

"나, 난 도망칠 거야!"

"어떻게 이기라는 거야!"

허나 그럼에도 불구하고 사도련 측이 먼저 백기를 들었다. 그들은 혼비백산하여 후퇴하려 했다.

야율종은 뒤늦게 '헛!' 하고 정신을 차리곤 막으려 했으나 이미 늦었다. 지휘체계가 완전히 무너졌다.

"막아라!"

이 절호조의 기회를 놓칠 리가 없는 제갈문이다. 당연히 먼저 눈치를 채고 명령을 내렸다.

"하하하!"

인상대가 재미있다는 듯이 배를 쓰다듬으며 웃었다.

"위험한 순간에 나타나더니만, 사도련주와 정면승부해서 거짓말같이 이기다니. 정말로 대단하오!"

영웅지도 아니고, 정말 기막힌 순간을 노렸다. 남들이

듣는다면 짜 맞췄냐고 물어볼 정도다.

"그래, 이 금의상단주가 판돈을 걸었는데 질 리가 없지! 낭왕, 얼른 가보시오!"

인상대가 흡족하게 웃으면서 드디어 오견을 내놓았다.

"내가 저래서 상인 놈들이 싫다니까."

황개가 그 웃음소리를 듣고 불편한 심경을 드러냈다. 다른 장로들이나 무림맹 소속 무사들도 마찬가지였다.

위험할 땐 내빼더니 다 이긴 싸움에 나타나서 숟가락을 얹으려 한다.

물론 그만큼 지원이 있어서 대놓고 뭐라 하지는 못했다.

"괜한 반항하지 말고 항복하라! 목숨만은 살려주겠다!"

진양이 도망치려는 사도련 무리들을 보고 소리쳤다.

사도련주와의 싸움은 결코 여유롭지 못했다. 내상도 상당히 입었고, 특히 심검을 써서 엉망진창이었다.

머리는 깨질 듯이 아파오고, 온몸의 근육은 찢어진 듯 비명을 질러댔다. 관절이 삐걱거렸다.

여기서 더 싸우라고 해도 못 싸운다. 화경만 와도 너무 힘이 들어서 어떻게 반응할 수가 없다.

아무리 사도련주가 없는 사도련의 무사들이 오합지졸이라고 해도 병력차가 오천이나 난다.

이 상태에서 싸우면 전력 손실이 너무 크다.

그러니 차라리 사기가 떨어진 틈을 타서 항복을 받아내는 게 더 이득이었다.

　"양의신룡 대협 말대로다! 목숨만은 살려 주겠다!"

　황개도 그 의도를 일찌감치 눈치채고 소리 질렀다.

　"무림오존, 아니. 무림사존이 정파에 계신 이상 너희에게 승산은 눈곱만큼도 없다!"

　낭왕, 무당일장, 북해궁주, 양의신룡. 이제 절대고수도 천하에 넷밖에 없으며 사실상 다들 정파다.

　북해궁주야 상황이 정리되면 떠나겠지만 그게 그거다.

　"누가 그 말을 믿냐!"

　"차라리 부모의 원수를 믿겠다!"

　처음에는 다들 그 말에 겁먹으면서도 믿지 못했다.

　양의신룡이라 하면 적군에게 자비 없는 자로 유명한 공포의 대명사다. 진양이 말해서 그런지 다들 못 믿었다.

　"쓸데없는 말을 해서는!"

　창허자가 진양을 째릿 노려보며 면박을 줬다. 그 말에 진양도 머쓱한지 입맛을 다시면서 뒤통수를 긁적였다.

　"저, 무림맹주 수혜사태가 맹세하겠습니다! 목숨은 거두지 않을 테니, 부디 항복해 주세요! 이 이상 피해를 늘리고 싶지는 않습니다!"

　그런 사이 수혜사태가 재빠르게 나섰다.

수혜사태는 정파건 사파건 희생을 좋아하지 않는다. 피를 조금이라도 줄이고 싶었다.

"아미신녀다!"

"아미신녀의 말이라면 믿을 수 있지!"

"제기랄, 솔직히 죽고 싶지는 않다고!"

"부탁이니 목숨만은……!"

수혜사태가 정마대전에서 아군적군 할 것 없이 명복을 빌어준 건 유명한 일화다.

다른 정파인은 믿지 못해도 아미신녀의 말만큼은 믿을 수 있다. 사도련도들은 순순히 항복했다.

"대단하군요."

얼음 그 자체라고 알려진 냉약빙조차도 감탄을 금치 못하며 표정에 변화를 보였다. 눈을 동그랗게 뜬 채 사도련도들이 병장기를 내려놓는 광경을 쳐다봤다.

정파가 사파를 믿을 수 없는 것처럼 사파도 정파를 믿을 수 없다.

사파가 괜히 정파를 보고 모순이나 위선이라고 말하는 게 아니다. 약속해도 그걸 어긴 적이 많아서 그렇다.

무력으로 항복시키려면 적어도 일만 이상의 병력 차이가 있어야 하고, 피도 많이 흘려야 한다.

그런데 수혜사태는 이름을 거는 것만으로 ─ 그리고 부

탁하는 것만으로 그들을 굴복시켰다.

"공자!"

"양아!"

자신을 부르는 목소리에 뒤를 돌아보았다. 멀리서 백리
선혜와 도연홍이 달려오는 게 보였다.

"끝났군요."

사도련주란 지도자가 없는 이상 사도련은 끝이다.

언젠가 또 다른 이름으로 사파가 연합하겠지만 적어도
당분간은 아니다. 정파의 시대가 길게 이어진다.

아직 호북에서 싸움이 이어지고 있지만, 사도련주의 사
망 소식이 알려진다면 승패는 시간문제다.

'이겼다.'

정사대전, 그 기나긴 막이 드디어 내렸다.

종장(終章)

　전쟁의 결과는 예상한 대로였다. 정파의 승리였다.

　사도련주의 사망 소식이 알려지자 사파도 처음에는 믿지 않았다. 무림맹의 계략이라며 부정했다.

　그러나 삼군의 패전 소식이 알려지면서 상황이 돌변했다.

　사파는 이군에 있는 사도련주가 가짜라는 걸 눈치 채게 되면서 소문이 진실이라는 걸 깨달았다.

　이후에 일어난 일은 두말할 것도 없었다. 사도련 전체는 순식간에 붕괴. 항복하거나 도주했다.

　고금 역사상 최대의 사파 세력이라 칭송받던 사도련치

고는 너무나도 허무한 최후였다.

정사대전은 끝났지만 그 뒷정리는 아직 많이 남았다.

전쟁이란 게 해도 문제고, 끝나도 문제다. 설사 그건 승자여도 마찬가지다.

중상자의 치료, 사망자의 보상 등 여러모로 신경 쓸 게 많다. 그 외에도 불안에 싸인 민심도 되돌려야 한다.

그렇다 보니 무림맹 수뇌부는 정말로 바쁘게 움직였다.

제갈세가의 문관들은 물론이고, 무관들조차 사도련 잔당들의 처리 등으로 정말로 바빴다.

"도중에 배신한 중소문파연합은 어떻게 됐습니까?"

진양은 아무렇게 널려있는 종이들 사이에 앉아있는 수혜사태에게 물었다.

"그게……."

수혜사태가 핼쑥해진 얼굴로 대답해주었다. 며칠째 제대로 잠을 자지 못해서 눈 밑에는 검은 기미가 꼈다.

배신은 어딜 가건 간에 그 취급이 좋지 않다. 그 죄질도 결코 가볍지 않다.

중소문파연합 중에서 주요 인물 대부분이 뇌옥에 갇혀 고문을 받았다.

정파의 첩자 역할을 했기에 어떤 정보를 빼돌렸는지 알

아내기 위해서였다.

"그 외의 무사들은 북해궁주께서 인수하기로 했습니다."

북해에는 아직도 많은 남자들이 필요하다. 그래서 배신자들을 오직 성욕을 풀기 위한 노예로 쓰기로 했다.

어차피 더 이상 정파로 두는 건 신뢰 문제로 불가능하다. 그 많은 숫자를 뇌옥에 넣어도 문제다.

제일 합리적인 선택이었다.

"그럼 — 모용세가도 마찬가지입니까?"

평생의 벗이라 말할 수 있는 모용중광의 가문이다. 그들의 최후가 어떻게 됐는지 궁금했다.

"……."

수혜사태는 이번만큼은 답하지 못하다가, 결국 어두운 안색으로 힘없이 중얼거렸다.

"현 가주인 모용중경은 자살했습니다. 그 외의 원로들 역시 따라서 목숨을 끊었으며, 또 가신들은……."

"……알겠습니다."

진양이 손을 들어서 수혜사태의 말을 제지했다.

모용세가의 죄질은 그냥 배신이 아니다. 무림맹 전부를 팔아먹었다.

그들로 인해 무림맹의 모든 체계를 뜯어고쳐야 한다. 쉽게 용서 받는다면 그게 더 이상하다.

과거의 정사대전이 올바른 공적이었다면 모를까, 그게 모두 거짓인 걸로 밝혀진 이상 미래는 없다.

모용세가에 있는 건 오직 멸망뿐이었다.

수혜사태도 그러한 희생은 막고 싶었다. 하지만 현실이라는 이름의 벽에 막혔다. 반대가 너무 심했다.

아무리 어쩔 수 없었다고 해도 모용세가가 저지른 죄는 중죄다.

그들의 마음과 상황을 이해 못 하는 건 아니지만 그렇다고 용서할 수는 없다.

"조금은, 양보하시게 된 겁니까?"

무당신룡, 아니 양의신룡이 무림맹주에게 물었다.

"무엇을 말씀하시는 거죠?"

"어쩔 수 없다는 현실이라는 이름의 장벽입니다."

어쩔 수 없다, 라는 말에 수혜사태가 눈을 감았다. 그러곤 다시 뜨면서 눈동자를 빛냈다.

"어쩔 수 없다, 어쩔 수 없다. 그 말을 강호에 출두해서 정말로 많이 듣는 것 같습니다. 제일 싫어하는 말을 그렇게 들으니 머리가 아파올 지경이에요."

그 눈은 방금 전까지 담겼던 슬픔이나 피곤함 하나 없었다. 그 대신 올곧고 맑은 빛이 보였다.

"그리고 그에 관한 대답은 예전도 지금도 그리고 앞으

로도 같습니다. 어쩔 수 없다고 수긍하게 되면, 정말로 그걸로 끝입니다. 소승은 조금이라도 비극을 줄이고 피해를 최소화하고 남을 위해서 노력할 것입니다."

어쩔 수 없다는 건 안다. 하지만 모든 건 포기할 수 없다. 그러니까, 처음의 이상을 끝까지 관철한다.

"사도련주에게도 말했습니다만, 모순이어도 위선이어도 전혀 개의치 않습니다. 조금이라도 보다 행복한 결과를 낼 수 있다면 그 정도는 얼마든지 감수하겠어요."

"······후후, 그렇습니까."

진양이 입가에 옅은 미소를 그려냈다.

'역시, 그대로인가.'

수혜사태는 전쟁을 겪었다. 거기에서 어쩔 수 없는 현실과 마주하게 됐다. 이상을 이룰 수 없는 걸 깨달았다.

하지만 그래도 그녀는 자신의 이상을 끝없이 관철한다. 손가락질을 받아도 전혀 포기하지 않는다.

결코 자존심이나 고집 같은 게 아니다.

더 이상 희생시키고 싶지 않아서, 불공평한 상황이 마음에 들지 않아서, 비극을 만들고 싶지 않아서다.

그래서 모든 걸 책임지고 어깨에 짊어졌다. 아미신녀라는 이름에 알맞게 끝까지 자기를 희생한다.

당장이라도 말리고 싶다. 이건 어긋나있다. 정파, 아니 무림을 위해서라고 해도 혼자는 행복할 수 없다.

"그럼, 저는 슬슬 이만 일어나봐야겠군요."

진양이 볼 일을 다 봤다는 듯 자리에서 일어났다.

"무당산으로 돌아가시는 건가요?"

진양은 오늘 몇몇 일행과 함께 무당파로 돌아가기로 했다. 정말로 얼마 만에 사문으로 가는지 모르겠다.

"예. 그나저나, 정말로 제가 돌아가도 되겠습니까?"

사실 이번 사안이 올라왔을 때 장로들 대부분이 이를 반대했다.

말했다시피 전쟁은 끝났지만 아직 처리할 뒷정리가 한두 가지가 아니다. 일이 산더미처럼 밀렸다.

전쟁의 최대공로자이자 영웅, 진양의 손이 어느 때보다 절실했다. 그가 있어야 좀 편하고 빨리 끝난다.

그 제갈문조차도 슬쩍 눈치를 보면서 혹시 남아줄 수 있냐고 물어볼 정도였다.

하지만 그 말이 나오자마자 수혜사태가 거의 처음으로 목소리를 높여서 호통을 쳤다.

"다들 그게 지금 말이라고 하시는 겁니까! 그가 무림맹을 위해서 지금까지 얼마나 많은 헌신을 해왔는지 아시지 않습니까! 다들 부끄러운 줄 아세요! 더 이상 그에게 책임

을 전가하지 마십시오!"

그 아미신녀가 그렇게까지 화냈던 적은 또 처음이었다. 그 오만불손 창허자조차도 목을 움츠렸다.

무림맹 수뇌부 중에서 제갈문 다음으로 무공이 약한 수혜사태지만, 이상하게도 시간이 갈수록 그 기백은 정파제일로 커지고 있다. 말로만 듣던 지도자의 그릇이구나, 라는 생각이 들었다.

"물론이지요. 혹시라도 누군가가 저 몰래 월권행위를 하려고 한다면 바로 말씀해주세요. 무슨 수를 써서라도 막도록 하겠습니다. 양의신룡께선 이미 충분히 무림맹을 위해 많은 책임을 지시고 일해왔어요. 그러니, 부디 사문으로 돌아가 자기만의 행복을 챙겨주셨으면 한답니다."

'정말로 미워할 수 없는 사람이다.'

몇 번이나 생각하지만 자신과 맞지는 않다. 저 사고방식과 태도가 너무나도 맞지 않다. 완전히 반대다.

하지만 그럼에도 불구하고 미운 감정은 들지 않았다. 반대로 호감이 갔다.

'그렇다고 함께할 수 있는 사람은 아니지만 말이야.'

얼굴에 쓴웃음이 절로 맺힌다.

이런 사람과 함께한다면 보통 골치 아픈 게 아니다. 복장 터져서 제 명에 못산다.

진양은 잡다한 생각을 하면서 문을 열었다. 그리고 한 발을 내딛은 순간, 잠시 멈춰 섰다.

"잊으신 거라도 있으신가요?"

수혜사태가 의아한 얼굴로 물었다.

"한 가지…… 여쭤볼 게 있습니다만."

"네, 얼마든지 묻도록 하세요."

"혹시, 맹주님의 사저이신 수화사태 장로님과는 사이가 어떤지 알 수 있겠습니까?"

역시 수혜사태를 보면 신경을 안 쓸 수가 없다. 무림맹 주에 오른 뒤로는 사저에게 휘둘리지도 이용당하지 않는 그녀지만 진실을 모르고 있는 게 마음에 걸렸다.

수화사태는 아무것도 모르는 사매의 성격을 알고 철저 하게 이용했다. 모든 책임을 전가시켜 희생시켰다.

'말하는 편이 좋을까?'

이런 건 원래 당사자끼리 이야기하는 게 낫다. 그래서 여태껏 아무 말도 하지 않고 있었다.

대부분 제삼자가 끼어들면 결과가 그다지 좋지 않다.

"양의신룡."

수혜사태가 눈을 감고 부드럽게 웃으며 자신을 불렀다.

"예, 맹주님."

"양의신룡께선 소승처럼 사저가 계신다고 했지요?"

진양은 대답 대신에 머리를 위아래로 흔들었다.

"아마 어릴 적부터 평생을 함께하셨을 테니, 그 누구보다 잘 알고 계실 겁니다. 굳이 말을 하지 않아도 무슨 생각을 하는지 대충 알고 있을 테죠."

"네, 그렇습니다."

"그건 소승 역시 마찬가지랍니다."

수혜사태의 눈이 초승달처럼 휘었다. 그 얼굴에 드러난 것은 눈부실 정도로 환한 미소였다.

"하하. 괜한 참견을 했군요."

진양도 입가에 미소를 그렸다.

*   *   *

진양은 무림맹 ― 안휘를 떠났다. 그의 목적지는 사문이자 고향인 무당파였다.

일행은 셋밖에 없었다. 도연홍과 백리선혜였다.

원래 진양이 무당파로 돌아간다는 소식이 전해지자마자 여기저기서 사람들이 몰려와 동행을 자처했다.

"대협! 부디 제가 동행하게 해주십시오!"

현 무림에서 진양은 영웅을 넘어 신이나 다름없다. 무림맹주보다 더한 인기와 위엄을 끌고 있었다.

"제 딸이라서 자랑하는 게 아닙니다만, 안휘에서 미색을 자랑하는 아이입니다. 한 번만 만나주십시오."

이젠 진양이 도사건 말건 간에 신경 쓰는 사람은 없었다. 어차피 주요 직책이 없다면 무당파의 도사는 혼례를 올리는 게 가능하다. 아니, 주요 직책이 있다 해도 그걸 무시할 정도로 진양의 인기는 독보적이었다.

정파인들 대부분은 어떻게든 진양과의 연을 맺기 위해서 혈안이 됐다.

아직 서른도 되지 않았는데 절대고수인 데다가 낭왕, 천면독주, 사도련주가 그에게 패배했다.

사실상 천하제일인이라 불러도 부족하지 않다. 실제로 일룡(一龍)이 아니냐는 소문이 벌써부터 돌고 있다.

심지어 그의 속가제자 사매는 비록 무림과 관여할 수는 없지만 황족이다. 배경부터가 이미 범상치가 않다.

외모도 멀쩡하고 인성도 두말할 것 없으니 인기가 없다면 그게 더 이상하다. 온갖 여자들이 줄을 섰다.

"어딜 보고 넘봐, 이년아! 당장 안 꺼져!"

"미안하지만 공자님은 사도련주와의 싸움으로 많이 피곤하십니다. 접근한다면 다칠지도 모른답니다."

도연홍와 백리선혜가 그걸 모를 리 없다. 여자들의 접근을 원천적으로 차단하기 위해 서로 힘을 합쳤다.

'어차피 공자님을 독차지하기 힘들다는 건 알아.'

'그렇다면 조금이라도 숫자를 줄이자.'

파후달은 냉약빙을 따라가지 못한 걸 땅을 치고 아쉬워했다. 진양을 보좌하러 왔는데 정작 그를 보지 못했다. 게다가 전쟁이 끝난 후 하북 귀환 명령이 내려졌다.

무림맹은 비록 전쟁에서 승리했으나 정마대전과 정사대전을 연달아 겪어서인지 전력이 약해져 있었다.

이를 알고 녹림십팔채라든가 여러 숨어있던 세력들이 어금니를 드러낸 탓에 막을 필요가 있었다.

특히나 근처의 요녕의 모용세가가 망하게 되면서 그 세력권을 먹으려는 자들로 가득했다.

북방이 시끄러워지게 돼서 한동안 지켜볼 필요가 있었다.

또한, 호북에서 대기 중이었던 북해빙군 역시 정사대전이 끝나고 북해로 귀향이 결정됐다.

지원 병력을 보내주겠다는 약속 탓에 어쩔 수 없이 만 명이나 보냈지만, 이 숫자는 좀 과한 편이 있었다.

북해에는 빙궁이 제일 큰 영향력을 떨치고 있었지만, 그렇다고 다른 민족이 아예 없는 건 아니었다.

이렇게 많은 고수가 나오게 된다면 소수민족들이 힘을 합쳐서 낙원인 빙궁을 빼앗으려 들지도 모른다.

그게 신경 쓰이기도 하고, 북해궁주가 바뀐 지 얼마 되지도 않았으니 내정을 위해서라도 돌아가야 했다.

무엇보다 북해인들에게 중원의 기후는 역시나 알맞지 않았다. 다들 너무 쉽게 지치고 힘들어했다.

"안 돼! 남편을 두고 어떻게 가라는 거야!"

한추설이 머리를 쥐어뜯으면서 비명을 질렀다. 진양을 데리러 왔는데 정작 얼마 보지도 않았다.

"언니……."

이에 은하랑은 한추설을 백번 이해한다는 듯, 같이 슬퍼하면서 눈물을 찔끔 흘렸다.

'나도…… 남자들이랑 좀 질펀하게 놀고 싶었는데…….'

물론 그 동기는 굉장히 불순했다.

다만 후에 그 불만은 안휘에서 올라온 냉약빙과 합류하면서 쏙 들어갔다. 무림맹에서 대신 인수한 중소문파연합의 배신자들이나 그 외 사도련의 잔당 덕이었다.

그들 대부분은 무공이 폐해지거나 약한 남자들이었으나, 적어도 북해의 남자들보다는 튼실해보였다.

"무림맹으로 지원을 온 것이 꼭 나쁜 일만은 아니군요."

냉약빙은 막사에서 매일 밤마다 신음소리가 흘러나오는

걸 듣고 쓴웃음을 흘렸다.

중원에 와서 기후나 음식으로 쌓였던 북해빙군의 불만이 이걸로 전부 해소되었다.

"대혀어어어업 — !"

한편, 파후달은 매번 무당산이 있는 방향으로 울부짖었다. 그 목소리가 구슬프게 울려 퍼졌다.

"오라버니, 양의신룡은 나중에라도 다시 만나실 수 있잖아요. 그리고 북해빙군의 귀향 안내까지 맡으신 걸 보면, 이제는 완벽하게 친선대사가 아니신가요?"

"친선대사?"

파후달이 귀를 쫑긋 거리면서 반응을 보였다.

"네, 친선대사. 양의신룡이 북해로 빙어라든가 해산물 교역을 요청했으니, 아마 자주 교류하게 되겠죠. 그러면 아마 오라버니께서 전담하시게 될 거예요. 이보다 더한 출세가 어디 있겠어요?"

굳이 무림맹 중앙에 붙어있지 않아도, 북해와의 교류를 전담하는 건 굉장한 일이다.

실제로 무림맹 내에서는 파후달이 안내자로서 역할을 똑똑히 했다는 것에 고평가를 내리고 있었다.

파후달은 출세라는 말을 듣자마자 목소리를 높여 웃었다.

"껄껄껄, 좋아. 얼른 하북으로 돌아가자고. 어차피 대협과의 친분은 이미 천하에 알려졌을 터! 으하하!"

"이왕 이렇게 된 거 아예 북해를 왔다 갔다 하시면서 교역 상인이라도 되는 건 어떨까요?"

냉미려가 그런 파후달을 보고 은근슬쩍 약을 팔았다.

"싫어."

파후달이 정색했다.

진양 일행은 무림맹에서 내준 육두마차를 타고 편하게 무당산 코앞까지 도착할 수 있었다.

수혜사태가 끝까지 진양을 배려해준 듯, 귀향길이 편하도록 길목 사이에 무림맹 요원들을 배치해두었다.

그래서 매번 뭔가 필요한 게 있으면 근처에 숨어있던 일류 무사들이 튀어나와 해결해주곤 했다.

야영을 하게 되면 알아서 처리해주고, 마을에서 자게 되면 제일 값나가는 객잔을 잡아주었다.

정말로 편안한 귀향길이 될 수 있었다.

"정말로 끝난 걸까요?"

백리선혜가 마차 밖 광경을 슬쩍 훑어봤다.

전쟁을 겪은 게 꼭 엊그제 일어난 일 같다. 아직도 전쟁이 끝난 것이 실감이 나지 않았다.

"정말로, 뭐랄까 — 생각보다 허무한걸."

도연홍 역시 미묘 복잡한 표정으로 바깥을 쳐다보았다.

"반대로 전 그게 더 낫다고 생각합니다. 뒤늦게 숨겨왔던 진실이라거나, 반전은 질색이라고요."

진양이 옅게 웃으면서 어깨를 으쓱였다.

전생의 지구에서도 대중매체를 보면 진정한 흑막이 등장하는 등의 숨겨진 전개가 펼쳐진다.

물론 화자 입장에선 재미있겠지만 진양 입장에선 질색이었다. 이제는 좀 쉬고 싶었다.

무엇보다 오랫동안 가지 못했던 무당산을 밟고, 또 예전처럼 차를 마시면서 시간을 보내고 싶었다.

"평화란 건, 정말로 어려운 법이죠. 비극이 일어나지 않는 일상이란 건 기적의 연속이라 생각합니다."

이 잠깐의 평화를 위해서 수많은 피가 흘렀다.

그 무게를 모를 리 없다. 그러니 부디 또 다른 사건이 일어나지 않았으면 한다. 이제는 쉬고 싶었다.

비록 허무하고 허탈할지라도, 얻은 것치곤 잃은 것이 많았다고 해도 이 순간을 위해서 살아왔다.

그리고 수혜사태가, 아니, 정파무림맹이 그 평화를 어떻게든 지속하기 위해서 아직까지도 밤을 새고 있다.

* * *

진양 일행이 무당산에 오르자 열렬한 인파가 몰렸다. 무림제일의 영웅이 왔으니 당연한 반응이었다.

덕분에 무당파 제자들이 사대, 삼대 할 것 없이 모조리 나와서 인파 정리에 힘쓸 정도였다.

"양의신룡 대협이시다!"

"무림사존 중에서도 일룡!"

"정파의 대영웅!"

"꺄아아악, 대협 — !"

남녀노소 할 것 없이 사람들이 몰려서 우글거렸다. 다들 진양의 얼굴을 한 번이라도 보고 싶어 했다.

한 번 정도 손을 흔들어도 괜찮겠다는 생각도 들긴 했지만, 너무 사사로운 것이라 뒤로 밀었다.

무당산에 도착한 진양의 마음은 점점 촉박해지고 있었다. 결국 참지 못하고 마차에서 나와 몸을 날렸다.

동행인인 백리선혜와 도연홍이 그 뒤를 쫓으려다가 포기했다. 재회를 방해할 정도로 눈치가 없지는 않다.

진양은 낯익은 길목을 지나치고, 수많은 사람들의 머리 위를 지나쳐서 무당파의 정문을 넘었다.

근처에서 대기 중이던 시동들이라거나, 무당파의 제자

들이 그를 알아보고 부드럽게 웃어주었다.

다들 진양이 누굴 만나러 가는지 알고 있다는 듯, 눈짓을 보내면서 길을 터줬다.

진양은 그들에게 눈인사로 감사를 표한 뒤 평생 동안 살아왔던 장소로 되돌아갔다.

"어서 오거라."

하얗게 질린 수염, 도사치곤 큰 풍채. 무뚝뚝해 보이는 인상. 굳게 다문 입. 다만 그 눈매는 인자했다.

스승, 청솔이 언제나처럼 차를 마시면서 기다리고 있었다.

"어서 오렴, 양아."

사저 역시 언제나처럼 뺨에 손바닥을 대곤 웃었다.

"어서 오십시오, 사형."

이제는 경어에 완벽히 익숙해진 서교가 포권을 하며 공손하게 인사했다.

보석을 담은 듯이 푸르스름하게 빛나는 눈동자. 햇빛에 반사되어 눈부시게 빛나는 금발은 여전했다.

"차는…… 평소의 것으로 준비해뒀어요."

소미가 떨리는 목소리로 말했다. 이 자리에 감격스러운 듯 그 눈망울이 희미하게 떨리고 있었다.

사부와 사저, 사매. 그리고 시동이지만 어느덧 여동생으로 자리잡아준 아이. 진양은 그토록 그리워했던 가족들을 바라보면서 하고 싶은 말을 드디어 꺼냈다.

"다녀왔습니다."

＊　　　＊　　　＊

정사대전이 끝나고 시간이 흘렀다.

사도련은 정사대전 패배 이후 해체됐다. 기둥이 되었던 사도련주의 죽음도 있었고, 전력도 박살이 났다.

그렇다고 완전히 사라진 건 아니다. 사파의 멸망이라는 건 현실적으로 불가능하다.

이인자이자 군사였던 야율종은 도주에 성공하여 사도련의 잔당을 일부 모아 몸을 숨기고 있는 도중이다.

무림맹은 잔당들을 소탕하기 위해 오늘도 열심히 뛰었다.

"이번에야말로 공은 우리의 것이다!"

그중에서도 제일 활발하게 활동하는 건 역시나 공에 눈이 먼 종남파와 아미파, 점창파 등이었다.

명예나 공적에 눈이 먼 건 중간중간 눈을 찌푸리게 했지만, 나쁜 결과를 내는 건 아니어서 그냥 두었다.

정마대전 때 눈부신 활약을 했던 청성파는 애석하게도

당분간 봉문하기로 결정했다.

미래를 지탱해야 할 젊은 무인들이 너무나도 많이 희생
됐다. 새로운 장문인도 선출해야 했고, 또 새로운 제자들
을 대거 데려와서 키워야했다. 강호지사들은 아마 청성파
가 복귀하는 데는 오랜 시간이 걸릴 것이라 말했다.

"정파는 오십 년 전부터 지금까지 벌써 세 번의 전쟁
을 겪었습니다. 그리고 저희는 전쟁이 얼마나 비극적인지
것에 대해서도 배웠습니다. 다시는 이와 같은 일이 없도
록……."

수혜사태는 시간이 지날수록 무림맹주로서 고평가를 받
고 깊은 신뢰도 쌓고 있었다.

처음에는 무공도 약한 자를 왜 무림맹주에 올렸냐고 뭐
라 했지만, 요즘 따라서 그 말은 차츰 사라져갔다.

그녀는 끝까지 관철했던 신념과 이상을 버리지 않고 달
성하기 위해서 아직도 노력하고 있다.

"……."

한편, 수화사태는 그런 사매와 전혀 다른 방법으로 곁에
서 보좌했다.

무림맹의 어두운 부분은 아직 사라지지 않았다.

수혜사태는 마음에 들지 않는 눈치지만, 중소연합의 배
신자라거나 첩보원들을 잡아 고문을 행하고 있었다.

그 외에도 정파인으로 할 수 없는 — 어쩔 수 없는 부분을 대신 도맡아서 당거종 장로와 함께 처리했다.

그리고 가끔씩 수혜사태가 너무 우습게 보일 정도로 호구 짓을 일삼으면 가끔 나타나 그걸 제지하곤 했다.

수화사태가 수혜사태에게 진실을 고한지는 아직 아무도 모른다.

그렇지만 적어도 사이가 나빠 보이지는 않았다.

"오대세가는 어떻게 됐지?"

"모용세가는 제외고, 황보세가가 대신 들어왔잖아. 권왕을 잃긴 했지만 그 공적을 인정받았다고 하네."

"정사대전의 보상으로 영약이나 재물들이 들어온다고 하니 곧 다시 재건하겠지."

황보세가도 운 좋게 살아남을 수 있었다. 고수를 다시 내지 못하면 잘 모르겠지만, 적어도 백 년 동안은 권왕의 영광을 가지고 살아갈 수 있었다.

북해.

"남자 따위에게 직책을 내리다니요!"

북해빙궁은 요즘 따라 한창 소란이다.

진양은 북해의 남자들에게 정말 많은 영향을 줬다. 그들에게 자신감과 행동력을 선사해줬다.

풍정국의 뒤를 이어 남자들을 이끌게 된 옥주결은 공적이나 무공, 지도력을 인정받아 고위 직책에 오른다.

여성중심사회였던 북해에 있어선 파격적인 인사였다.

아무리 북해의 내전을 통해서 나름 그 인식이 좋게 바뀌었다곤 해도 아직까지 차별은 뿌리 깊게 남아있었다.

당연히 반발이 심할 수밖에 없었다.

"중원조차도 무림맹주 덕에 여성에 대한 차별이 바뀌고 있습니다. 저희도 언제까지 이럴 수는 없지요."

냉약빙의 행보는 매일매일이 파격적이었다.

차별은 쉽게 바뀌지 않는다. 허나 그렇다고 아무것도 하지 않으면 바뀌지 않는다.

마침 중원에서 많은 남자들도 데려왔다. 적어도 그들이 자살하지 않고, 도주하지 않도록 하기 위해 노력해야만 했다.

북해 역시 조금씩, 아주 조금씩은 바뀌고 있었다.

비록 이 한 걸음, 한 걸음이 미약해도 훗날에는 큰 발걸음이 되어 역사에 남을 것이라고 굳게 믿었다.

"궁주님! 큰일입니다!"

은하랑이 회의실 문을 박차고 소리를 빽 질렀다.

"설마……."

냉약빙의 눈을 가늘게 뜨면서 불안한 목소리를 냈다.

그 시선에는 은하랑이 들고 있는 북해보검이 있었다.

은하랑은 한 손에 북해보검을 들고, 다른 손에는 구깃구깃해진 서신을 든 채 골치 아픈 소식을 알렸다.

"어, 언니…… 아니, 보검주께서 양의신룡과 혼례를 올리겠다며 중원으로 날랐습니다!"

"……하아아."

냉약빙의 골이 깊어져만 갔다.

호북, 무당파.

무당파는 고금 역사상 최고의 호황기를 누리고 있었다. 거부해도 온갖 재물과 인재들이 찾아왔다.

사람들이 하루에도 수백 번이나 방문을 두들기는 바람에 최근에는 학사까지 고용해서 관리하고 있었다.

또한 무당파뿐만 아니라 호북 자체가 지금 역대 최고의 인구로 북적였다.

"천하제일문파라 하면 역시 지금의 무당파겠지?"

"그럼!"

절대고수를 하나도 아니고 둘이나 배출했다. 게다가 그 중 한 명이 불세출의 영웅, 양의신룡 진양이다.

또한 진양 외에도 무당파에는 지금 인재들로 넘쳤다.

"헉, 저기 봐. 무당제일검이잖아?"

정사대전이 끝난 이후로도 무인들은 게으름을 피우지 않았다. 그건 진성 역시 마찬가지였다.

진성은 무룡관의 영원한 사범, 청곤의 길을 따라가기 위해서 열심히 검을 갈고닦아 쾌거를 이루었다.

아직 화경에 오르지는 않았지만 적어도 검법만큼은 무당에서 제일이라 불리게 됐다.

"으하하하, 얘들아. 오늘도 술 한잔하자!"

하지만 도사답지 않게 술 밝히는 성격은 여전했다.

아무래도 무당파 내부에서 마시기에는 눈치도 많이 보이고 그래서, 툭하면 강호에 나갔다.

그래도 무당제일검답게 무당파의 명성에 흠이 가지 않도록 그럭저럭 절제하는 편이었다.

"얘들아, 무룡관주가 된 걸 진심으로 축하한다."

선오의 뒤를 이어 장서각주가 된 진륜이 이합쌍검, 진소와 진하에게 축하 인사를 건넸다.

"고마워요, 대사형."

정마대전과 정사대전을 통해 수많은 남자들을 매료시킨 이합쌍검은 동시에 그들을 울게 만들었다.

그녀들은 청곤의 뒤를 이어서 다음 대 관주로 추천을 받게 됐다. 두 사람은 예상치 못한 추천에 놀라 했다가, 이내 웃으면서 그 제안을 받아들였다.

청곤의 의지는 아직도 무룡관 출신 제자들을 통해서 쭉 이어졌다. 대신 예전처럼 강호에 나가는 것이 조금 제한되 긴 했으나, 나름대로 만족하는 눈치였다.

세대가 바뀔 시대가 되었다. 사대제자인 진양들은 어느 덧 삼대제자로 오를 준비를 하고 있었다.

장문인인 선극도 누구를 다음 대 장문인을 누구로 정할 지 고민하고 있었다.

진양이 딱 알맞긴 하지만 아무래도 나이가 어려도 너무 어리다. 진양 본인도 부담스러워하는 눈치였다.

"끙, 다음 대 장문인을 결정하는 것도 일이야."

무당파, 조리원.

믿기지 않겠지만 지금 무당파에서 제일 인기 있는 내부 시설을 꼽자면 바로 조리원이다.

이는 천하제일인의 사저이자 무당제일미로 알려진 조리 원주 진연 탓이다.

미색도 미색이지만 일단 사형제 관계가 범상치 않다.

설사 무공을 배우지 못한다고 해도, 그 인연을 조금이라 도 얻으려고 하는 자들로 가득했다.

"밥 먹으려면 반 시진을 기다려야 한다니, 난 친구를 잘 둬서 정말 다행이라니까."

무룡관 출신만큼은 아니지만 그래도 사대제자, 아니, 삼
대제자 중에서 제일 고수인 진겸이 쓰게 웃었다.

　"앗, 어서 오세요."

　주방에서 재료를 손질 중이던 소미가 진겸을 반겼다.

　진양이 무당파에서 마음을 놓고 나름대로 친하게 지내
는 동년배가 진겸뿐이라서 자연스레 친해졌다.

　"왠지 새치기하는 기분이라 불편하지만, 그래도 신세
좀 질 수 있을까?"

　진겸이 뒤통수를 긁적이면서 미안해했다.

　"그럼요. 다만…… 조금, 기다려주실 수 있을까요?"

　소미가 쓴웃음을 흘리며 미안해했다.

　"상관은 없는데, 무슨 일이라도 있어?"

　"그게……."

　소미가 어쩔 줄 몰라 했다.

　"언니들, 제가 주방에서 싸우지 말라고 했죠!"

　소미가 말을 잇기도 전에 주방 안쪽에서 뾰족한 목소리
가 들렸다. 진겸은 그 목소리를 듣고 이해하게 됐다.

　주방 안에는 어느덧 자연스레 조리원의 식구가 된 송화
가 볼을 부풀리고 눈썹을 치켜뜨며 화내고 있었다.

　"끙, 하지만 이 아줌마가……."

　도연홍이 눈을 내리깔며 중얼거렸다.

"뭐? 아줌마요?"

백리선혜가 순간 살의 어린 눈을 번뜩였다.

"그마안!"

송화가 식도를 휙휙 휘두르면서 소리쳤다.

"까악!"

"도, 동생! 잠깐만, 진정해!"

강호에서도 여고수로 이름 높은 두 여인이 어쩔 줄 몰라 하면서 송화의 분노에 쩔쩔 맸다.

도연홍은 무당파에 온 이후로 도가장에 돌아가지 않고 눌러앉았다. 도기철이 팔짝 뛰었지만 신부 수업할 테니 찾지 말라고 땡깡을 불렀다.

온 무림의 여인들이 현재 진양을 노리고 있는 이상, 그의 곁에서 떨어지고 싶지가 않았다.

백리선혜도 마찬가지였다. 어차피 선외루주는 홍실과 청실에게 넘겼다.

또 도연홍이 너무 적극적으로 나서는 게 신경 쓰여서 진양의 곁을 떠날 수가 없었다.

그래서 최근에는 시어머니보다 무서운 진연에게 조금이라도 인정받으려고 조리원에서 숙수의 일을 돕고 있었다. 다만 둘 다 요리에는 재능이 영 없기도 하고 서로 보기만 하면 이렇게 자주 다투곤 했다.

"음, 저 악녀들을 어찌해야 내쫓을 수 있으려나."

서교가 그걸 보고 진지하게 고민했다.

서교는 여전히 속가제자로서 무당의 무학을 열심히 수련하고 있다. 머릿속에서 사저의 가르침이 지나갔다.

"이 사저 말 잘 들으렴. 양이보다 연상이고, 가슴 크고, 키가 크면 악녀니까 모조리 쫓아내도록 하려무나."

"......?"

서교가 의아한 시선으로 진연을 쳐다봤다.

"어머, 후후. 잊었지만 이 사저는 예외란다. 만약 내 말대로 한다면 좀 더 대단한 무공을 가르쳐줄게."

"예, 사저."

뭔가 속는 느낌이었지만 아무래도 상관없었다.

*   *   *

바람이 불었다. 기분 좋은 산들바람이었다. 도복 자락과 머리카락이 바람에 흩날렸다.

"......"

아직도, 죽음 이후에 왜 여기에 온지 모른다.

생과 사를 보고 음과 양을 깨달았지만 여전히 불명이다. 음양을 깨우치면 우주의 진리를 알게 된다는데 전혀 아니었다. 물론 일부만 봐서 그럴지도 모른다.

그렇지만 아주 약간의 단서도 알 수가 없었다. 왜 어린 아이의 영혼과 겹쳐서 하나가 되지 모른다.

"뭘 그렇게 생각하고 있니?"

자신을 부르는 목소리에 눈을 떴다. 위를 올려다보니 자애로운 미소를 보여주는 진연이 있었다.

그 모습이 무척 아름다워 무심코 두근거리게 된다.

"아무것도요."

진양은 쑥스러운 듯 얼굴을 붉히면서 시선을 피했다.

조금 있으면 서른이라는 나이다. 다 큰 어른인 주제에 사저의 무릎을 베개로 삼으니까 조금 부끄러웠다.

그렇지만 이 무릎베개가 너무 마성의 매력인지라 어떻게 머리를 떨어뜨릴 수가 없었다.

"정말로?"

진연은 하나밖에, 아니 둘밖에 없는 사제 중에서 제일 자랑스러운 남자의 머리를 손으로 쓰다듬었다.

이러고 있으니 어릴 적 생각이 난다. 아직 아이였던 그에게 무릎베개를 해주곤 함께 풀밭에서 시간을 보냈다.

"네, 사저에게는 거짓말하지 않는걸요."

또 다른 삶이었던 지구인의 기억이 들어와서 하나가 되었다는 물음을 받은 적 없으니 거짓말은 안 했다.

"네가 강호에 처음 나갔을 때가 엊그제 같은데 벌써 이렇게 됐구나. 정말로 긴 여행이었어."

"정말로요."

눈을 감으면 지금까지의 일이 스치고 지나갔다.

새로운 일도 있었고, 그렇지 않은 일도 있었고, 기쁜 일도, 슬픈 일도, 화낸 일도 있었다.

강호에서 있었던 일을 말해보라고 하면 정말 하루 이틀로 끝나지 않는다. 그만큼 보고 느낀 것이 많았다.

협의, 마교의 교리, 벗, 무공, 깨달음.

정파의 모순과 위선, 사파의 사정.

그리고 ― '어쩔 수 없다.' 라는 이름의 현실.

또한 그럼에도 불과하고 꿈꾸게 되는 이상.

"너만의 길을 찾았니?"

무당파에선 예나 지금이나 하나만 고집한다.

자기만의 길을 찾고, 닦아라.

그리고 그 길을 존중한다.

"네. 오직 저만을 위한 길입니다."

영웅은 남들을 위해서 희생한다.

수혜사태는 그걸 보고 과한 희생이라 평했다.

그러니 좀 더 이기적으로 살아달라고 부탁했다.

"어떤 길이니?"

하지만, 그래도.

"제가 소중하게 대하는 사람들과 함께하는 것. 이렇게 여유 있게 누워있는 것. 일상의 연속을 지키는 것."

그래도, 주변 사람을 위해서 사는 게 행복하다.

진양이 진정으로 행복하다는 듯이 웃었다.

복잡한 말 따위는 필요 없다.

대단하다는 깨달음도 필요 없었다.

그저, 싸우지 않고

비극이 일어나지 않고

언제나처럼 편안하고 즐겁고 행복하게

그렇게 살아가고 싶을 뿐이다.

"그래? 그럼 사저로서 상을 줘야겠네."

사저는 흡족한 듯이 웃었다. 그러곤 길고 가느다란 손가락을 조심스레 뻗어 그의 눈을 감겼다.

"사랑했고,"

눈을 감으니 아무것도 보이지 않는다.

어떠한 감각도 느껴지지 않는다.

쪽.

대신, 입에 부드러운 감각이 느껴졌다.

"사랑하며,"

놀란 마음에 눈을 떴다.

"사랑할 거란다."

화사하게 웃고 있는 진연이 보였다.

진양은 그 얼굴을 멍하니 올려다보다가

이내, 부드럽게 웃으면서 중얼거렸다.

그 중얼거림이 무엇인지는

바람 소리에 묻혀 들리지 않았다.

〈完〉

작가후기

　안녕하세요, 정원입니다. 전작인 〈무황전생〉에 이어 〈
무당전생〉이 총 12권으로 완결되었습니다.

　항상 그랬듯이 쓰면서 정말 아쉬운 점도 많고 부족한 점
도 많았습니다. 좀 더 잘할 수 있을 텐데 왜 이것밖에 못하
나, 라는 생각이 참 많이 들었습니다.

　그렇기에 다음 작품에선 보다 좋은 글, 재미있는 글이
될 수 있도록 노력하고 정진하도록 하겠습니다.

　이렇게 끝까지 함께해주신 독자님들께는 몇 번이나 감
사인사를 해도 부족할 정도라고 생각합니다.

　정말로 감사드립니다.

또한, 이제 와서 정말로 뜬금없는 말이긴 합니다만 한 가지 고백을 하려고 합니다(?).

　혹시, 〈기적의 스토어〉나 〈기적의 포탈〉이나, 〈기적의 앱스토어〉라는 시리즈를 알고 계신가요? 이 작품의 저자인 〈정준〉은 사실 저 〈정원〉과 동일인물이랍니다.

　그럼 처녀작인 〈기적의 스토어〉까지 포함해서 여태껏 쓴 것을 나열하면 총 다섯 번째 완결이 되겠군요.

　최종 정리를 하자면 기적 시리즈의 스토어, 포탈, 앱스토어, 무황전생, 무당전생입니다.

　무황전생, 무당전생과는 사뭇 다른 느낌이라서 맞을지 안 맞을지 모르겠으나, 기적 시리즈도 많이 사랑해주세요!

　마지막으로, 이렇게 책이 나올 수 있도록 도와준 수많은 사람들에게 다시 한 번 고개 숙여 인사드립니다.

　특히나 저 때문에 야근도 밥 먹듯이 하게 된(...) J 편집자님께도 무한한 죄송함과 감사함을 전합니다.

　독자님들과 함께 있어서 행복했습니다.

　그럼 또, 근 시일 내에 다음 신작에서 뵙도록 하겠습니다.

정원 올림.